DANGEROUS

MILO YIANNOPOULOS

DANGEROUS

Tradução:
Carlos Szlak

FARO
EDITORIAL

COPYRIGHT © 2017 BY MILO WORLDWIDE LLC
COPYRIGHT © BY MILO YANNOPOULOS
COPYRIGHT © FARO EDITORIAL, 2018

Todos os direitos reservados.
Nenhuma parte deste livro pode ser reproduzida sob quaisquer meios existentes sem autorização por escrito do editor.

Diretor editorial PEDRO ALMEIDA
Preparação CRISTIANE SAAVEDRA
Revisão GABRIELA AVILA
Imagem de capa © MIKE ALLEN

Dados Internacionais de Catalogação na Publicação (CIP)
Angélica Ilacqua CRB-8/7057

Yannopoulos, Milo
 Dangerous : o maior perigo é a censura / Milo Yannopoulos ; tradução de Carlos Szlak. — 1. ed. — Barueri : Faro Editorial, 2018.
 288 p.

 ISBN 978-85-9581-045-7
 Título original: Dangerous

 1. Liberdade de expressão 2. Censura I. Título II. Szlak, Carlos

CDD 323.443   18-1567

Índice para catálogo sistemático:
1. Liberdade de expressão 323.443

1ª edição brasileira: 2018
Direitos de edição em língua portuguesa, para o Brasil, adquiridos por FARO EDITORIAL

Alameda Madeira, 162 — Sala 1702
Alphaville — Barueri — SP — Brasil
CEP: 06454-010 — Tel.: +55 11 4196-6699
www.faroeditorial.com.br

Para John

SUMÁRIO

PREFÁCIO – A RESPEITO DE TODO AQUELE DRAMA....   9
PREÂMBULO – A LIBERDADE DE EXPRESSÃO E O POLITICAMENTE CORRETO .   17
PRÓLOGO – A ARTE DO *TROLL*   25

1. POR QUE A ESQUERDA PROGRESSISTA ME ODEIA   31
2. POR QUE A DIREITA ALTERNATIVA ME ODEIA   51
3. POR QUE O TWITTER ME ODEIA   62
4. POR QUE AS FEMINISTAS ME ODEIAM.   84
5. POR QUE O BLACK LIVES MATTER ME ODEIA   114
6. POR QUE A MÍDIA ME ODEIA   132
7. POR QUE OS GAYS DO *ESTABLISHMENT* ME ODEIAM.   149
8. POR QUE OS REPUBLICANOS DO *ESTABLISHMENT* ME ODEIAM   164
9. POR QUE OS MUÇULMANOS ME ODEIAM.   183
10. POR QUE OS GAMERS NÃO ME ODEIAM.   199
11. POR QUE MINHAS TURNÊS UNIVERSITÁRIAS SÃO TÃO INCRÍVEIS   221

EPÍLOGO – COMO SER UMA BICHA MÁ (MESMO SE VOCÊ NÃO FOR GAY) . . .   251

AGRADECIMENTOS.   265
NOTAS   267

PREFÁCIO

A respeito de todo aquele drama...

SÉRIO, VOCÊS NÃO ACHAVAM QUE EU IA PARA OUTRO lugar, achavam? Sou muito polêmico, conhecido e perspicaz para que os artigos indignados publicados pelos principais veículos do mundo sumam comigo. Queridos, é de *Milo* que estamos falando. Não meço a cobertura da imprensa em centímetros; meço em metros e a única coisa que pode me deter é um espelho no lugar certo. Os guerreiros da justiça social, o *establishment* conservador e a grande mídia, me rotularam de todas as formas: sexista, misógino, homofóbico, antissemita que se odeia, islamofóbico, transfóbico, racista, fascista, direitista alternativo, supremacista branco, nazista e, finalmente, "defensor da pedofilia". Só não me acusaram de torturar gatinhos. Então, de antemão, afirmo: não torturo animaizinhos. Eu os mato rapidamente.

Nunca foi minha intenção começar meu primeiro livro discutindo as diferenças entre pedofilia e efebofilia, e sobre como essas palavras se relacionam com a minha infância. Mas, como papai Mike sempre disse: "Deus não lhe dará fardos que você não possa carregar".

Quero deixar bem claro: não tolero pedofilia nem efebofilia, independentemente do que disseram as fontes noticiosas. Acredito que você saiba disso, caso contrário não teria comprado o meu livro, e, por isso, eu lhe agradeço. Sinceramente, foram momentos difíceis e eu fui testado. Houve alguns dias em que quase desisti de minha missão. Contudo, milhares de fãs entraram em contato, amigos e familiares me apoiaram, e as pessoas que mais respeito neste mundo continuaram ao meu lado. Não podia desapontá-los.

Meus inimigos acharam que eu tinha sido derrotado, que me esconderia com o rabo entre as pernas como uma bichinha covarde. Eles não podiam estar mais errados. Só conseguiram me deixar puto.

Quanto ao infame *podcast*, aquele pelo qual perdi três empregos, afetando efetivamente a porcentagem de negros empregados *versus* brancos, admito com franqueza que fui inarticulado e impreciso no meu discurso. Meu ego é imenso, mas não a ponto de não admitir quando digo algo estúpido. Ganho a vida falando abertamente, sem rodeios e com frequência. Não planejo nem memorizo argumentos antes de aparecer em um programa, acho isso entediante. Eu disse que um marmanjo transar com alguém de treze anos não é pedofilia. É uma afirmação realista. Pedofilia é a atração por crianças que não passaram pela puberdade. Os homens com quem transei aos treze anos não eram pedófilos; ao menos, não comigo. Eles eram efebófilos. É uma semântica idiota para se discutir, não sendo uma a qual me refiro continuamente, exceto quando estou falando em um *podcast* às duas da manhã, quando uma questão sutil é tudo o que você precisa.

Depois que o *podcast* foi "vazado" para a mídia, fui desconvidado pelos octogenários da cpac (Conservative Political Action Conference) e os covardões da editora *Simon & Schuster* cancelaram o meu contrato para a publicação de um livro. Então, pedi demissão do site de notícias *Breitbart* durante uma entrevista coletiva, na qual declarei que fui vítima de abuso sexual e, portanto, enganei-me ao pensar que não haveria problema em discutir essas questões do jeito que eu quisesse. Meus críticos *adoraram*. O *Huffington Post* até arrumou algum picareta desempregado para tripudiar a respeito. Eu, que ganhava a vida trazendo realidade

A RESPEITO DE TODO AQUELE DRAMA...

para a cultura do vitimismo, ao me colocar como vítima, fui um prato cheio para todos eles.

A verdade é muito simples: nunca me vi como vítima. Não fiz nada que não quisesse. Tinha 13 anos e a internet era uma novidade. Não havia muitos outros garotos gays na escola como hoje em dia; minha rotina desmunhecada era o único espetáculo da cidade. Eu tinha poucas opções e uma grande energia sexual. Se meus abusadores tivessem sido mulheres, eu estaria recebendo gestos de apoio por toda parte e não teria que começar meu primeiro livro desse jeito.

Evidentemente que agora, ao olhar para trás, consigo perceber que o que aconteceu comigo não estava certo, mesmo se eu estivesse, literalmente, pedindo por isso. Fui vítima de abuso sexual. No entanto, quero deixar bem claro de que a coisa toda ocupa menos espaço na minha cabeça do que a vez em que David Bowie me comparou a uma bolsa falsificada da *Louis Vuitton*. Respondi vomitando em sua pia, mas nunca mais voltei a comprar uma bolsa falsa. Então, ter relações sexuais com um padre quando eu tinha 13 anos não me impediu de continuar gostando de sexo.

A única maneira pela qual realmente posso ser uma vítima é me afundar no que aconteceu e deixar que isso me defina. Se você está lendo esse livro, e foi abusado e está afundando, dou-lhe o conselho mais importante: supere! Siga em frente. Ainda que pareça que a posição de vítima seja a melhor maneira de ganhar a vida neste momento (olá, Shaun King, como está o Twitter?), garanto que não é. Você é incrível e inteligente demais em relação a tudo isso. É mais fácil falar do que fazer, eu sei, mas é o meu conselho. Supere isso! Por mais que suas experiências sejam ruins, o vitimismo e a autopiedade são para pessoas que *não* compram este livro. É a prisão delas. Devemos desafiar as forças de opressão da sociedade, e não conseguimos fazer isso a partir de uma sessão de terapia.

Às vezes, a tragédia é capaz de produzir algo grandioso. Pode deixá-lo mais forte. Madonna foi estuprada em Nova York e criou

Erotica, e nunca se queixou de ser uma vítima até a década de 2010, quando o assunto entrou na moda. Tori Amos usou seu estupro para fazer carreira e, eu deveria saber, plagiei-a livremente neste livro. Superar não significa esquecer o que aconteceu. Significa não ficar empacado por causa do acontecido.

Isso não quer dizer que nunca afundei. Dos vinte aos trinta anos, passei festejando, bebendo e trepando pela Europa Ocidental. Nesse tempo, desenvolvi meu amor por tudo o que é *anti-establishment*. Lenny Bruce, Bret Easton Ellis e Marilyn Manson eram meus heróis. Se você me dissesse para não engolir uma pílula, eu a esmagaria e a cheiraria. Se me dissesse para não transar com seu namorado, eu dormiria com seu irmão e lhe enviaria uma gravação.

Certo dia, enquanto cursava a Universidade de Manchester, disseram-me que eu não podia ler *A revolta de Atlas*, de Ayn Rand. Pensei: isso é besteira, foda-se quem me diz o que eu posso e não posso ler. Terminei o livro três dias depois. Então, tudo ficou claro para mim: minha necessidade de me rebelar contra o *establishment* não mudou, mas o próprio *establishment* se transformou bem diante dos meus olhos. Se os capitalistas forem odiados, defenderei suas causas. Se ser contra as drogas é a nova moda da contracultura, nunca mais vou fumar ou cheirar qualquer coisa. E se todo mundo beijar o traseiro preguiçoso e sem talento da Amy Schumer, vou escrever um artigo intitulado "O feminismo é um câncer".

Apenas a grande mídia, com a conivência de conservadores anti-Trump desonestos, poderia ter a ousadia de me caracterizar como apologista da pedofilia. É verdade, fiz pouco de minhas experiências pessoais e usei (e continuarei a usar) linguagem irreverente ao discuti-las, mas é apenas uma maneira de lidar com as trevas da minha juventude. A outra maneira é se vingar implacavelmente das pessoas que realmente prejudicam as crianças.

A mídia não está interessada em combater a pedofilia. Se acha que Jake Tapper, da CNN, ficou tuitando furiosamente a meu respeito em

A RESPEITO DE TODO AQUELE DRAMA...

favor de seu amigo anônimo suscetível à vítima, e não em favor de sua própria inclinação a receber a ovação do público, você não prestou atenção. Como Tapper, que se autointitula jornalista, passa tanto tempo falando a meu respeito e de pedofilia, sem mencionar ao menos uma vez o meu papel em desmascarar Nicholas Nyberg (vulgo Sarah Nyberg, vulgo Sarah Butts), mulher trans, pedófilo confesso e apologista do nacionalismo branco?[1] Nos milhares de artigos sobre mim, houve uma única menção a Luke Bozier, ex-parceiro de negócios de Louise Mensch, radicalmente anti-Trump, que foi preso sob suspeita de ver imagens indecentes de crianças após minha denúcia.[2] E algum site de notícias que me acusou de estimular pedófilos reconheceu minha reportagem a respeito de Chris Leydon, jornalista de tecnologia de Londres, que foi condenado por fazer imagens indecentes de crianças[3] e agora enfrenta uma acusação de estupro?[4] A mídia ignorou tudo isso, o que prova que ela nunca esteve realmente interessada em combater a pedofilia, apenas em me derrubar; e até nisso fracassou.

Dezenas de personalidades progressistas, incluindo Chris Kluwe, ex-jogador da liga nacional de futebol americano, Arthur Chu, colunista do site de notícias *Daily Beast*, e Graham Linehan, comediante britânico, ignoraram ou apoiaram publicamente o pedófilo confesso Nicholas/Sarah Nyberg depois de eu desmascará-lo.[5]

Mais ou menos na mesma época, o site *Salon* publicou os textos de Todd Nickerson, o assim chamado "pedófilo virtuoso", afirmando que nunca prejudicou crianças e não prejudicará, embora também dissesse, por trás de um pseudônimo na internet, que seu objetivo era "proteger as crianças do mal, e não do sexo".[6] Posteriormente, o *Salon*, por vergonha, apagou os artigos dele, mas o VICE, outro site de notícias de esquerda, ainda apresenta um perfil entusiástico de Nickerson.[7]

Enquanto jornalistas de esquerda me atacam, considerando-me "defensor da pedofilia" por tentar explicar minha própria experiência de abuso infantil, eles tentam tornar aceitável atitudes que levariam ao abuso de uma quantidade ainda maior de crianças. Pelo amor de

Deus, em 2015, escrevi um artigo no *Breitbart* intitulado "Here's Why The Progressive Left Keeps Sticking Up For Pedophiles" ("Eis por que a esquerda progressista continua defendendo os pedófilos").[8] Essas pessoas merecem ser jogadas na sarjeta da história.

A publicação mais surpreendente a defender Nickerson foi a *National Review*, sede do conservadorismo anti-Trump, onde um de seus principais jornalistas pediu à sociedade que "pensasse duas vezes" antes de condená-lo. Essa é a mesma revista cujos jornalistas e editores ficaram na vanguarda dos esforços para me desconvidar da CPAC.

Não sou hipócrita. Falo a verdade. Sempre. Esse é o meu maldito problema. Bem diante dos fatos, as *fake news* insinuavam o contrário; por isso, o presidente Trump as rotulou (corretamente) de "inimigas do povo".

Mas essa é a tendência do pessoal da grande mídia. Eles não têm nenhum problema em dizer ao público que preto é branco, em cima é embaixo, dois mais dois é igual a cinco. Tentar retratar um adversário ferrenho da pedofilia como defensor do crime é apenas mais um dia de trabalho para essa gente. Malcolm X afirmou: "Se você não tomar cuidado, os jornais o farão odiar as pessoas que estão sendo oprimidas e amar as que estão oprimindo". Ele tinha razão na época, e tem razão agora. Apenas as narrativas predominantes mudaram. Cada coisa que o presidente Trump disse a respeito da imprensa é 100% exata. Eu sei. Senti isso na pele.

Às vítimas de abuso infantil: vamos lutar contra o *Salon*, o VICE, a *National Review* e qualquer um que procura tornar aceitável os pedófilos — "virtuosos" ou não. Às verdadeiras vítimas de estupro: vamos restaurar o devido processo legal, desafiar os mentirosos e acabar com a histeria feminista que faz com que as vozes das mulheres sejam menos propensas a serem ouvidas. Às *reais* vozes marginalizadas nas universidades: a bicha má está a caminho e, como ela, você precisa sair do armário e ser incrível. Às vítimas da homofobia, do patriarcado, do assédio nas ruas e da intolerância: não se preocupem, vamos pôr limites na implantação em nosso meio de uma cultura muçulmana.

Há vítimas reais por aí e juntos, você e eu, lutaremos por elas. Faremos isso sem autopiedade, sem culto ao vitimismo e, com certeza, sem espaços seguros. Por mais egocêntrico que eu seja, essa não é realmente uma questão minha. É sua. Podem me chamar de qualquer coisa, como fazem, e continuarão a fazer. Mas não me impedirão de lutar pelo seu direito de falar de forma livre, honesta e rude, por mais que não gostem.

Os Estados Unidos não são uma questão de onde você veio. São uma questão de quão agradecido você é por estar no melhor país do mundo. Eu amo esse país e o que ele representa. Na maior parte de 2016, viajei pelos estados por causa de minha turnê Dangerous Faggot (Bicha Má) para palestrar em universidades. Foi a turnê mais comentada do ano. Também fui o palestrante mais desconvidado do ano. E talvez de todos os tempos.

No entanto, além de falar, também ouvi. Sou como as aves de rapina de *Jurassic Park*, testando as cercas elétricas para encontrar pontos fracos. Percebi que alguns desses pontos eram bastante semelhantes aos que vi na Inglaterra, pouco antes de abrirmos nossas fronteiras para o mundo. Lá, só não temos a maravilhosa Primeira Emenda que a Constituição dos Estados Unidos tem.

Estou aqui, nos Estados Unidos, com um alerta da Inglaterra. Sei que sou irritante e provocador. Não me importo. Se você não entende o que estou falando... Bem, considere este livro a sua pílula vermelha.*

Vamos começar.

---

* Referência ao filme Matrix. Quem toma a pílula vermelha obtém conhecimento, liberdade e verdade a respeito da realidade. (N. T.)

PREÂMBULO

A liberdade de expressão e o politicamente correto

"Costumava namorar caras latinos, mas agora prefiro consensual."

— AMY SCHUMER

"Se os muçulmanos são as pessoas que estão explodindo aviões, então gostaria que os revistassem antes de eu embarcar em um."

— CHELSEA HANDLER

"Por trás de cada rapper bilionário de sucesso, há um judeu duas vezes mais rico."

— TREVOR NOAH

"Os nazistas tinham defeitos, mas pareciam fantásticos enquanto matavam pessoas por causa de sua religião e sexualidade."

— RUSSELL BRAND

"Em que tipo de mundo vivemos em que uma garota branca super engraçadinha não pode dizer que um cara chinês é "xing ling" em uma rede de tevê?"

— SARAH SILVERMAN

"A esquerda está cheia de hipócritas que escolhem seus alvos de indignação com base somente em suas políticas."

— MILO

Meu nome é Milo, e este livro vai lhe contar como me tornei o "supervilão mais fabuloso da Internet" e a "bicha má".

Se Mariah Carey transasse com Patrick Bateman* e sua prole pegasse um exemplar de *On Liberty***, desenvolvendo o gosto por estripar vacas sagradas, seria muito próximo de quem eu sou.

Um incendiário e encrenqueiro que começou como blogueiro de tecnologia britânico obscuro e alcançou a infâmia como um dos palestrantes mais requisitados pelas universidades americanas. Os meus sapatos caros, cabelo espetado e descolorido, e o som das minhas risadas pelas universidades, forçaram professores, jornalistas, diretores, ativistas e músicos a perceberem algo que os não liberais dos Estados Unidos entenderam há muito tempo: *as emoções não superam os fatos.*

Meus críticos me odeiam porque não podem me superar. Eles afirmam que sou responsável pelas ações de outros. Quando algum

---

* Patrick Bateman é o protagonista do romance *American Psycho* (*O psicopata americano*), de Bret Easton Ellis, e da adaptação cinematográfica. Ele leva uma vida dupla: banqueiro de Wall Street e *serial killer*. (N. T.)
** Obra do filósofo e economista inglês John Stuart Mill. (N. T.)

depravado anônimo persegue uma celebridade no Twitter, eu levo a culpa.

Meus defensores me veem pelo que sou: uma voz crítica em oposição ao politicamente correto e um fundamentalista da liberdade de expressão, defendendo o direito do público de se expressar como bem entender. Os jovens conservadores e liberais ficam atentos ao meu discurso porque digo coisas que *eles* gostariam de poder dizer.

Os intrigantes me amam, embora secretamente na maioria das vezes, porque temem represálias. Eu aceito e entendo quem faz as coisas por baixo dos panos. Os nomes em minha caixa de entrada do e-mail, que inclui atores e atrizes do primeiro escalão de Hollywood, rappers, estrelas de reality shows, autores, produtores e investidores, fariam sua cabeça explodir. Eis um bom truque: se você quiser saber se sua celebridade favorita é republicana = não atrelada à esquerda, basta pesquisar no Google e ver se ela fala de política. Se a resposta for não, então sim: ela é republicana.[1]

Em minha opinião, desempenho o papel que os gays sempre tiveram em mente em uma sociedade educada: testo os limites absolutos da aceitabilidade. As convicções sociais e religiosas que represento não se enquadram nas normas de niilismo e autoestima propagadas pelos guerreiros da justiça social (GJSS) e pelos progressistas desde a década de 1960. Mas libertaram a mim e ao meu exército de fãs.

Sou uma ameaça porque não pertenço a ninguém. Não sou afiliado. Eles odeiam isso.

Eu me mostro, visto e me comporto como se devesse ter opiniões feministas seguras e simpáticas à MTV. Mas não tenho.

Sou o boneco Ken do submundo.

Nos últimos 15 anos, todos os tabus sociais vieram da esquerda progressista. É um exército horrivelmente feio de repreensores, que querem lhe dizer como se comportar. O pensamento Liberal e os conservadores são a nova contracultura.

Os progressistas também odeiam isso.

A LIBERDADE DE EXPRESSÃO E O POLITICAMENTE CORRETO

A tremenda gritaria nas redes sociais, on-line e impressa em relação ao anúncio da publicação deste livro, é o motivo principal pelo qual o estou escrevendo. Apesar de ter sido anunciado entre o Natal e o Ano Novo, quando a maior parte do mundo estava de férias, a reação intensa foi imediata. Já estou acostumado. Minha ex-editora americana, a *Simon & Schuster*, ficou paralisada com isso. Grande parte dos ataques que sofri após o anúncio, eram as típicas mentiras com as quais lidei. No entanto, até eu me surpreendi com a escala do ataque. A revista *Chicago Review of Books* divulgou com grande alarde que não resenharia outro livro publicado pela *Simon & Schuster* em resposta à possível publicação de meu livro.

Não acho que exista algo *particularmente* ultrajante aqui. Mas, pela cobertura da imprensa, você pode achar que foi a coisa mais insultante publicada desde *If I Did it* (*Se eu tivesse feito*), de O. J. Simpson.

Do que todos eles têm tanto medo?

Não é o meu comportamento escandaloso, nem meu escárnio em relação às ideologias consideradas sacrossantas hoje, nem mesmo meu vício por verdades desconfortáveis. O medo real do *establishment* é que este livro afete profundamente os leitores, sobretudo os jovens. Em particular, temem que os jovens, no epicentro do politicamente correto nas universidades, comecem a questionar as ideologias impingidas sobre eles, graças ao livro que você tem em mãos.

Minhas opiniões não são nem de perto tão radicais ou "abomináveis" como meus adversários fingem achar que são. Acredito em liberdade de expressão, liberdade de estilo de vida — tanto para liberais hedonistas como para conservadores tradicionais — e em colocar fatos antes dos sentimentos.

O politicamente correto costumava ser um modo específico de pensar e falar a fim de demonstrar para todos ao redor o quão boa pessoa você era. As pessoas alinhadas à esquerda talvez não soubessem nada a seu respeito, mas saberiam que você era uma pessoa virtuosa com base no seu uso da expressão "americano sem documentos", em vez de "estrangeiro ilegal".

A nova marca do politicamente correto, popular nas universidades e nas redes sociais, é a ideia de que não deve existir discurso que desafie diretamente as opiniões politicamente corretas. Para os universitários chorões, e para os professores que os amamentaram, é incompreensível que eu possa falar em suas universidades.

Os esquerdistas rotulam todo modo de falar que não gostam como "discurso de ódio". Essa expressão se estendeu de forma tão ampla que perdeu todo o sentido. Carolyn Reidy, CEO da *Simon & Schuster*, publicou uma declaração visivelmente vaga de que meu livro não incluiria nenhum "discurso de ódio". Pedi um conjunto de diretrizes sobre a definição de discurso de ódio, mas não existe. É uma situação do tipo "Vou saber quando vir".

Adam Morgan, editor da *Chicago Review of Books*, escreveu no jornal *The Guardian*, que meu livro poderia inspirar pessoas a cometer atos de terrorismo, mencionando especificamente Omar Mateen e Dylann Roof como exemplos.

Por parte de Morgan, esse é um tipo específico de insanidade. Fiz uma palestra a respeito dos perigos do Islã a poucos passos do local do massacre cometido por Mateen.* E Dylann Roof,** assim como qualquer outro nazista real, me odeia tanto quanto aquele bosta do Mateen me odiaria se não estivesse muito ocupado queimando no inferno. Sou um viado judeu que adora negros, pelo amor! Lógica estúpida é essa, especialmente vinda de um homem que resenha livros para se sustentar?

---

* Em 12 de junho de 2016, assassinou dezenas de pessoas na boate gay Pulse, em Orlando, na Flórida. (N. T.)
** Supremacista branco de 22 anos que executou nove negros em uma igreja de Charleston, na Carolina do Sul, em 17 de junho de 2015.

Os mais novos adeptos do politicamente correto não estão preparados para um mundo em que os indivíduos podem discordar do que se considera pensamento apropriado. Eles recorrem à histeria para silenciar a oposição, em vez de vencer com ideias superiores. Se não existir um artigo em uma fonte midiática importante comparando este livro a *Mein Kampf*, de Adolf Hitler, no momento em que você o estiver lendo, não se preocupe, será publicado em breve. E é exatamente por isso que este livro é tão necessário. De forma intencional ou involuntária, existe agora uma geração que tem pavor do pensamento crítico.

A liberdade de expressão é o direito mais estimado, e, implícito na liberdade de expressão, está a liberdade de discordar. Não sou seu típico analista conservador. Antes de tudo, meu processo é um pouco diferente.

Mas eu falo a verdade. E isso é o que me tornou popular.

O politicamente correto é uma cortina de fumaça. Na cultura atual, as pessoas fazem um esforço para parecer "inofensivas" (eu não; é por isso que estou escrevendo o livro). Somos cautelosos. Mas existir dessa maneira é desafiar os instintos naturais de raiva e anarquia. Todos sentem essas coisas de vez em quando. Quando são reprimidos, coisas terríveis podem acontecer, como assassinatos em massa.[2] Quanto mais tempo você gasta tentando domar a fera, mais forte ela se torna. Mais cedo ou mais tarde, não temos escolha senão ceder à natureza humana.

O próximo atirador que invadir uma escola não será fã de Milo. Será um dos pobres manifestantes mal informado e com piercing no nariz, segurando um cartaz que diz "Abaixo o Ódio!". Alex Kazemi, escritor canadense, previu em meu *podcast* que lésbicas iradas começarão a invadir escolas e atirar em estudantes e professores.[3] Acho que ele tem toda a razão.

Se quisermos vencer a guerra cultural, devemos lutar arduamente e nos divertir muito ao longo do caminho. Os corpos e as almas da juventude estão em jogo.

Nas páginas a seguir, ensinarei como provocar o mundo ao redor em defesa do direito mais importante que se tem: o direito de pensar, fazer, dizer e ser o que você quiser. Em pouco tempo, assimilei o estilo de liberdade de expressão sem remorso e de colocar os fatos, a diversão e o fabuloso à frente dos sentimentos.

Meu lema é riso e guerra. Continue lendo e você descobrirá como pode se tornar tão aterrorizante para as forças do politicamente correto e da justiça social quanto eu. E nem precisa se tornar gay.

PRÓLOGO

A arte do *troll*

2016 FOI O ANO DO TROLL. E, COMO UM DOS MAIS FAMO-
sos *trolls* do mundo, tenho uma sensação especial a respeito do que isso
significa. O que significa ser um *troll*? Se você se afastar dos círculos de
justiça social chorões e amargos, trolagem e discordância política são a
mesma coisa. Outras pessoas não fazem distinção entre *trolls* e aqueles
que enviam ameaças de morte mal redigidas para figuras públicas.

A trolagem é muito mais complicada e alegre do que isso. O *troll*
ideal atrai o alvo para uma armadilha, da qual não há escapatória sem
constrangimento público. É uma arte, além do alcance de meros mortais. Por um lado, é ardil; por outro, é maldade.

A trolagem possui diversos elementos. Muitas vezes, é uma questão de falar verdades que os outros não querem ouvir. É uma questão
de enganar, pregar uma peça e, em geral, irritar seus alvos. Além
disso, é uma questão de criar um espetáculo público hilariante e
recreativo. A melhor parte é que a maioria dos esquerdistas se recusa
a aceitar que estão sendo trolados.

Não é um espanto que um viado fabuloso como eu seja tão bom nisso?

Quando me chamo de viado estou trolando você. Quando me
chamo de "viado fabuloso" estou trolando você fabulosamente. É um
truque antigo que aprendi com drag queens: sempre conte antes a

piada que o outro cara vai contar a seu respeito e faça isso de modo engraçado. É uma tática que desarma a outra pessoa de modo incrível. É como Eminem dizendo: "Ya'll act like you never seen a white person before" ("Vocês agem como se nunca tivessem visto um branco antes"), em *The Real Slim Shady*.

Escolher alvos meritórios e deixá-los loucos é fundamental para a boa trolagem, causa embaraços para os dois lados. Os jornalistas de esquerda me descrevem como um fanático misógino, racista, nacionalista branco e direitista alternativo para leitores incrédulos. Enquanto os neonazistas de verdade me chamam de "viado judeu degenerado".[1]

Pelo menos um dos lados deve estar errado, mas a confusão coletiva deles é tão gloriosa que não quero corrigir nenhum dos dois.

Esta é uma trolagem top de linha: aporrinhar tanto seus críticos até eles publicarem mentiras histéricas a seu respeito, porque não conseguem derrotá-lo em relação aos fatos *e* porque você os irrita de maneira muito eficaz. Eles destroem a credibilidade e o público leitor deles, enquanto sua base de fãs cresce. Quer saber por que os *trolls* estão vencendo? É porque por mais que os nossos críticos nos odeiem, gritem, nos removam de suas seções de comentários, batam os pés, atirem brinquedos para fora dos carrinhos de bebê ou finjam que piadas no Twitter podem provocar dores físicas, *nós somos os únicos falando a verdade.*

Para ser um bom *troll*, você deve ter certo nível de descaso em relação aos sentimentos alheios. No entanto, a diferença entre trolagem e crueldade é que o único propósito da crueldade é ferir alguém. Os *trolls* podem ferir os sentimentos de pessoas tímidas e sensíveis, mas fazem isso porque o argumento fundamentado e o pedido educado falharam. Em minha experiência, a maioria dessas pessoas tímidas e sensíveis acaba se revelando ativistas profissionais sociopatas, fazendo-se cinicamente de vítimas e tentando convencê-lo de que piadas no Twitter podem provocar danos psicológicos permanentes.

Os *trolls* mais munidos de princípios morais devem trolar apenas em nome de desmascarar alguma inverdade ou de expor transgressões e hipocrisias. É o que procuro fazer. Quando vejo publicações respeitáveis perdendo tempo escrevendo a respeito de apropriação cultural, ou uma piada inocente considerada racista por blogueiros pirralhos e fanáticos, é como se fosse meu bat-sinal.

Em minha maestria de trolagem, sou superado por um homem: o presidente Donald Trump, que trolou seu caminho para a presidência. Igual a mim, o Papai, como gosto de chamá-lo (sim, outra trolagem), só procura alvos meritórios: a mídia, Hillary e Bill Clinton, os inválidos e o politicamente correto.

O *showman* dos *showmen*, o presidente Donald Trump consegue dominar a atenção da mídia, ainda que a maioria de suas principais luzes o menospreze completamente. O kardashianismo — quer dizer, o narcisismo — pauta os Estados Unidos, e se você se mostrar bastante egocêntrico, os jornalistas também serão atraídos pela fantasia. Eles seguirão todos os seus movimentos.

Se eu postar um vídeo meu espirrando, de um segundo, no Facebook, posso conseguir 5 mil comentários. A rapper Azealia Banks esvaziou seu armário e recebeu a cobertura de quase todas as revistas americanas. Mas forçar pessoas que te odeiam e tudo o que você defende a apontar as câmeras para si mesmo por mais de um ano? Esse é um nível de trolagem que só posso esperar alcançar. A trolagem é a arma perfeita de um dissidente político que tenciona espalhar verdades proibidas ou inconvenientes.

Um dos objetivos da trolagem é gerar o máximo de ruído e clamor público, que possui o efeito adicional de chamar a atenção para os fatos que a sociedade está bastante ansiosa em abafar. O mero ato de revelar abertamente tais verdades é muitas vezes tudo o que é necessário para gerar o clamor. A trolagem e a verdade são feitas uma para a outra; dois atos destemidos de rebelião moderna existindo em simbiose perfeita e intrincada. Se você contar mentiras para homens e a respeito deles; se espalhar teorias conspiratórias a respeito de "diferença salarial" e "cultura do estupro nas universidades"; se você tuitar "Mate todos os homens brancos" e "Eu tomo banho em lágrimas masculinas"; se fechar as seções de comentários porque odeia ser ridicularizado por leitores que são mais inteligentes do que você; se preferir ideologia e ativismo em vez de fatos; se você criar uma atmosfera abominável, em que tudo bem rir de pessoas brancas, mas ninguém mais; se você for mesquinho, vingativo, cruel e sociopata, mas tenta ocultar isso por meio de uma linguagem de tolerância e diversidade; se demitir pessoas pelo fato de elas trazerem estudos ou te pedirem para justificar suas afirmações; se você incitar ataques insultuosos em relação a piadas inocentes nas redes sociais; se você vir racismo, sexismo, homofobia, transfobia e todos os outros tipos imagináveis de intolerância em toda parte; e se insistir em distorcer a realidade para se adaptar a suas ilusões, não se surpreenda se houver uma reação adversa. Também não se surpreenda se isso se parecer com o presidente Trump. E comigo. E com um monte de outros fodões.

Não nos importamos o quão flagrantemente você mente a nosso respeito. Enquanto os fatos permanecerem ofensivos, a era dos *trolls* nunca vai acabar.

"Em época de logro universal, falar a verdade é um ato revolucionário", George Orwell escreveu. Vivemos em um mundo onde os políticos mentem, assim como a mídia e professores. Não surpreende que os universitários se refugiem em espaços seguros quando ouvem que estou chegando; a base trepidante de mentiras que sustenta a visão de mundo progressista tornou-se tão frágil que até o mais leve discurso contrário é suficiente para destruí-la. Levo uma bomba de nêutrons quando um canivete funcionaria igualmente, e os resultados são sempre espetaculares.

Não sinto animosidade ou ódio pela juventude que se esconde atrás de espaços seguros e programas de bloqueio nas redes sociais para proteger sua visão de mundo.

Sua fragilidade é resultado da covardia de uma geração mais velha e de sua incapacidade de separar a ficção do alto astral das realidades difíceis. Eles queriam desesperadamente acreditar que todos são iguais e que todos nós podíamos nos dar bem, e agora seus filhos engoliram as mentiras que eles mal acreditavam. Alertas de gatilho* e sessões de terapia são o resultado. Só porque tenho simpatia pelos chorões, não presuma que pretendo pegar leve com eles. Não vou, e você também não deveria.

Livres pensadores e ativistas culturais, criem coragem. Ao longo da história, sempre houve mitos e irracionalidades a derrotar, e sempre existiram aqueles que os defenderam até o fim amargo e lacrimoso. A verdade, assim como a liberdade, deve ser batalhada em todas as gerações. Se você estiver lendo este livro, provavelmente será uma das pessoas que batalham por isso. Parabéns!

É ótimo pertencer à contracultura, e nós pertencemos. Há vinte anos, os conservadores proibiam os videogames porque os achavam ofensivos. Agora, os progressistas estão fazendo a mesma coisa.

Mesmo os heróis rebeldes de minha juventude amoleceram. Em 1997, Marilyn Manson ultrajava cristãos e conservadores sociais. O Anticristo Superstar deveria ter sido um fã de Trump. Ele foi praticamente fabricado para isso. Foi uma verdadeira decepção quando Manson produziu um videoclipe em que decapitou um sósia de Trump.

Atualmente, a melhor maneira de se rebelar é ser conservador; ou simplesmente liberal na economia e nos costumes. Os conservadores não são mais as elites culturais, censurando a mídia esquerdista dissidente. Os *esquerdistas* são as elites culturais, censurando os *conservadores* dissidentes. Como resultado, uma força jovem admiravelmente rebelde surgiu na rede. É destemida e subversiva. E eu sou sua bicha mais maldita.

Três introduções são suficientes, não é mesmo? Vamos começar.

---

* *Trigger warning*, em inglês. É um alerta que indica para as pessoas que o conteúdo que vão ler, ver ou ouvir pode servir de gatilho para desencadear memórias ou sensações dolorosas. (N. T.)

CAPÍTULO 1

Por que a esquerda progressista me odeia

*No âmago do pensamento de esquerda, está a criança mimada —
infeliz, como todas as crianças mimadas, insatisfeita, exigente,
indisciplinada, despótica e inútil.*

— P. J. O'Rourke, *Give War A Chance*

93% DOS ACIDENTES DE TRABALHO FATAIS ENVOLVEM
homens.

As taxas de estupro e abuso doméstico são muito mais elevadas
em comunidades muçulmanas do que em não muçulmanas.

A comunidade negra tem um imenso problema com crime e
drogas.

Todas essas afirmações são fatos. No entanto, atualmente, introduzi-las numa conversa provoca indignação instantânea.

Se você discute essas verdades inconvenientes, deve começar
com certas advertências: "Sou feminista, mas..." "A maioria dos afro-americanos são cidadãos cumpridores das leis, mas..." ou "Tentarei
ser burro, mas..."

As advertências são irrelevantes. Recuso-me a iniciar qualquer discussão a respeito do islã, por exemplo, com as sutilezas habituais e falsas em relação aos extremistas radicais. Prefiro discutir os fatos diretamente e utilizo o exagero e a linguagem bombástica, muitas vezes de modo chocante.

Desafiar os mitos da esquerda faz os esquerdistas perderem a cabeça. Destruo suas fantasias com humor e estilo que chamam a atenção. Também tenho coisas picantes, as quais abordarei em detalhes ao longo deste livro.

O que realmente tira os esquerdistas do sério é que eu deveria ser um deles. Pessoas como eu deveriam ser gays sofisticados, obedientes e votar em democratas. Ir aos protestos contra a guerra e experimentar quinoa e húmus. E fingir que é totalmente plausível que a Rey possa pilotar a espaçonave Millenium Falcon com mais habilidade do que o Han Solo. Não importa importa que ela tenha aprendido a usar a Força em, tipo, meio dia.

Mesmo antes de a esquerda mergulhar na loucura da política de identidade, não queria nada com eles. No entanto, não era o ícone conservador que sou hoje. Estava fazendo algo diferente.

Passei minha juventude em casas noturnas saturadas de drogas em Londres, perdi a virgindade em uma suruba interracial com drag queens, experimentando toda forma depravada de escapismo que podia encontrar. E ouvi muito Mariah Carey, Marilyn Manson e Rage Against the Machine.

Também estudei teoria musical, Schopenhauer e Wittgenstein. Li biografias de Margaret Thatcher, atirei com as armas de meu pai e sonhei em conhecer George W. Bush. (Eu o conheci posteriormente, mas, naquela altura, ele não era de direita o suficiente para mim.)

Mal sabia eu que estava violando todas as regras da esquerda ao ler *A revolta de Atlas*, de Ayn Rand, e devaneava que era Dagny Taggart, a protagonista heroicamente empreendedora.

Cheguei para representar o maior medo da esquerda: um adversário que é mais descolado, mais inteligente, mais bem vestido, mais instigante e mais popular que eles.

Para entender exatamente por que a esquerda odeia tanto as pessoas como eu, é necessário entender como e por que suas políticas mudaram nas últimas décadas.

TODO ESSE ASSUNTO É INTERESSANTE — E PRESTE ATENÇÃO AO QUE JÁ FOI DITO ALI ATRÁS —, PORQUE É IMPORTANTE.

No passado, a esquerda defendia os trabalhadores contra as classes gerenciais e executivas. Empregos, salários e padrões de vida decentes para os cidadãos comuns eram as prioridades. Alguns esquerdistas (Bernie Sanders, nos Estados Unidos, e Jeremy Corbyn, na Grã-Bretanha) continuam essa tradição. Observa-se que eles são significativamente mais velhos do que a maioria dos outros políticos de esquerda. Também são odiados por grande parte do *establishment* de seus respectivos partidos.

Por quê?

Porque atualmente a corrente de esquerda predominante tem prioridades muito distintas.

Não havia motivo para a esquerda abandonar sua antiga base operária. As indústrias que empregavam seus eleitores desapareceram em grande medida, mas os eleitores não foram a parte alguma. De fato, como os eleitores nos antigos centros da classe trabalhadora entraram em crise econômica, a esquerda deveria ter ficado mais atenta às suas preocupações.

Mas isso não aconteceu.

Em vez disso, os esquerdistas decidiram ignorar a antiga classe trabalhadora e se voltar para uma coligação eleitoral muito diferente:

eleitores descolados das grandes cidades, ativistas contra a guerra que vivem em um conto de fadas, mulheres feias (suspiro) e minorias.

O fato de que as minorias eram apenas uma pequena parcela do eleitorado não incomodou a esquerda; ela sempre poderia importar novos eleitores. E não deu a mínima a respeito do rápido influxo de mão de obra barata ou do dilúvio de novos beneficiários da previdência social. Essas duas consequências óbvias só aumentaram a pressão sobre a já assediada e há muito desprezada base da classe trabalhadora.[1]

Isso me lembra do filme *Scream* (*Pânico*), quando Sidney descobre que foi (*alerta de spoiler*) o próprio namorado que tentou matá-la e aos seus amigos o tempo todo. No entanto, Sidney não o deixa escapar impune e atira na cabeça dele. Depois que foram tão imoralmente traídos, acho incrível que milhões de antigas famílias da classe trabalhadora ainda permaneçam leais à esquerda.

Com a mudança de sua coalizão eleitoral, as políticas da esquerda também mudaram. Ficaram *menos* preocupadas com salários, *mais* desdenhosas das antigas indústrias, e *rancorosas* em relação aos valores culturais de seus antigos eleitores. Em 2008, a observação infame de Barack Obama de que as antigas comunidades da classe trabalhadora "se apegam às armas e à religião, antipatia à pessoas que não são como elas, ao sentimento contra imigrantes ou ao sentimento contra o comércio internacional"[2] resumem a nova atitude da esquerda.

Os esquerdistas sempre foram muito hábeis em jogar as classes sociais umas contra as outras. No entanto, a classe trabalhadora pode se mostrar frustrante para o intento dos socialistas relativo à guerra entre classes. Os marxistas ficaram especialmente preocupados quando, durante a Primeira Guerra Mundial, a classe trabalhadora europeia (com a exceção da Rússia) escolheu lutar pelo Rei e pelo País, em vez de se sublevar contra seus senhores. Até certo ponto, isso é compreensível, pois líderes socialistas como Marx nunca trabalharam na vida.

Na década de 1920, Antonio Gramsci, marxista italiano, teve a ideia de uma nova forma de revolução; uma baseada na cultura, e não em classes. De acordo com Gramsci, o motivo pelo qual o proletariado não se sublevou foi porque ideias antigas e conservadoras, como lealdade ao país, valores familiares e religião, exercem muita influência em comunidades da classe trabalhadora.

Se isso lembrar o comentário de Obama a respeito de armas e religião, ótimo. Sua linha de pensamento descende diretamente da tradição ideológica de Gramsci.

Gramsci sustentou que, como precursoras da revolução, as antigas tradições do Ocidente — ou "hegemonia cultural", como ele denominou — teriam de ser sistematicamente quebradas. Para isso, Gramsci afirmou que os intelectuais "proletários" deveriam procurar desafiar a predominância do tradicionalismo na educação e na mídia, e criar uma nova cultura revolucionária. Se você já se perguntou por que é forçado a fazer cursos de estudos de diversidade ou gênero na universidade ou por que todos os seus professores parecem odiar a civilização ocidental, culpe Gramsci.

Nas décadas de 1950 e 1960, um grupo de acadêmicos expatriados europeus, conhecido como Escola de Frankfurt, uniu a ideia de Gramsci de revolução cultural com a ideia de uma nova vanguarda revolucionária: uma constituída por *estudantes*, feministas e minorias; muitos dos quais se sentiam excluídos da cultura ocidental predominante e procuravam mudá-la. Suas ideias propiciariam grande parte do lastro intelectual para as sublevações culturais da década de 1960 e a subsequente transformação da esquerda. Em seu livro de grande sucesso, *Righteous Indignation*, Andrew Breitbart escreveu muito a respeito disso.

A Nova Esquerda, como veio a ser chamada, foi responsável pelas fases iniciais do giro da esquerda da política de classes tradicional para o desagregador mundo politicamente correto das políticas de gênero, racial e sexual que conhecemos hoje. Essas políticas foram as responsáveis por converter questões como aborto, inversão dos papéis sociais de gênero, "justiça racial", pacifismo e multiculturalismo em plataformas importantes da esquerda. Se a esquerda conseguisse manter sua "coalizão arco-íris", atuando e votando como um bloco, e concentrasse todo seu ódio sobre a cansada classe trabalhadora de homens brancos, então o domínio político estaria assegurado em pouco tempo. Assim começou o reinado da política de identidade.

Esses estudantes desdenhosos, que ingressaram na Nova Esquerda na década de 1960 e se tornaram os professores que estão dando aulas para você hoje, rebelaram-se contra a geração da Segunda Guerra Mundial superprotetora, de mentalidade militar e um tanto austera. John Updike, romancista e antigo e célebre progressista, escreveu a respeito do desdém que viu nos "professores de Cambridge, nos advogados de Manhattan e em seus filhos que tocam mal guitarra... membros privilegiados de uma nação privilegiada... cheios de desdém estético pelos seus próprios defensores... insultando os policiais que estavam tentando manter intactos o país e suas diversas comodidades".

O marxismo cultural, alimentado pela Escola de Frankfurt, encontrou eco, ainda que, na maior parte, esses jovens *baby boomers** não se dessem conta de onde suas ideias estavam vindo. Os músicos de rock, os porta-bandeiras da cultura dos *baby boomers*, tornaram-se ardorosos defensores do pacifismo, do feminismo, dos direitos dos gays e de todas as outras causas da Nova Esquerda.

Claro que há outro motivo pelo qual a Nova Esquerda foi tão bem-sucedida na década de 1960: muitos de seus argumentos faziam sentido. Havia o racismo a ser combatido, um racismo estrutural, institucionalizado e legal. O machismo nos locais de trabalho era desenfreado, ainda pior do que visto na série *Mad Men*. E os gays eram oprimidos tanto por conservadores como por liberais.

A tragédia é que, em vez de dar vida às doutrinas inerentemente desagregadoras do marxismo cultural, esses problemas poderiam ter

---

* Geração nascida depois da Segunda Guerra Mundial, entre 1946 e 1964, que foi um período de alta taxa de natalidade nos Estados Unidos. (N. T.)

sido solucionados facilmente por meio da tradição mais moderada do liberalismo clássico. De fato, na Grã-Bretanha da década de 1950, foram os políticos liberais clássicos do Comitê Wolfenden que começaram o processo de descriminalização da homossexualidade. Os marxistas desempenharam pequeno ou nenhum papel nisso. No fim da década de 1960, quando a Nova Esquerda ainda era marginal, seus aliados mais moderados do movimento social liberal já estavam a caminho de vencer as batalhas culturais mais importantes dos Estados Unidos: a segregação racial foi desmantelada e as leis dos direitos civis e dos direitos de voto foram aprovadas.

Para o bem ou para o mal (definitivamente foi para o mal), a Nova Esquerda tornou-se o movimento jovem determinante das décadas de 1960 e 1970 e, embora percebido inicialmente como radical, suas ideias acabariam por dominar a cultura moderna. A contracultura da década de 1960 tornou-se a cultura vigente da década de 1980. Nos anos 1990, uma década em que, apesar dos distúrbios de Los Angeles e do julgamento de O. J. Simpson, pudemos assistir a série de tevê *The Fresh Prince Of Bel-Air* (*Um maluco no pedaço*) sem sofrer por causa dos clichês de supremacistas brancos na casa dos Banks, a Nova Esquerda tornou-se o *establishment*. Então ficou difícil sustentar que algum grupo social do Ocidente carecia de igualdade de acordo com a lei. De fato, graças a persistência dos planos de redistribuição de renda do governo e do crescimento inicial da ação afirmativa, alguns grupos já estavam obtendo tratamento favorecido; um sinal das coisas por vir. Porém, a Nova Esquerda ainda alcançou controle completo da mídia, da academia e das artes, exatamente no momento em que não era mais necessária.

As elites urbanas da classe política esquerdista atual seguem o legado intelectual de Gramsci e seu desdém pela cultura tradicionalista da classe trabalhadora. Os endossos automáticos do feminismo, do movimento Black Lives Matter (Vidas Negras Importam)* e da política de identidade gay estão, em grande parte, relacionados com essa tendência marxista de apoiar a "classe revolucionária" contra os "opressores", independentemente dos fatos.

Outro subproduto do esquerdismo da década de 1960 é o ódio despudorado aos homens brancos que são identificados (corretamente) como os arquitetos da cultura ocidental. Para a Nova Esquerda, eles são o equivalente cultural à burguesia da teoria marxista clássica; uma classe de opressores que deve ser abolida pelos oprimidos. Sua influência é vista mais claramente nas universidades, onde as iniciativas para "desconstruir" os pilares da civilização ocidental, desde o humanismo liberal clássico até o "patriarcado" mítico, prosseguem exatamente como Gramsci teria desejado.

No início da década de 2000, no controle firme da consciência cultural dos *baby boomers*, a Nova Esquerda estava a caminho de se tornar a nova hegemonia cultural. Os conservadores, preocupados em derrotar a União Soviética e reviver o livre mercado, falharam em captar a importância da revolução cultural da esquerda. Na direita, as guerras culturais só eram travadas por conservadores *sociais*, liderados por cristãos evangélicos, que ficaram obcecados por lutas invencíveis, como casamento gay, e alienaram jovens com campanhas de censura contra o rock, histórias em quadrinhos e os videogames.

Quando os conservadores sociais começaram a perseguir *Harry Potter* por "promover bruxaria", ficou embaraçosamente claro que lado tinha vencido a guerra cultural. E é a *cultura* que importa. "A política está à jusante da cultura", como Andrew Breitbart costumava dizer. Ela é apenas um sintoma, que é um dos motivos pelos quais passo mais tempo nas universidades do que em Washington.

---

* Importante movimento que se originou na comunidade afro-americana em 2013. (N. T.)

POR QUE A ESQUERDA PROGRESSISTA ME ODEIA

Se você está lendo isso, e está na faculdade, ou se formou recentemente, pode jogar a culpa diretamente na geração de seus pais por entregar a cultura a lunáticos regressivos. A geração anterior de conservadores falhou completamente em suas tentativas de salvar a academia, a mídia e as artes. Em diversos casos, não se preocuparam em lutar, preferindo gastar centenas de milhões de dólares em *think tanks* (centros de estudos) e revistas que reclamavam do problema, enquanto não faziam absolutamente nada para solucioná-lo, como exposto de forma brilhante em um ensaio bem conhecido de 2016, publicado em *The Claremont Review of Books*.[3] Tucker Carlson, apresentador da Fox News, é bastante duro nesse ponto, descrevendo o *establishment* conservador como "detentor de sinecuras bem pagas, isentas de impostos e com pouco trabalho".[4] Os liberais, enquanto isso, estavam criando departamentos universitários, organizando grupos de ativistas e se instalando em Hollywood e Nova York.

Em 2010, o argumento que racismo, sexismo e homofobia ainda corriam soltos na sociedade ocidental começou a parecer absurdo. Suspeito que a razão pela qual, nesse período, o casamento gay se tornou uma *cause célèbre* para a esquerda é porque foi, para ela, a última batalha legislativa claríssima que podia ser travada e vencida com facilidade.

Como mágica, a esquerda manteve os eleitores distraídos, de modo que não notaram que estavam sendo tributados opressivamente, regulados minuciosamente e manipulados de inúmeras outras maneiras.

Falando sério... você tem que dar crédito a esse pessoal. Eles trabalham bem. Admiro os níveis de energia dos esquerdistas. Se eu tivesse que passar o dia todo gritando, sentindo raiva, culpando conceitos artificiais como "o patriarcado" por meu fracasso, e defendendo Barack Obama, ficaria exausto.

Os liberais americanos modernos pegaram o "Dois Minutos de Ódio" do livro *1984*, de Orwell, e o converteram em 24 horas. O "Dois Minutos de Ódio" é um ritual diário, em que todo cidadão deve assistir um vídeo que retrata os inimigos do Partido e direcionar o ódio a eles. Durante dois minutos. A CNN veiculou diversas matérias comparando a presidência de Trump à fantasia distópica de Orwell, esquecida hipocritamente de seus próprios pecados.

Como a esquerda mantém esses níveis de ódio? Talvez eu tenha chegado por acaso a verdadeira razão pela qual ela ama tanto o Starbucks.

POR QUE A ESQUERDA ODEIA VOCÊ

Por causa de sua linhagem intelectual na exasperada doutrina do marxismo cultural centrada na vítima, a esquerda está empenhada em defender uma visão de mundo que organiza as mulheres, as minorias e os gays em uma tabela de opressão, com os homens brancos heterossexuais como opressores eternos no topo da lista, seguidos por homens brancos gays e mulheres brancas heterossexuais, terminando com transexuais muçulmanos, imigrantes, negros e paraplégicos na extremidade inferior. Os homens brancos heterossexuais são a nova "burguesia", ou seja, o grupo que oprime todos os outros.

A expressão acadêmica para isso é "interseccionalidade", responsável por idealizar categorias de opressão novas e sempre mais bizarras. Essas pessoas divertidas acreditam que há categorias de "interseção" de opressão: não é suficiente falar apenas de opressão associada com o fato de ser uma mulher; também se *deve* falar da opressão associada com o fato de ser uma mulher *negra*, uma mulher negra *cadeirante*, uma mulher negra cadeirante *gorda*, uma mulher negra cadeirante gorda *muçulmana*, e assim por diante.

Em linguagem mais simples, a vida de pessoas diferentes é horrível por várias razões diferentes. A esquerda progressista construiu departamentos universitários completos só para analisar essa expressão.

O "Intersecting Axes of Privilege, Domination and Oppression" (Eixos de interseção de privilégio, dominação e opressão) registra quatorze categorias de grupos oprimidos com um "grupo privilegiado" correspondente para cada um.[5] Há brancos (privilegiado) *versus* pessoas de cor (oprimido), "masculino e feminino" (privilegiado) *versus* "desvios de gênero" (oprimido), atrativos (privilegiado) *versus* sem atrativos (oprimido), qualificados (privilegiado) *versus* não letrados (oprimido), e até fértil (privilegiado) *versus* estéril (oprimido).

Nosso viés em favor de pessoas que podem ler e escrever, de acordo com os Eixos de Privilégio, é "Educacionalismo". Nossa tendenciosidade em favor das pessoas férteis é "pró-natalismo". Nossa propensão em favor de homens que parecem com homens e mulheres que parecem mulheres é o "generismo". Que Deus o ajude se você é um homem branco heterossexual, letrado e atrativo, que parece e se comporta como homem. De acordo com as categorias de opressão idealizadas pelos teóricos interseccionais, nada e ninguém pode ser mais privilegiado.

É por isso que, apesar de enfrentar os próprios problemas, os homens, sobretudo os brancos da classe trabalhadora, são rotineiramente ignorados pela nova classe política esquerdista — porque, independentemente dos dados, os homens brancos heterossexuais nunca podem ser vítimas de nada. Geralmente, qualquer tentativa de enfrentar seus problemas é recebida com indignação e ares superiores. Em 2016, quando Philip Davies, parlamentar conservador britânico, fez um discurso em uma conferência a respeito de problemas masculinos, a reação das feministas da ala esquerda do Partido Trabalhista foi exigir que ele fosse suspenso pelo seu partido. Quanto aos brancos, qualquer tentativa de organização é geralmente recebida pelo sistema como o renascimento do nazismo, apesar do fato de que, atualmente, muito dessa atividade de organização ocorre como resposta direta a uma cultura que parece odiá-los.

Eu preferiria um mundo sem política de identidade. Que julgássemos as pessoas de acordo com a razão, a lógica e a evidência, e não por meio de teorias esquerdistas esquisitas a respeito de "opressão".

Mas se você *vai* dividir todos, tem de aceitar que os homens brancos heterossexuais também vão querer sua festa especial. Se quisermos ter política de identidade, devemos querê-la para todos.

Na faculdade, garotos brancos heterossexuais não são neonazistas por se oporem ao Black Lives Matter e ao feminismo, ou por defenderem seus próprios grupos de identidade: eles simplesmente respondem — de modo totalmente lógico — ao que lhes foi dito como o mundo funciona. Acontece que eles nasceram em um grupo que inventou as melhores e as piores coisas da história, de modo que têm de lidar com esse legado.

A cultura popular, dominada pela esquerda, é instrutiva. Os filmes estão cheios de golpes baixos e malévolos contra homens brancos heterossexuais. E há uma grande tendência que busca canalizar a culpa branca pela escravidão, como em *Django Livre, 12 Anos de Escravidão* e *Martin Luther King.* Na esteira do movimento #OscarSoWhite, isso só está piorando, pois Hollywood se esforça ao máximo para evitar ser chamada de racista novamente (*Moonlight: Sob a Luz do Luar* é um filme muito chato e nunca teria ganho o Oscar de Melhor Filme se não fosse pelo apaziguamento branco). Nesses filmes, os vilões brancos heterossexuais ficam progressivamente mais sádicos e irredimíveis. Estranhamente, não há filmes a respeito de senhores de escravos otomanos ou do Oriente Médio. Deduzo que teremos de esperar que a culpa muçulmana se manifeste.

Com os homens brancos heterossexuais substituindo a burguesia como a classe opressora odiada da esquerda, eles se tornaram alvos fáceis para a esquerda caviar da indústria do entretenimento e da mídia. É por isso que, rotineiramente, você vê filmes, números de stand-up, músicas e colunas de jornal a respeito de homens brancos heterossexuais que seriam classificadas como "discurso de ódio" se fossem dirigidas a qualquer outro grupo da sociedade.

Os homens brancos não podem dançar, querer transar ou satisfazer sexualmente suas parceiras. Essas são todas piadas socialmente aceitáveis. Chame um irlandês de duende bêbado ou um italiano de mafioso, e você não terá nenhum problema. Mas ouse dizer que negros são barulhentos, asiáticos não sabem dirigir ou latinos roubam, que você enfrentará a força total de tuiteiros boçais.

A nova esquerda, orientada pela identidade, não odeia *apenas* homens brancos. Uma das consequências de substituir a antiga dicotomia entre classe trabalhadora e burguesia por uma miríade de identidades da teoria interseccional, é que tudo se tornou muito mais complicado. Sim, os homens brancos heterossexuais são os *mais* opressivos, mas como você classifica todos os outros? Os muçulmanos oprimem as mulheres ou as mulheres oprimem os muçulmanos? Um negro deficiente é mais oprimido do que uma negra fisicamente apta? E o que fazemos com brancos que são, como hipótese, extraordinariamente gays, mas também são autores ricos e conhecidos de livros de grande sucesso a respeito da liberdade de expressão?

O efeito de dividir a coalizão política em uma hierarquia de grupos de vítima é uma batalha tragicômica para os que estão por baixo (inserir uma piada suja de levar ferro aqui). Cada grupo luta para ser mais oprimido que os outros. Você vê isso nas redes sociais o tempo todo; "feministas brancas" atacadas por interseccionalistas por não serem bastante étnicas e, assim, não serem oprimidas o suficiente. Ou, provavelmente, são criticadas por serem muito étnicas; vulgo "apropriação cultural".

Desde a década de 1970, os psicólogos sociais tinham consciência de que enfatizar diferenças entre grupos leva à desconfiança e hostilidade. Em uma série de experimentos marcantes, o psicólogo Henri Tajfel descobriu que mesmo o uso de camisas de cores diferentes bastava para que os grupos começassem a exibir sinais de desconfiança. Assim, adivinhe o que acontece quando você diz a cada um que seu valor, sua habilidade, seu direito de falar a respeito de certos assuntos e — calafrios — seu "privilégio" é, como o pecado original, baseado no que ele nasceu, em vez das escolhas que fez ou de quem é?

DANGEROUS

Eis o que você ganha: a esquerda moderna. Negros que lutam contra gays, que lutam contra mulheres, que lutam contra travestis, que lutam contra muçulmanos, que lutam contra todos os outros. É a lei de ferro da política de identidade orientada pelo complexo de vítima. Alguém tem de ganhar, e todos os outros têm de perder.

Essa mesma política ignora as realidades humanas básicas. Se você viver de forma autêntica, haverá repercussões. Nem todos vão gostar de você. Algumas pessoas podem até querer sua morte. Como Friedrich Nietzsche disse: "O homem é o animal mais cruel". É uma realidade da vida e não é mudada por todas as políticas contra abuso e assédio em todo o Vale do Silício. Os progressistas jamais entenderão isso.

A política de identidade é universalmente atraente porque permite que falhas e fraquezas sejam urdidas como produtos de opressão e injustiça histórica. A responsabilidade pessoal é retirada da equação. Na realidade, as vítimas primárias da política de identidade são as "classes opressoras" designadas, para quem isso pode ser humilhante e profundamente injusto.

O movimento esquerdista moderno tem se colocado em uma posição onde as pessoas podem ser discriminadas com base no gênero, cor da pele e na orientação sexual. *White People,* da MTV, é um "documentário" que destaca alguns exemplos escolhidos a dedo visando demonstrar o "privilégio branco" em ação. É uma hora de tevê criada para produzir desconforto naqueles com a cor de pele errada. Ou considere *Dear White People (Cara Gente Branca)*, série da Netflix, outra dose patética de provocação racial.

Os homens brancos só podem sobreviver nessa nova paisagem por meio da autoflagelação e de pedidos de desculpas por aquilo que são, dizendo como "despertaram" ou se transformaram em "feministas masculinos" ou "aliados heterossexuais". (Ver Macklemore.) "Homem branco heterossexual" tornou-se uma forma de insulto socialmente aceitável. Vai demorar um pouco antes de vermos *Dear*

Black People em nossas telas, embora policiais americanos talvez tenham algo a dizer para essa comunidade.

O futuro do movimento progressista será semelhante ao da comunidade aterrorizante de blogueiros queixosos do Tumblr, onde minorias, tanto reais quanto imaginárias, envolvem-se em uma competição interminável pelo status de vitimismo supremo. Bem-vindo à era de Guerras de Minorias.

Se você for gay, perguntarão qual é a cor de sua pele.

Se você for negro, perguntarão se você é mulher.

Se você for mulher, pedirão para você parar de se preocupar com estupradores muçulmanos e te acusarão de racismo.

Se por acaso você se encaixar em qualquer grupo minoritário concebível, que Deus o ajude se suas opiniões não seguirem exatamente a ortodoxia política.

Donald Trump e, antes dele, Margaret Thatcher, tinham razão quando disseram que política de identidade e insultos são o que as pessoas usam quando não têm mais argumentos.

A esquerda moderna é um ouroboros, a antiga serpente egípcia que come a própria cauda, constantemente se consumindo em um ciclo serpenteante e interminável de vitimismo, ódio e insultos. Por mais bacanas que os esquerdistas sejam quando estão concentrados em causas de um grupo específico, no fim, eles sempre encontrarão uma maneira de humilhá-lo a respeito de algum suposto "privilégio".

E se não podem ganhar por meio da humilhação pública, enfurecem-se e esperneiam ou ao menos ameaçam. Que espetáculo divertido foi observar todas aquelas celebridades voltando atrás em suas promessas de deixar os Estados Unidos se Donald Trump fosse eleito. Para o ator típico, ameaçar deixar os Estados Unidos na eleição era apenas outra série de falas para decorar. A presidência de Trump deveria ser tão provável quanto Trevor Noah ter sempre altos índices de audiência.

Você reparou que essas celebridades choronas ameaçaram se mudar para países predominantemente brancos? Imagine a cara de pau necessária para chamar de racistas os americanos da classe trabalhadora, enquanto você planeja se mudar para o Canadá se o seu candidato perder. Ao menos Snoop Dogg prometeu se mudar para a África do Sul, embora ali dificilmente seja o Congo. Acho que o que Snoop tinha em mente era um belo condomínio fechado com outros ocidentais ricos como vizinhos.

Com exceção de Snoop Dogg, se não era o Canadá, era a Nova Zelândia, a Austrália ou outro país de língua inglesa e predominantemente branco. Por que não o México ou Gâmbia? A Guatemala não tem nenhuma loja da Whole Foods;* assim, Lena Dunham, do seriado Girls, precisou eliminar o país de sua lista.

POR QUE A ESQUERDA NOS ODEIA?

"Fura-greve" era uma palavra depreciativa usado pelos trabalhadores sindicalizados da antiga esquerda para descrever o operário que não aderia às greves: pessoas que, durante uma greve, decidiam que alimentar suas famílias tinha prioridade em relação à ideia abstrata de solidariedade de esquerda.

A esquerda odiava os fura-greves com uma paixão muito maior do que seu ódio pela burguesia. Afinal, a burguesia estava simplesmente protegendo seus próprios interesses. Ao não seguir as ordens da esquerda, os fura-greves estavam supostamente traindo os seus.

Uma vez estigmatizado como fura-greve, você e sua família eram rotulados para sempre. Nenhuma explicação podia expiar isso. A palavra fura-greve era (e, para alguns, é) similar a um palavrão. Uma palavra amaldiçoada. Não foi o Twitter que deu aos insultos seu poder: as redes sociais só agregaram escala e mentalidade de manada a uma

---

* Rede de supermercados de produtos orgânicos, naturais, vegetarianos etc. (N. T.)

POR QUE A ESQUERDA PROGRESSISTA ME ODEIA

estratégia esquerdista anterior de adornar a casta inferior com letras vermelhas. Nenhum prêmio então por adivinhar por que a esquerda me odeia tanto. Não sou um deles. Não caibo na caixa deles. Não caibo em nenhuma caixa. "Meu espírito é amplo; eu contenho multidões."*

Minha existência enfurece a esquerda, não só porque desmascara seus mitos com estilo, sagacidade e humor, mas também porque suas difamações habituais não funcionam contra mim. As feministas não podem me acusar de motivos suspeitos, porque não estou interessado em mulheres, exceto em um sentido acadêmico. Não posso ser acusado de ser homofóbico; apenas aquela acusação ridícula de autodepreciação, que, fala sério, eu amo a mim mesmo, muito.

Resumindo, sou o pior pesadelo da esquerda: uma refutação viva da política de identidade e uma prova que a liberdade de expressão e a verdade embaladas em uma boa piada serão sempre mais persuasivas e mais poderosas que a política de identidade.

Também sou aterrorizante para a esquerda porque ela vê em mim uma repetição da década de 1980, quando os trabalhadores da Grã-Bretanha e dos Estados Unidos se viraram para o reaganismo e thatcherismo. Na época de Trump, a esquerda teme que eu não seja a única minoria dissidente. Ela receia que *você* talvez concorde comigo. Porque se estiver lendo este livro, há uma boa chance de que você tenha percebido que a esquerda não tem seus melhores interesses no coração, porque seu desgosto não é triste o suficiente.

Da mesma forma que a antiga base esquerdista abandonou a esquerda e se tornou "Reagen Democrats", nos Estados Unidos, e "Essex Men", no Reino Unido, votando em conservadores, a nova onda de mulheres e minorias dissidentes também vai desintegrar a coalizão.

---

* "I am large, I contain multitudes". Verso do poema Song of Myself (Canção de mim mesmo), de Walt Whitman. (N. T.)

O maior desejo da esquerda é que nós, minorias rebeldes, não existíssemos. Nada a assusta tanto quanto a ideia de que suas queridas classes de identidade se desviem do rumo. É por isso que a esquerda reagiu tão histericamente ou, em muitos casos, tão silenciosamente, à hashtag #NotYourShield do movimento GamerGate.* Também é por isso que Stacey Dash, atriz de *As Patricinhas de Beverly Hills*, perdeu sua vida social (e escreveu um livro a esse respeito) quando se revelou republicana com tudo incluído. E é por isso que eu, gay insolentemente orgulhoso, continuo a ser chamado de homofóbico.

A esquerda defende os sem poder e combate os poderosos. Em si, não é uma coisa ruim. Muitos dos luxos básicos que admitimos como naturais atualmente, como fins de semana de dois dias, jornadas diárias de trabalho de oito horas e higiene e segurança no trabalho, foram conquistados pelos movimentos de esquerda que lutaram pelos direitos dos trabalhadores. Outras conquistas importantes, como o fim dos linchamentos no sul dos Estados Unidos, foram obtidas por ativistas de esquerda que instintivamente detestavam a injustiça.

Porém, o lado obscuro desse instinto é o ódio em relação às pessoas consideradas muito bem-sucedidas ou abastadas: os "privilegiados". O "puritanismo", escreveu H. L. Mencken, cuja existência atravessou a primeira era progressista, é o "medo inquietante que alguém, em algum lugar, possa ser feliz".

Quem *odeia* a felicidade?

Aqueles que a negam a si próprio.

Os movimentos moralmente autoritários são atraentes para pessoas feias, infelizes e sem talento. Oferece uma saída para o seu ódio ao sucesso e à boa aparência, e a qualquer um que pareça estar se divertindo. De forma memorável, Rush Limbaugh descreveu o

---

* No Capítulo 10, mais detalhes a respeito do GamerGate. (N. T.)

feminismo como uma maneira de mulheres feias chamarem atenção e se popularizarem.

Em minhas jornadas pelas universidades, observei fãs de Milo felizes, bem arrumados, ambiciosos e inteligentes, também aparições dos guerreiros e guerreiras da justiça social com cabelo azul ensebado protestando do lado de fora. Meu tempo nas universidades expôs uma imensa falha nos planos da esquerda de dominar o mundo: ela deu como certa a captura do eleitorado jovem.

A esquerda precisa de tropas de choque ideológicas para propagar suas ideias, e nenhuma foi mais útil para ela do que a dos jovens impressionáveis, que assumem resolutamente as causas da esquerda pela inclinação natural da juventude de causar um impacto sobre o mundo, antes que a realidade de criar os filhos e pagar o financiamento para a compra da casa própria se manifeste.

A esquerda convence os jovens de que eles serão heróis. Na realidade, eles são como soldados de infantaria no equivalente intelectual da Batalha do Somme;* correndo na direção de metralhadoras munidas de baionetas.

A entediada juventude é doutrinada com ideias amalucadas e frágeis, que nunca enfrentam o mundo real, deixando-a desapontada, desiludida e furiosa.

O domínio da esquerda sobre a mente dos jovens está cada vez mais fraco, e me sinto feliz de ser uma das causas principais. Minhas iniciativas de apoiar os *gamers* da geração millennial e, em seguida, minha turnê *Dangerous Faggot*, mobilizaram rapidamente uma nova espécie de estudantes dissidentes. E agora escrevi o manual de como se opor à insanidade cultural.

---

* Uma das maiores batalhas da Primeira Guerra Mundial. Travada entre junho e novembro de 1916, foi uma ofensiva fracassada anglo-francesa para romper as linhas de defesa alemãs. As baixas foram elevadíssimas para ambos os lados. (N. T.)

Para citar o conceituado autor Michael Walsh: "A única arma que eles têm é a nossa própria fraqueza... É nosso desejo sermos vistos como razoáveis, ajustados, criteriosos, moderados [*todos termos de esquerda*], impedindo-nos de agir decisivamente contra eles".

Por muito tempo, os conservadores recorreram a comentaristas cuja audiência tem basicamente mais de 60 anos. No caso da Fox News, mais de 70 anos. Você acha que alguém que não esteja habilitado a conseguir descontos para aposentados quer ter Charles Krauthammer, Stephen Hayes, Frank Luntz, Rich Lowry ou Karl Rove em sua tela de tevê?

Instintivamente, os jovens sempre foram *anti-establishment*, e é onde eu entro. Não há outra figura da cultura pop liberal ou conservadora que chega perto da aderência que tenho com a Geração Next, que está cansada de ser doutrinada pela esquerda cada vez mais nana nenê.

Sem um suprimento incessante de ativistas jovens entusiásticos, a esquerda não é nada. E estou sugando esses jovens e os cuspindo como guerreiros dissidentes e provocadores da liberdade de expressão, que não dão a mínima para os seus sentimentos.

Você viu como os esquerdistas reagem quando estão contra a parede: com ódio, porque se esqueceram de como argumentar, pois, passaram todo o tempo trombeteando sua superioridade moral. Bem, aqui está algo que aprendi durante o tempo que estou nos Estados Unidos: exibições públicas agressivas de virtude são onde o moralmente deplorável se esconde.

CAPÍTULO 2

Por que a direita alternativa me odeia

PARA OS ORGULHOSOS SUPREMACISTAS BRANCOS DO site neonazista *Daily Stormer*, sou um "amante de pretos... um viado judeu" e um "judeu infestado de doenças".[1] Mas para a NBC News e o *USA Today*, sou um "líder nacionalista branco".[2] Com exceção da parte que diz "infestado de doenças", o *Daily Stormer* está mais próximo dos fatos. O que isso lhe diz a respeito da grande mídia?

Alguém que me chama de supremacista branco não tem ideia do que seja o significado do tal rótulo. Atualmente, infelizmente, isso é comum nos Estados Unidos, onde usar um boné da campanha de Trump é suficiente para você ser chamado de nazista e atacado na rua por *black blocs* "antifascistas". A mídia, em sua caçada histérica e isenta de fatos por racistas debaixo da cama, perdeu autoridade nessas questões.

Para aqueles que ainda estão confusos, vou explicar o que é a supremacia branca, o que é a direita alternativa e por que não amo nenhuma das duas.

No fim de novembro de 2016, a *Bloomberg Businessweek* divulgou sua Lista de Inveja anual, uma coletânea de "histórias que gostaríamos de ter contado este ano e não queremos que você perca". A lista de publicações era previsível: *Washington Post, New York Times, Wall Street Journal,* incluindo *BuzzFeed* e *Deadspin.*

E, então, não tão previsivelmente: o *Breitbart.*[3]

A *Bloomberg* escolheu "An Establishment Conservative's Guide to the Alt-Right" (Um guia do *establishment* conservador para a direita alternativa); uma explicação de 5 mil palavras a respeito do polêmico movimento escrito por mim, em colaboração com meu colega Allum Bokhari. Tiveram razão de escolher nosso artigo. Foi a matéria de jornalismo político mais influente publicada naquele ano.

Quando publicamos nossa explanação, houve poucos comentários e nenhum sinal de uma definição confiável da emergente direita alternativa. A mídia permaneceu fiel à habitual histeria que acompanha a ascensão de qualquer movimento popular de direita.

É profundamente anti-intelectual substituir compreensão genuína por indignação moral, mas foi a abordagem assumida por diversos analistas em relação à direita alternativa quando ela surgiu. Foi muito injusto: nos primeiros tempos, a direita alternativa incluiu uma base de membros tão diversa quanto partidários insatisfeitos do Tea Party e viciados em memes de 18 anos curiosos acerca de um movimento que desafiou tantos tabus. Mesmo hoje, não tem um contorno nítido. Há judeus que ainda se identificam com a direita alternativa.[4]

A *National Review* retratou os partidários da direita alternativa como membros amargurados da classe trabalhadora branca, o que não era correto. "Simpatizantes de Trump violentos da direita alternativa", afirmou o blog político *Red State*, outro veículo conservador muito preocupado com a trolagem *on-line*. O *BuzzFeed* descreveu a direita alternativa como um "movimento nacionalista branco", onde "Pepes surpreendentes... são comuns". (Explicarei o que é um "Pepe" mais adiante neste capítulo.)

O *BuzzFeed* também citou o advogado Ken White, que lamentou que era "Realmente difícil trazer à tona nacionalistas brancos genuínos

POR QUE A DIREITA ALTERNATIVA ME ODEIA

a partir de *trolls*", mas acrescentou: "Em um determinado ponto, a distinção não é significativa".[5]

Bem, eu acho que a distinção é muito significativa.

Negar a complexidade do movimento em um esforço frenético para propagandear sua própria virtude moral, como tantos colunistas de esquerda *e* de direita fizeram, era um ato de suprema desonestidade intelectual. Leo Strauss, o eminente filósofo político judeu, insistiu que os eruditos deveriam procurar "entender o autor como ele mesmo se entende".

Há uma grande diferença entre adolescentes contando piadas no Twitter a respeito de assuntos tabus para irritar GJss chorões e alguém como Richard Spencer, que quer uma "limpeza étnica pacífica" dos Estados Unidos.

A definição de direita alternativa evoluiu desde que escrevemos nosso guia. Nacionalistas brancos e neonazistas assumiram o controle e pessoas que inicialmente gostaram da marca estavam sendo acusadas de pecados que não cometeram. Isso agradou muito a mídia. É estranho a obsessão dela em chamar todo mundo de racista, não é? É quase como se quisesse que todos fossem racistas ou algo assim, por algum motivo. Seja qual for seu raciocínio, a mídia recebeu muito mais opções de matéria de capa como resultado.

De fato, a ala extremista da direita alternativa e da mídia esquerdista trabalharam juntas para definir "direita alternativa" como algo estreito, repugnante e muito diferente do amplo movimento culturalmente liberal esboçado por mim e Bokhari. Essa sinalização de virtude libertina era totalmente injusta em relação aos membros jovens do movimento, que flertavam com imagética perigosa e expansão de limites. Bokhari e eu os chamamos de "memesters" (criadores de memes), e essas são as pessoas que sempre apoiarei. Só Deus sabe o quanto me envolvi com iconografia perigosa. Usei quase todos símbolos políticos que você pode imaginar em minha fase de experimentação da adolescência e com vinte e poucos anos. Não porque eu tenha qualquer amor particular pelos regimes dos quais eles provêm. Apenas gosto de deixar as pessoas putas da vida!

Há muitas coisas piores que se pode fazer na juventude do que chocar jornalistas da *National Review* no Twitter. Como muitos perceberam na eleição americana de 2016, a *National Review* precisava de um pouco de choque.

Para constar, o flerte com a direita alternativa está longe de ser tão deplorável quanto os movimentos de jovens de extrema esquerda das décadas de 1960 e 1970. Se você estiver cursando a Universidade Columbia, talvez acabe em uma aula dada pela professora adjunta Kathy Boudin, ex-terrorista do grupo Weather Underground, que cumpriu vinte anos de prisão por ajudar no assassinato de dois policiais de Nyack, em Nova York, incluindo o primeiro policial negro da área.

Mesmo antes de sua soltura, a *Harvard Educational Review* publicava seus artigos. Surpresa, surpresa: se você pertencer a uma organização de extrema esquerda, sua vida não será arruinada.

E, claro, se você estudasse na Universidade de Illinois no início da década de 2000, talvez tivesse aulas com William Charles "Bill" Ayers, assistente de Obama, comunista incorrigível e co-fundador do Weather Underground, responsável por dezenas de ataques terroristas contra alvos que incluíram desde distritos policiais até o Pentágono.[6]

Ao menos *ele* nunca comparou um negro ao gorila Harambe no Twitter.*

Não tenho nenhuma simpatia por Ayers e outros que participaram e dirigiram a violência terrorista na década de 1970. *Seria* solidário com alguém que pendurasse a bandeira do Weather Underground em seu dormitório universitário por causa do apelo rebelde que

---

* Harambe era o nome de um gorila de 17 anos que vivia no zoológico de Cincinnatti, em Ohio. Em 28 de maio de 2016, foi morto depois de ter arrastado um menino de três anos para sua jaula. (N. T.)

representava naquela época. Os jovens sempre se interessaram por ideias radicais e perigosas e, desde que esse interesse fosse apenas uma fase e não descambasse em violência, eles não deveriam ser punidos por isso posteriormente. Maajid Nawaz, ex-membro do grupo islâmico Hizb Ut-Tahrir, e agora um dos principais ativistas contra extremistas do mundo, é um exemplo perfeito de por que devemos ser benevolentes a respeito do que as pessoas fazem em sua juventude.

Aliás, meu apoio aos memes perigosos se mantém, mesmo se o desejo de explodir tabus delicados inclua mirar no Holocausto. É onde perdi alguns dos meus leitores conservadores, mas me escute até o fim.

O que muitos conservadores não percebem é que ninguém com 21 anos conhece alguém que estava vivo na Segunda Guerra Mundial. E como esses jovens não são educados adequadamente, não consideram o antissemitismo de maneira diferente do racismo ou sexismo.

Discordo com veemência que o antissemitismo seja como o racismo ou o sexismo. Acho que é um caso único, e, em minhas palestras em universidades, costumo enfatizar o que acho que é uma história particularmente virulenta da intolerância contra os judeus. Desde que os judeus existem, sempre foi perigoso ser um, em qualquer lugar do mundo. Mas muitos adolescentes com quem falo encaram os jornalistas de direita que reclamam de piadas a respeito de fornos crematórios com o mesmo desprezo que sentem pelas reclamações da esquerda a respeito de racismo e sexismo. Eles acham que é um monte de lixo inventado para redimir os sentimentos das pessoas. E quando você analisa o que passou por antissemitismo na era da política de identidade, os adolescentes têm razão.

É fato que os judeus estejam representados de forma desproporcional na mídia, na indústria do entretenimento e na atividade financeira. Nós temos um excelente desempenho nesses setores! E mostrar esse sucesso estatístico não deve ser considerado antissemita. Quando você ataca pessoas por falarem a verdade, acaba perdendo credibilidade; e os jovens observadores talvez o junte aos provocadores raciais do Black Lives Matter e às vítimas profissionais desonestas que compõem a maioria da terceira onda do feminismo.

Entendo o motivo pelo qual tantos jovens acham atraentes piadas a respeito da Segunda Guerra Mundial: elas deixam *absolutamente furiosos* os tipos do *establishment*, sobretudo os conservadores. E defenderei até a morte seu direito de tuitar piadas a respeito de fornos crematórios, por mais que suas palavras possam queimar.

A DIREITA ALTERNATIVA DECLARA UMA SANTA CRUZADA CONTRA MIM

Desde o primeiro dia, a mídia tinha uma agenda em relação à direita alternativa: convertê-la em sinônimo de "neonazista" e, em seguida, acusar todos os jovens conservadores de serem membros do movimento. É um jogo antigo e está ficando muito enfadonho.

Como eu era culpado de escrever a única análise imparcial a respeito da direita alternativa — em outras palavras, ofereci uma audiência justa para ela, como achava que os jornalistas deviam fazer —, a grande mídia decidiu me coroar a rainha do movimento.

Diversas vezes, declarei publicamente que não era membro da direita alternativa, mas não fez diferença. Nada faria a mídia dizer a verdade: os jornalistas mentem e mentem até seus inimigos se renderem incondicionalmente. Não me renderei incondicionalmente para ninguém que não seja uma BBC.

Os únicos que me querem no comando da direita alternativa pertencem a grande mídia, que me descreveu como "líder", "autoproclamado líder" e um "rosto" do movimento. Entre os veículos da grande mídia, incluíam-se NPR, BBC, *Bloomberg, Daily Beast, Daily Telegraph, Prospect, Evening Standard, The New Republic* e muitos outros.

Por um lado, esse pessoal está qualificando a direita alternativa como um grupo de ódio racista, antissemita e homofóbico. Por outro, está dizendo que um gay judeu com um namorado negro é o chefe do grupo. Algo não faz sentido. Mas a coerência nunca foi um ponto forte da mídia esquerdista.

Estou disposto a aceitar que há alguns idiotas trabalhando na NPR e no *Daily Beast*, que simplesmente não sabem das coisas. Os outros são apenas mentirosos. Por mais visualmente atraente que seja o meu rosto, a direita alternativa não me quer associada a ela. Talvez alguns dos criadores de memes mais jovens e menos sérios não se importem, mas os supremacistas brancos de linha-dura são inequívocos a esse respeito.

"Por meio desta, estou declarando uma Santa Cruzada contra Milo Yiannopoulos, que é a maior ameaça individual que o nosso movimento tem nesse momento", escreveu Andrew Anglin, editor do *Daily Stormer*.[7] "Ele é o nosso arqui-inimigo. Precisamos parar esse judeu."

Sinceramente, fico muito feliz que comunistas pueris e nazistas da internet me odeiem tanto. Todas as piores pessoas do mundo — feministas, ciclistas, ativistas do Black Lives Matter, fumantes de cigarros eletrônicos, veganos e, sim, os dois mil "camisas pardas"* que ainda vivem nos porões das casas dos pais "lavando" bitcoins — realmente me odeiam.

Para os idiotas da NBC News, do *USA Today* e da CNN: o editor do site da direita alternativa mais empedernido da rede me declarou como o arqui-inimigo do movimento. Pagarei pessoalmente 10 mil dólares para qualquer um desses veículos fracassados que relatar esse fato (*sei que eles precisam do dinheiro*).

Steve Bannon, ex-presidente executivo do *Breitbart*, ofereceu um ponto de vista nuançado a respeito da direita alternativa para o *Wall Street Journal*, definindo-o como "pessoas jovens, que são antiglobalização,

---

* Sinônimo de nazista. Era a cor da camisa usada pelos militantes da SA, a milícia paramilitar nazista. (N. T.)

muito nacionalistas, terrivelmente *anti-establishment*".[8] Infelizmente, nuances não funcionam bem na grande mídia. Repetidamente, o *Breitbart* foi classificado pela imprensa como uma plataforma da "direita alternativa". Sim, o *Breitbart*, onde praticamente todos os membros da administração e maioria dos editores são judeus, o mesmo *Breitbart* que publica o *Breitbart Jerusalem*, é supostamente uma plataforma para um movimento que, de acordo com a grande mídia, odeia os judeus e Israel.

O derradeiro alvo da mídia foi o entrante governo Trump, que é o motivo pela qual ela intensificou seus ataques contra o *Breitbart* após Steve Bannon ter sido designado para a equipe de campanha. O *Huffington Post* e o *The Intercept* publicaram "explicadores" desconcertantes a respeito de como Bannon era, ao mesmo tempo, antissemita e pró-Israel. De acordo com o *The Independent*, Bannon era o "barão da mídia da direita alternativa" com "acesso e influência junto ao presidente". De acordo com o *LA Times*, a direita alternativa era realmente "a marca marginal do conservadorismo de Steve Bannon".

De novo, a Fake News Media (mídia de notícias inverídicas) exibiu seu talento de tecer uma rede de mentiras através de diversas publicações.

Mas isso foi em 2016, um ano que, diferentemente de qualquer outro, provou o quão absurda, incapaz e moralmente falida a imprensa havia se tornado. Donald Trump ignorou a pressão da mídia e nomeou Bannon como estrategista-chefe.

O MARGINAL ASSUME O COMANDO

A direita alternativa está morta. Foi morta pela mídia.

Veja bem, se você chama algo de neonazista por muito tempo, invariavelmente atrairá neonazistas de verdade e — isso pode surpreendê-lo — assustar pessoar normais.

A direita alternativa sempre teve um elemento marginal de párias sociais que amam o Reich, que consideram o Holocausto uma farsa e que querem banir a "mistura de raças". Quando Bokhari e eu escrevemos nosso guia para a direita alternativa, essa era apenas uma das muitas facções nela, junto com dissidentes intelectuais, garotos que quebram tabus e conservadores sociais instintivos.

Naquela época, um ex-membro do Tea Party a favor de Israel era tão propenso a se sentir atraído pela direita alternativa como um devoto de Richard Spencer, líder supremacista branco, porque era o movimento de direita mais estimulante, dinâmico e eficaz a surgir *desde* o Tea Party. Mesmo veículos de mídia de esquerda, como o *BuzzFeed*, reconheceram seu poder de dominar a Internet e influenciar o ciclo de notícias.

Uma semana em setembro, pouco depois de Hillary Clinton ler diversas de minhas manchetes em um discurso a respeito da direita alternativa, a mídia nacional praticamente só falou de Pepe, o Sapo. Pepe, para os não iniciados, é o personagem de uma história em quadrinhos da rede, que viralizou na década de 2000. Originalmente, utilizado como uma imagem de reação para representar uma resposta emocional a alguma coisa (há "Pepes tristes, Pepes alegres, Pepes zangados e Pepes presunçosos" — muito como emojis), o sapo, inexplicavelmente, evoluiu para uma espécie de mascote da direita alternativa e dos partidários de Trump.

Seguindo o clássico manual da mídia de "se você não entende, chame de racista", a mídia estigmatizou esse inocente sapo de desenho animado como um "símbolo da supremacia branca".

Devemos agradecer à NPR, à CNN e ao Southern Poverty Law Center por identificar as causas reais da tensão racial nos Estados Unidos. As escolas, os filhos criados sem os pais ou a constante provocação racial de mascates como o reverendo Al Sharpton não são terríveis. Não. Terrível é um sapo de desenho animado.

Se você está se perguntando por que *trolls* em grande medida apolíticos são atraídos para a direita alternativa, a resposta é: nada os excita mais do que fazer com que o mundo inteiro discuta um de seus memes e tente desesperadamente dar sentido a ele. Melhor ainda se deixar as pessoas furiosas e elas começarem a insultar nos canais de notícias da tevê a cabo.

Graças à disposição dos conservadores da velha guarda de marchar lado a lado com a grande mídia, a direita alternativa passou a ser dominada não pelos amigos de Pepe, mas pelos nacionalistas brancos reais. Um ponto de inflexão ocorreu logo depois da vitória eleitoral de Donald Trump, quando Richard Spencer estimulou uma sala cheia de seus partidários a saudar o presidente eleito com um "Hail Trump", o que cerca de três pessoas imediatamente obedeceram com uma assim chamada "saudação romana".

Mesmo identitários brancos nominais como Paul "RamZPaul" Ramsey decidiram que, depois disso, era hora de dar um basta ao movimento e se afastaram dele.[9]

Cada vez mais, parece que as únicas pessoas que permaneciam no movimento da direita alternativa são negacionistas do Holocausto, fãs de Richard Spencer e leitores do *Daily Stormer*. Se esse é o caso, não quero nada com o movimento — e, como deixei claro, o movimento não quer nada comigo. Porém, posso garantir que a CNN continuará a se referir a mim como o líder da direita alternativa.

A tragédia da direita alternativa é que ela possui algumas queixas legítimas: transformação demográfica, retórica antibrancos popular, ação afirmativa, política de identidade para alguns, mas não para outros, e diversidade imposta, para citar apenas algumas. Mas a direita alternativa não continuará a receber atenção por essas coisas. Continuará a ser pintada como outra palavra para neonazismo.

Pepe, fico feliz em informar, escapou quase ileso da redefinição de "direita alternativa". E ainda é uma mascote nas universidades, onde é utilizado como símbolo de dissidência e resistência à ortodoxia progressista da esquerda.

Se os esquerdistas continuarem a ignorar os moderados sensatos, como eu, as frustrações que animam os direitistas alternativos se intensificarão. Atualmente, não há antissemitismo desenfreado nos Estados Unidos — exceto de muçulmanos — e não há movimento nacionalista branco muito difundido. Mas algum dia talvez haja, se a mídia continuar chamando pessoas como eu de "supremacistas brancos", apenas porque não conseguem descobrir como vencer uma versão gay de Anna Nicole Smith em uma discussão acerca da cultura do estupro nas universidades.

CAPÍTULO 3

Por que o Twitter me odeia

EM MAIO DE 2016, O FACEBOOK SE ENREDOU NA SEGUNDA maior controvérsia tecnológica daquele ano. A primeira foi minha suspensão do Twitter. Mais detalhes a respeito disso daqui a pouco.

O Facebook foi pego em uma mentira: a seção "Trending News", aparentemente projetada para fornecer aos usuários uma lista dos tópicos mais populares sendo discutidos na plataforma, estava sendo manipulada.

Apesar de proclamar uma nova era de informação livre e não filtrada em seus primórdios, as diferenças entre a nova mídia e a velha mídia não eram tão grandes. As duas envolviam informações mastigadas aos seus leitores, decidindo pelo público o que eles deveriam e não deveriam ver. Não era para ser assim.

Nos primeiros anos do Facebook, a ideia de um editor decidindo que informação você mais devia ver era ridícula. Da mesma forma, não havia nenhum algoritmo decidindo quem via quais posts, quando e onde. O sistema era simples: os usuários seguiam outros usuários e viam uma lista de seus posts atualizados em tempo real. Se um amigo seu postasse às 18h15, você via na mesma hora. O sistema atual, em que o Facebook escolhe o que você vê, quando e como, é um afastamento radical de seus ideais iniciais democráticos.

O Facebook afirma que sua lista de Trending destina-se a destacar "acontecimentos importantes e conversas significativas"; métricas politicamente neutras. Mas não é difícil prever o que acontecerá quando uma empresa em um dos setores mais modernos (tecnologia), situada na cidade mais progressista dos Estados Unidos (São Francisco), confia em sua equipe (censores) para implantar políticas de forma neutra.

Em maio de 2016, revelou-se que o Facebook estava discriminando tópicos de interesse dos conservadores em sua seção "Trending News". Um ex-funcionário da equipe disse ao blog *Gizmodo* que, além de desprezar tendências conservadores, a empresa também suprimia histórias a seu respeito. E promovia artificialmente histórias acerca do movimento Black Lives Matter.[1]

De acordo com o *Gizmodo*, a equipe de "novos curadores" do Facebook:

> ... Recebia pedidos para selecionar artigos de uma lista de veículos preferidos da mídia, que incluía sites como *The New York Times, Time, Variety* e outros veículos liberais da grande mídia. Regularmente, eles evitavam sites como *World Star Hip Hop, The Blaze* e *Breitbart*, mas nunca recebiam pedidos explícitos de suprimir esses veículos.[2]

Um documento vazado publicando no *The Guardian* confirmou posteriormente que o Facebook checava uma lista de veículos preferidos da grande mídia (incluindo BBC, *New York Times*, CNN e Fox) antes de atribuir "importância ao nível nacional" a um artigo.[3] Em outras palavras, dependia de veículos como a CNN para aprovar artigos de veículos de tendência direitista. Alguém consegue reconhecer o problema?

A política de discriminação do Facebook contra os conservadores não era ordenada de cima para baixo, e nem precisava ser. As empresas do Vale do Silício não têm de instituir políticas de viés contra os conservadores; tudo o que elas precisam fazer é exercer uma supervisão mínima sobre seus funcionários de tendência predominantemente esquerdista e fechar os olhos para as inevitáveis consequências.

E foi exatamente isso que foi feito. "Nós escolhíamos o que era *trending*", um ex-funcionário revelou ao *Gizmodo*. "Não havia nenhum padrão real para medir o que se qualificava ou não como notícia. Cabia ao curador de notícias decidir."

A fonte disse ao *Gizmodo* exatamente o que isso significava para a notícia de tendência conservadora e para a notícia de tendência progressista. Em resumo, a primeira era suprimida, enquanto a última era promovida. De novo, do *Gizmodo*:

> Entre os tópicos suprimidos ou descartados da lista: Lois Lerner, ex-funcionária da Receita Federal, que foi acusada pelos republicanos de examinar inadequadamente grupos conservadores; Scott Walker, governador de Wisconsin; *Drudge Report*, agregador de notícias conservador bastante popular; Chris Kyle, ex-Navy Seal, que foi morto em 2013, e Steven Crowder, ex-colaborador da Fox News.

Enquanto isso, de acordo com a fonte, a equipe de tendência esquerdista do Facebook pressionou Mark Zuckerberg a usar o Facebook para ajudar a impulsionar a eleição de Hillary Clinton e o culpou por não fazer o suficiente depois que ela perdeu.[4] E quanto ao Black Lives Matter, "O Facebook foi bastante pressionado por não ter um *trending topic* referente ao Black Lives Matter", a fonte afirmou. "Quando injetamos, todos começaram a dizer: 'Sim, agora estou vendo como número um'".

Essa injeção específica é especialmente digna de nota porque o movimento #BlackLivesMatter se originou no Facebook, e a decorrente cobertura midiática do movimento muitas vezes notou sua poderosa presença nas redes sociais.

O escândalo a respeito do viés político do Facebook ocorreu *após* o do Twitter, mas, ao contrário deste, o Facebook realmente importa para as pessoas normais, de modo que provocou uma resposta instantânea dos políticos. Uma petição foi elaborada pelo Republican National Committee (Comitê Nacional Republicano), declarando: "O Facebook deve responder pela censura aos conservadores".

O senador Jim Thune, então presidente do Comitê de Comércio do Senado, também convocou o Facebook a se explicar: "Se o Facebook apresenta sua seção de *Trending Topics* como resultado de um algoritmo neutro e objetivo, mas é, de fato, subjetivo, então a afirmação de que essa rede social mantém 'uma plataforma para pessoas e perspectivas de todo o espectro político' engana o público", Thune escreveu.

Chocado com a reação, o Facebook agiu imediatamente, anunciando uma "auditoria interna" de reabilitação (que, é claro, não encontrou nenhuma transgressão da empresa) e convidou um grupo de conservadores do *establishment* para uma reunião a portas fechadas em sua sede em Menlo Park.

O *Breitbart* foi convidado a participar da reunião, mas ao contrário de S. E. Cupp, Glenn Beck e outros tipos sortidos do *establishment*, recusou o convite, que, claramente, era apenas para fins de publicidade, e não uma iniciativa séria para se relacionar com os conservadores. Em vez disso, pedi para Mark Zuckerberg responder, em um debate ao vivo comigo, ao único grupo que importava: os milhões de conservadores que usavam sua plataforma. Ele recusou.

Sou um homem humilde — dê uma volta se você ainda estiver rindo trinta segundos depois de ler isso — e consigo lidar com o fato de não receber a devida atenção. Minha resposta ao Facebook foi caracteristicamente cortês e suave. Junto com Allum Bokhari, escrevi uma série de artigos expondo as estranhas visões progressistas da equipe da seção de "Trending News" do Facebook, fazendo com que toda ela fosse despedida e substituída por um algoritmo. Não há de que, América.

A ativista política Pamela Geller, que foi banida do Facebook depois do ataque terrorista muçulmano em Orlando, também não está deixando barato a questão do viés do Facebook. Atualmente, ela está processando a empresa, e, em um artigo para o *Breitbart*, explicou o motivo:

> Estou cansada da supressão de nossa voz. Somos incapazes de ingressar na praça pública. E, sim, o Facebook é a praça pública; é onde nos conectamos. Temos de lutar por isso. Gritar no deserto não é liberdade de expressão. Minha página do Facebook tem quase 300 mil seguidores, e em combinação com as minhas outras páginas (SIOA, SION, AFDI), alcança outros 100 mil. É uma conexão fundamental.
>
> O Facebook tem imenso poder sobre a mídia orgânica — o compartilhamento de nossas informações e notícias entre amigos e associados. Diria muito poder. Ele está tentando mudar as pessoas restringindo nosso acesso à informação.[5]

Os donos de lojas de armas, os defensores de medidas contra a imigração e os administradores de páginas de memes de tendência direitista também enfrentaram censura do Facebook.

Infelizmente, dentre as empresas líderes da rede, o Facebook talvez seja a melhor. A impressão que tenho falando com sua administração a portas fechadas é de uma empresa tentando desesperadamente controlar seus funcionários hiper progressistas. Um artigo do *The Wall Street Journal* revelou que, no meio da campanha de 2016, Mark Zuckerberg enfrentou a pressão de sua equipe de padrões de comunidades para censurar o conteúdo de Donald Trump, que, segundo ela, estava engajado em "discurso de ódio" A equipe até ameaçou se demitir caso Trump não fosse censurado, mas Zuckerberg, segundo informações , manteve sua posição.[6]

Zuckerberg também resistiu à pressão de afastar Peter Thiel, partidário de Trump, do conselho do Facebook, emitindo uma declaração em apoio à diversidade política:

Nós nos preocupamos muito com a diversidade. É fácil falar quando se trata de defender ideias que você concorda. É muito mais difícil quando se trata de defender os direitos de pessoas com pontos de vista diferentes.[7]

Isso não torna Zuckerberg especial. Supondo que não seja uma fraude (lembre-se de que, certa vez, ele chamou seus próprios usuários de "idiotas" por lhe entregarem seus dados pessoais), ele está fazendo o mínimo do que esperamos de uma empresa de rede social: propiciar uma plataforma para as pessoas expressarem suas opiniões, sem deixar suas políticas pessoais atrapalharem.

O Facebook requer vigilância constante da mídia conservadora para manter os vieses de sua equipe sob controle. Em diversas ocasiões, contas injustamente suspensas — como a de Pamela Geller — só foram restabelecidas depois da cobertura do *Breitbart*. O Facebook só se preocupou seriamente com sua equipe de "Trending News" depois do envolvimento da mídia conservadora, e só a demitiu depois que o *Breitbart* relatou seus vieses políticos.

CAÇA-FANTASMAS

Esse baú de humores, essa arca de bestialidade, esse volume inchado de edemas, essa pipa enorme de xerez, esse saco cheio de tripas, esse boi assado de Manningtree com o ventre recheado de pudim, esse vício reverendo, essa iniquidade grisalha, esse padre rufião, essa vaidade encanecida.

Meu amor por Shakespeare me propiciou *muitas* maneiras pitorescas de descrever o Twitter e seu CEO Jack Dorsey, adepto do estilo hobo-chic* e fã de sandálias.

O valor da ação do Twitter declinou cerca de 80% desde 2014, e o crescimento do número de usuários empacou desde 2013. O carma e a retribuição divina estão vivos e com boa saúde.

Antes a plataforma de rede social que mais chamava a atenção, o Twitter, prometia marcar o início de uma nova era de expressão livre, democrática e instantânea. Seu limite de caracteres estimulou os usuários a compartilharem pensamentos acelerados com o mundo sem filtros. No início, o Twitter podia afirmar merecidamente que nos mostrava o que estava na mente do mundo em qualquer momento.

Além disso, era divertido! Era divertido observar governos e políticos humilhados diante de opiniões nada moderadas dos cidadãos mundiais. Era divertido se envolver no ruidoso vaivém entre liberais, conservadores e socialistas, em uma plataforma que, por um tempo, ao menos, era o oposto de um espaço seguro. Podia constranger governos, liquidar mitos oficialmente decretados e até derrubar ditadores. Era *perigoso*. Naturalmente, eu era fã. Meu nome de usuário no Twitter era @Nero, um gesto de boa vontade com o imperador romano conhecido por sua boa aparência, alma artística e por queimar seus inimigos na fogueira.

O Twitter consistia em liberdade, diversão e humilhação da autoridade. Era só uma questão de tempo até os chorões progressistas arruinarem tudo. No fim de 2015, o co-fundador Jack Dorsey substituiu Dick Costolo, relativamente pró-liberdade de expressão, como CEO permanente. Dorsey, amigo *bastante* íntimo de DeRay Mckesson, marchou com o Black Lives Matter em Ferguson, no Missouri.[8]

---

* Mistura do estilo boho-chic (look hippie com marcas de grife) com o modo de se vestir dos moradores de rua. Voluntária ou involuntariamente, algumas celebridades adotam esses estilos: por exemplo, Johnny Depp, Brad Pitt e Robert Pattinson. (N. T.)

Rapidamente, começou a converter o Twitter em uma zona livre de conservadores e obediente à sharia.

Como qualquer CEO, Dorsey não consegue admitir abertamente seu viés político. Nas raras ocasiões em que trata do assunto, insiste que a plataforma é politicamente neutra. Em uma entrevista para Matt Lauer, do *Today Show*, Dorsey negou categoricamente que o Twitter censura algo além de ameaças de violência, insistindo que a plataforma existia meramente para "empoderar o bate-papo".

Dois meses depois que Dorsey se tornou o CEO, o ator Adam Baldwin foi suspenso temporariamente por causa de um tuíte insinuando que os conservadores e os liberais eram sexualmente mais atraentes do que os esquerdistas. (Uma observação que foi confirmada repetidamente por pesquisas e estudos.[9]) O tuíte não violou nenhuma das regras do Twitter, mas Baldwin foi forçado a apagá-lo para que sua conta fosse restaurada. Isso ocorreu ao mesmo tempo em que as furiosas ameaças de morte a Donald Trump eram uma ocorrência diária não verificada. Eu sabia que era só uma questão de tempo até Dorsey me pegar.

Em outubro de 2015, o canal de notícias Fusion se referiu a mim como "o maior *troll* da Internet", com uma capacidade de "sedução assustadora". Não estavam equivocados. Alguns meses depois, o Twitter removeu minha marca azul de verificação. Não por qualquer motivo específico. Só viram o quão popular eu estava ficando e quiseram me calar. Por esse ato intrépido, o *Huffington Post* congratulou a plataforma por "defender as mulheres on-line".[10] Ah, qual é... Eca.

As marcas de verificação são dadas a figuras proeminentes propensas a ser imitadas. Provavelmente, depois da Beyoncé, eu sou o indivíduo mais imitado, mas o Twitter ainda exclui minha marca de verificação por razões ideológicas. Naquela época, era sem precedentes.

Naquele momento, eu sabia que o Twitter estava procurando qualquer pretexto para me banir e, mais à frente, encontrariam um. Também sabia que, quando tivessem êxito, seria um pandemônio.

Não fiquei desapontado, embora os acionistas do Twitter provavelmente estejam agora.

O pretexto necessário para me banir acabou sendo o *remake* de *Caça-Fantasmas* só com mulheres; um filme extraordinariamente ruim, que foi um fracasso de bilheteria e contribuiu para a decisão da Sony de reduzir o valor contábil em quase 1 bilhão de dólares em seu negócio de filmes.[11] Publiquei uma resenha ferina a respeito do abominável filme, denegrindo-o com minha discrição característica e o considerando um crime contra a comédia. Talvez seja o único filme que já vi concebido inteiramente por despeito, o que teria sido legal se fosse engraçado. Critiquei os desempenhos péssimos das atrizes principais, incluindo a inexplicavelmente popular Leslie Jones.

O filme vinha gerando muita polêmica durante meses antes do lançamento. Quando o *trailer* estreou no YouTube, foi imediatamente atacado pelos irritados fãs da cultura pop do clássico filme de Bill Murray. Eles leram artigos a respeito do plano do diretor Paul Feig de reinventar completamente a franquia, assim como de seu conhecimento aparentemente escasso do universo dos *Caça-Fantasmas*. Basicamente, Feig transformou um filme a respeito de quatro homens de meia-idade fora de forma, três deles brancos e um negro, em um filme romântico a respeito de quatro mulheres de meia-idade, fora de forma, três delas brancas e uma negra. Inovador!

Isso, junto com o fato de que o vídeo promocional era muito chato, fez com que se tornasse o *trailer* mais desagradável da história do YouTube.

Em circunstâncias normais, isso não seria muito polêmico. Franquias cult como *Caça-Fantasmas* podem ser um território traiçoeiro: chateie os fãs e você pode se meter em uma existência de ódio. Basta pensar no que os fãs fizeram com George Lucas depois que *A ameaça fantasma* chegou aos cinemas.

Mas não eram circunstâncias normais, e a reação dos fãs ao *Caça-Fantasmas* tornou-se rapidamente uma controvérsia midiática e política. Em parte, como meio de divulgar o filme, Feig e o elenco de *Caça-Fantasmas* começaram a denunciar suas críticas como "misóginas" e "de direita".

Surpreendentemente, a mídia engoliu essa tentativa óbvia de deslegitimar as críticas e assumiu o comando. Não só a mídia cinematográfica, mas também a da grande política e até da política alternativa. Tinham a história perfeita: quatro atrizes indefesas estavam sendo atacadas por hordas de homens anônimos. A frenética campanha pró-*Caça-Fantasmas* chegou ao cúmulo do absurdo quando, após as receitas decepcionantes nas bilheterias, políticas do California Legislative Women's Caucus se reuniram em uma sessão privada para assistir ao filme. Após a exibição, suas principais integrantes deram o que me pareceu uma série de declarações pré-arranjadas para os jornalistas, cada uma delas celebrando o filme como um trabalho de grande arte e um salto à frente progressista.

Como sempre, uma reação exagerada atrai *trolls*. Ezra Dulis, editor do *Breitbart*, afirma de modo eloquente: "Para um *troll* do Twitter, não há maior agitação do que a resposta de uma celebridade furiosa. Ou seja, saber que você, em algum fim de mundo, tem o poder de irritar alguém rico, famoso e cercado por puxa-sacos".[12]

Assim, quando Leslie Jones, uma das quatro atrizes principais desse desastre cinematográfico, começou a responder furiosamente aos seus detratores no Twitter, o resultado foi inevitável. Ela alimentou os *trolls* e, por isso eles se juntaram em grande número como sapos que se alimentam de gafanhotos.

Os artigos da mídia afirmam que eu era um dos que lideraram esses enxames. Jones já travava batalhas com seus detratores no Twitter há horas quando me envolvi ativamente em trocar insultos e provocações.

Critiquei Jones, desferindo alguns *jabs*. O motivo pelo qual os esquerdistas da mídia me viram como chefe dos *trolls*, é que é difícil para eles, imaginar pessoas se movendo coletivamente *sem* um líder. É uma exibição de seu autoritarismo: para eles, um rebanho deve ter um pastor. A ideia de pessoas pensando e agindo de modo independente as amedronta.

Meu único crime foi me atrever a criticar uma mulher negra, aparentemente a própria prova de racismo no momento atual. Tuitei que Jones estava se fazendo de vítima,[13] que seu personagem em *Caça-Fantasmas* era um estereótipo racial sem graça nenhuma, e que seus tuítes eram muito pouco letrados.[14] Todas as minhas críticas são verdade. (Apesar de chamar as pessoas de "cadelas" durante toda a noite, ela teve a audácia de me acusar por este insulto.)

Como um Mogwai, há regras muito específicas a seguir quando se trata de alimentar *trolls*, ou então você acabará com Gremlins. Uma pequena minoria tuitou coisas nojentas contra Jones, tais como comparações entre ela e Harambe, o gorila recentemente morto. Jones me acusou de apoiar os racistas tuitando fotos do gorila (errado) e retuitou puxa-sacos que me acusavam de ser um "Pai Tomás gay".* (Posteriormente, ela alegaria de forma ridícula que os retuítes foram resultado de "ser hackeada".) Finalmente, ela me bloqueou e encerrou sua conta no Twitter. Eu enviei um tuíte final ("Rejeitado por outra garota negra!") e deixei por isso mesmo. Outra vitória fácil contra uma celebridade de Hollywood hipócrita e melindrosa.

Não suporto celebridades muito suscetíveis. Receber mensagens de ódio é parte integrante de ser famoso, independentemente de sua aparência. Mesmo alguém tão bonito quanto eu, recebe mensagens de ódio.

No dia seguinte, um dia que sobreviverá como dia da infâmia das redes sociais, estava agendado para encerrar a festa de "Gays com Trump" na convenção nacional republicana. Poucos minutos antes de

---

* Uncle Tom (Pai Tomás, em português) é um termo pejorativo usado para descrever um negro que age de modo submisso ante a um branco. Deriva do personagem homônimo que deu título ao romance *Uncle Tom's Cabin* (*A Cabana do Pai Tomás*), de Harriet Beecher Stower, de 1853. (N. T.)

POR QUE O TWITTER ME ODEIA

subir ao palco, fui banido do Twitter para sempre. Suspeito — mas não posso provar — que esperaram até pouco antes de meu evento propositalmente, para causar o máximo de dano. O Twitter é uma empresa cujos funcionários escreveram "#SCREWNERO" (foda-se Nero) em um quadro de avisos, em sua sede em São Francisco.[15]

Não previram minha habilidade sobrenatural de transformar cada pequeno contratempo em um triunfo gigantesco e brilhante.

Como todos os imbecis progressistas, a sede do Twitter ignorava o Efeito Streisand:* sempre que se tenta a censura, simplesmente chama mais atenção para o seu alvo. De imediato, o meu banimento resultou na maior atenção que a imprensa já tinha recebido até então. Tornei-me o paciente zero na cruzada do Twitter contra os conservadores, especialmente o tipo a favor de Trump. A CNN, a CNBC e a ABC me queriam para falar a respeito. Às vezes, pergunto-me se os meus maiores inimigos são, de fato, meus melhores amigos, e todos estão secretamente me ajudando, fingindo ser esquerdistas em público.

Fui o *trending topic* número um durante um dia inteiro, com dezenas de milhares de usuários tuitando #FreeMilo em solidariedade. Meus fãs rabiscaram o slogan com giz do lado de fora da rede internacional de escritórios do Twitter. Um dos meus fãs mais sacanas convenceu um grupo de ativistas pelos direitos dos animais a cantar "Free Milo" depois de convencê-los de que eu era um asno em cativeiro.

Sinto-me mal por ser um catalisador em relação à censura do Twitter? Não mais do que Jean-Luc Picard deveria se sentir mal por ser um catalisador em relação à invasão do espaço da Federação pelos Borg.

Apesar do que você leu na mídia, não tuitei nenhuma mensagem racista ou de assédio contra Leslie Jones, nem encorajei as poucas pessoas anônimas que fizeram isso. O Twitter afirma que liderei "assédio

---

* Efeito Streisand é um fenômeno da internet onde uma tentativa de censurar ou remover algum tipo de informação se volta contra o censor, resultando na vasta replicação da informação. (N. T.)

73

direcionado" contra Jones, o que parece significar "ser famoso e ter opiniões erradas". Meu suposto assédio foi tão pesado que Jones "foi embora do Twitter". Embora não deva ter sido *tão* pesado porque ela voltou depois de 48 horas.

Esse é um padrão duplo de julgamento chocante. Não culpamos Justin Bieber quando ele tuíta ou posta no Instagram a respeito de Selena Gomez, induzindo ameaças de morte e estupro contra ela. Não culpamos Beyoncé pelo que os Beyhive (fãs de Beyoncé) fazem com Taylor Swift. Eles nunca são responsabilizados pelas ações de seus fãs pela mídia. Se Bieber ou Beyoncé se assumissem como partidários de Trump, garanto que isso mudaria.

Outra coisa que você não leu na imprensa é que Leslie Jones incitou diretamente o assédio contra seus críticos. A mesma violação da regra pela qual fui falsamente acusado quando o Twitter suspendeu minha conta. Uma usuária sugeriu a Jones que alguma introspecção poderia funcionar se ela quisesse deter a onda de trolagem. Jones respondeu com um apelo inequívoco à continuidade da troca de insultos: "Sua cadela, quero contar a todos a seu respeito, mas vou deixar todo mundo fazer isso. Vou retuitar o seu ódio!! Saca só ela!!"[16] Em outro tuíte, ela também incitou seus seguidores a "ir atrás deles como eles vêm atrás de mim".[17] O Twitter não fez nada diante dessas flagrantes violações de regras. Jones nem precisou apagar seus tuítes para desbloquear sua conta, que — como sei bem — é a forma mais leve de punição por uma violação dos termos de serviço.

Não pretendo parecer chorão a respeito de tudo isso, porque meu banimento do Twitter me tornou muito mais famoso. Foi uma das melhores coisas que já aconteceu comigo. Quebrou meu vício em relação aos pequenos e constantes choques de dopamina que tinha de todos aqueles retuítes e curtidas. Consigo muito mais trabalho real atualmente.

Além disso, ser banido foi ótimo, tal qual Madonna e Andrew Dice Clay sendo banidos da MTV na década de 1990. Juntei-me ao clube da elite de pessoas perigosas banidas do Twitter, como a gênia musical Azealia Banks e o jornalista investigativo de direita Chuck Johnson. (Nós três somos partidários de Trump; imagine só!). Como resultado de meu banimento do Twitter, tornei-me um prazer cheio de culpa para uma fatia imensa da juventude americana. Portanto, sim, não pretendo choramingar porque não estou nem um pouco triste com isso. Porém, é importante esclarecer as coisas quando a grande mídia mentirosa vem atrás de você com seu habitual arsenal de insultos, histeria, revelação seletiva e falsidade rematada.

O TWITTER AFUNDA

Comigo fora do caminho, a esquerda prosseguiu uma cruzada para censurar o Twitter, com uma grande pressão de seus aliados na política e na mídia. Um bando de falastronas feministas, incluindo Katherine Clark, mórbida congressista democrata americana, e Stella Creasy, lamurienta parlamentar trabalhista britânica, criaram um pânico a respeito de "ameaças de morte" e "trolls", que supostamente causavam medo em mulheres inocentes e indefesas no Twitter. (Por coincidência, essas mulheres quase sempre eram ativistas feministas profissionais e políticas de esquerda.)

A narrativa foi repetida incessantemente na mídia nacional da Grã-Bretanha e dos Estados Unidos. Lentamente, a plataforma que outrora se proclamava "a ala da liberdade de expressão do partido da liberdade de expressão" começou a se converter em um espaço seguro e amigável para as feministas. Fazer piada sobre feministas te faz correr o risco de perder sua conta. Mas você pode tuitar #KillAllWhiteMen (mate todos os homens brancos), #MasculinitySoFragile (masculinidade tão frágil) ou "I BATHE IN MALE TEARS" (eu tomo banho em lágrimas masculinas) sem a menor preocupação.

Inúmeros direitistas foram banidos do Twitter, temporária ou permanentemente,[18] incluindo Sargon of Akkad, youtuber e liberal, e Janet Bloomfield, escritora e antifeminista canadense. Até colocaram um filtro de "segurança" em todos os links para o blog de Vox Day, iconoclasta de direita e importante autor de ficção científica.

O Twitter pegou pesado contra a direita alternativa. Depois da eleição de 2016, dezenas de vozes proeminentes do movimento foram banidas. Ao mesmo tempo, Jerome Hudson, escritor afro-americano do *Breitbart*, foi bombardeado com injúrias raciais, incluindo "preto" e "Pai Tomás", instigadas pelo rapper fracassado Talib Kweli, e o Twitter não fez absolutamente nada.[19] Nos dois meses seguintes à eleição, as ferramentas de análises para redes sociais descobriram mais de 12 mil tuítes pregando a morte de Donald Trump; tuítes que permanecem na plataforma.[20] Mas o Twitter continua a professar sua neutralidade política. Em minha época como editor de tecnologia do *Breitbart*, nunca vi uma conta ser suspensa por enviar ameaças de morte ou estupro a Donald Trump ou qualquer outro conservador importante.

O Twitter discriminou secretamente fontes noticiosas conservadoras bem antes das palavras "fake news" emergiram de um veículo noticioso progressista. Em fevereiro de 2016, uma fonte que trabalhou conjuntamente com o Twitter revelou ao *Breitbart* que a empresa tinha uma "lista negra" de usuários inconvenientes e mantinha uma "lista branca" de fontes noticiosas confiáveis.

O "shadowbanning" é uma prática sorrateira de remover ou reduzir os posts de um usuário da visão do público sem alertar o usuário, que, muitas vezes, continua postando, acreditando que nada mudou. Pouco depois da posse de Trump, o Twitter reconheceu que estava escondendo tuítes dos resultados de busca.[21] Começaram a marcar contas como "conteúdo sensível", forçando os usuários a consentir (opt-in) em ver certos tuítes, em vez de não consentir (opt-out), para remover informação indesejada. O *Drudge Report*, o maior site conservador da rede, foi marcado como "conteúdo sensível" pelo Twitter.

POR QUE O TWITTER ME ODEIA

Se Dorsey não enfrentar o viés descarado de sua plataforma, talvez algum dia tenha de responder à justiça. Em 4 de março de 2016, perguntei a Josh Earnest, secretário de imprensa do, na época, presidente Obama, acerca do papel que Obama podia desempenhar em lembrar as plataformas de redes sociais da importância de proteger a liberdade de expressão.

Earnest deixou claro que até Obama acreditava que o sucesso das plataformas de redes sociais é "baseado na proteção importante dos direitos da Primeira Emenda de autoexpressão". Também recomendou que os usuários do Twitter que se sentissem prejudicados pelas políticas da plataforma recorressem a ações judiciais. Diversas delas já estão em andamento.

O progressista mais poderoso das duas últimas décadas foi o presidente Obama. Se a direção censora do Twitter recebesse palavras duras de *seu* governo, Dorsey deveria estar tremendo sobre suas sandálias Birkenstock com Trump no poder.

A esta altura, a morte do Twitter é inevitável, mas Dorsey certamente não está fazendo nada para retardar o processo. A censura cria um efeito arrepiante, assustando outros usuários de dizerem o que pensam. No Twitter, site projetado para fluxos de consciência acelerados, isso significa nada menos que a morte da plataforma.

Há uma impressão, espalhada pela mídia, apoiada pelo próprio Twitter e, agora, aceita estupidamente por quase todos, que os problemas do Twitter e o motivo pelo qual a empresa não foi adquirida, resumem-se ao "abuso" e ao "assédio".

Na realidade, o oposto é verdadeiro. A história das redes sociais não conhece exceção a essa regra simples: ao começar a impor restrições à liberdade de expressão, você morre. O Twitter não é diferente. A rede não pode manter o aumento do número de usuários porque é chato (todas as pessoas descoladas saíram ou foram banidas) e porque o produto é horrível. Não é por causa dos "trolls". Se eles fossem o problema, as seções de comentários, o Reddit, o 4chan e o YouTube teriam fechado anos atrás.

As pessoas *adoram* se envolver em discussões na Internet. Algumas pessoas passam a vida inteira fazendo isso. As únicas pessoas que se opõem a zombarias e críticas são as celebridades frágeis e nervosinhas e os jornalistas com egos delicados que não conseguem lidar com leitores que mostram como eles são tendenciosos e estúpidos. O problema do Twitter não é que haja muito discurso irascível, mas, sim, que há *pouquíssimo*. Além disso, é um produto tão mal projetado que as pessoas que não querem se ouvir frequentemente se ouvem.

Não posso crer que sou a única pessoa a entender isso.

A "guerra aos *trolls*" da mídia é apenas outro tipo de luta de classes: as elites politicamente corretas e com educação superior não gostam do jeito que as classes trabalhadoras falam. Ficam chocadas com o humor grosseiro, a linguagem ríspida e tom estridente das interações dos operários. Então, estigmatizam tudo como "abuso" e "assédio", e fecham suas seções de comentários porque são delicadas demais para se envolver com pessoas comuns.

Atualmente, as pessoas mais mordazes e interessantes saíram do Twitter ou foram eliminadas. A plataforma está morrendo, assim como o negócio por trás dela.[22] Sabe, meio que me sinto mal por alguém banido depois de 2016. Essa pessoa ficou muito para trás.

E quanto a me suspender por causa de uma rusga com Leslie Jones... Pelo amor de Deus! Bem, se você vai trair seus valores essenciais com uma celebridade, ao menos escolha alguém divertido e/ou talentoso ou ao menos bonito.

GOOGLE

O Twitter é a empresa do Vale do Silício onde o viés progressista é mais evidente, mas o Google é a empresa onde ele é mais perigoso. Se o Google decide que não quer que os usuários da rede encontrem algo, é muito difícil detê-lo — ou até descobrir que o site fez algo. Provavelmente, é por isso que, dentre todas as empresas do Vale do Silício acusadas de viés, foi o Google que Donald Trump abordou diretamente.

A ocasião que o levou a abordá-lo foi a divulgação de um vídeo explosivo mostrando viés nos resultados de busca do Google. No vídeo, o canal de tecnologia *SourceFed* demonstrou que as buscas por Hillary Clinton não se completavam automaticamente para palavras que envolviam buscas difundidas e negativas em relação à candidata democrata. Por exemplo, "Hillary Clinton cri" não se completava automaticamente em relação ao termo de busca difundido "Hillary Clinton criminal" ("Hillary Clinton criminosa"). Isso contrastava com os mecanismos de busca concorrentes Bing e Yahoo, mas bem menos influentes, onde todos os termos de busca se completavam automaticamente de modo correto.[23]

O Google negou uma alteração em suas sugestões de busca para favorecer Clinton, afirmando que não completa termos automaticamente que sejam "ofensivos ou depreciativos quando exibidos junto com o nome de pessoas". No entanto, um experimento posterior do importante psicólogo Robert Epstein descobriu que era fácil fazer com que o Google exibisse termos de busca negativos para Bernie Sanders, principal adversário de Clinton... e para Donald Trump.

Eric Schmidt, CEO da empresa proprietária do Google, é muito parecido com Tim Cook, Jack Dorsey e Mark Zuckerberg. Mas ao contrário desses três, seu envolvimento em política sugere um vínculo *direto* entre seu trabalho e apoio a políticos de esquerda. Schmidt fundou a The Groundwork, uma organização com o único propósito de eleger Hillary Clinton para a Casa Branca, colocando o talento tecnológico do Vale do Silício à disposição da campanha.

O WikiLeaks confirmou o envolvimento de Schmidt com a campanha de Clinton em um vazamento de e-mails, que incluiu um membro da equipe dos democratas reconhecendo que o grupo de Schmidt estava trabalhando "direta e indiretamente" com a equipe de Clinton.[24] Um e-mail vazado enviado pelo próprio Schmidt sugeriu a criação de um banco de dados de eleitores que agrega regularmente "tudo que se sabe" a respeito de eleitores individuais.[25] A criação de tal banco de dados é orwelliana ao extremo e parece desencorajadora, mas o Google, com suas vastas quantidades de dados de usuários, poderia ter êxito com eficiência assustadora.

Mas não foi apenas com Clinton. Um artigo do *The Intercept*, de abril de 2016, revelou como o relacionamento entre o Google e o governo Obama[26] era próximo. E que representantes do Google participavam de reuniões na Casa Branca "mais de uma vez por semana, em média, desde o início da presidência Obama até outubro de 2015".

Esse artigo também mostrou como o Google operava uma "porta giratória" com a Casa Branca, com funcionários muitas vezes circulando entre os dois. Registrou 55 casos de funcionários que deixaram o Google em troca de empregos no governo federal durante os mandatos de Obama; 29 deles foram trabalhar diretamente na Casa Branca. Adicionalmente, 127 funcionários do governo deixaram seus empregos para trabalhar no Google.

Com um relacionamento tão próximo, não surpreende que Eric Schmidt lutasse tanto para eleger Hillary Clinton, a candidata que representava a continuidade do governo Obama.

Um dos primeiros experimentos de Robert Epstein descobriu que a manipulação dos resultados de busca podia convencer eleitores indecisos a apoiar um candidato com eficiência assustadora.[27] Em certas faixas demográficas, Epstein notou que a taxa de conversão era de até 80%.

Se os conservadores achavam que o viés da grande mídia era mau, espere até ver os efeitos do viés do mecanismo de busca.

Alguns podem considerar os conservadores afortunados já que as empresas de tecnologia não utilizaram todos os poderes à sua disposição para influenciar a eleição. O Google poderia, se quisesse, banir todos os links para o *Breitbart*, assim como o Twitter e o Facebook. Em última análise, uma medida tão ousada seria uma má decisão empresarial; no clima atual, os conservadores se sentem bastante seguros nas redes sociais para não afluírem para plataformas concorrentes. Há uma crescente conscientização de que as empresas que servem como canais para discursos na rede não são mais politicamente neutras, mas não o suficiente para desencadear um êxodo em massa. Ainda.

OS CONSERVADORES DEVEM ENFRENTAR O VALE DO SILÍCIO

Dada as forças de alta tecnologia mobilizadas contra ele, não é nada menos que um milagre a conquista da presidência por Donald Trump. Em 2020, quando as redes sociais e os mecanismos de busca tenderão a exercer ainda mais poder, ele pode não ter tanta sorte. Se os conservadores quiserem continuar ganhando, precisam levar a sério o Vale do Silício, e isso precisa acontecer rápido.

Além de raras exceções, como Peter Thiel, quase todos no mundo da tecnologia *odeiam os conservadores.* Jack Dorsey está na cama, *abraçando* o Black Lives Matter. Ele trouxe feministas censoras para o Twitter, para orientar a empresa a respeito de quem deve ser banido da plataforma.

Por sua vez, Mark Zuckerberg é um globalista fervoroso, que acredita que os Estados Unidos deveriam "seguir a liderança da Alemanha em imigração".

Eric Schmidt é menos ruidoso, mas, como vimos acima, é potencialmente muito mais perigoso. Ele já trabalhou para colocar Hillary Clinton na Casa Branca. Quem sabe o que ele aprendeu com o fracasso dela ou o que fará para sabotar Trump ao longo de sua presidência?

A maior vantagem que os conservadores têm na rede é o *Drudge Report*, agregador de notícias muito bem trafegado, dirigido por Matt Drudge, pioneiro da mídia conservadora. Instantaneamente, o site pode viralizar um artigo e foi uma constante pedra no sapato para o lado dos progressistas que procuram a predominância da rede. Mas não é uma plataforma social. As redes sociais continuam a avançar e não podemos permitir que os progressistas as monopolizem sem luta.

O viés das redes sociais é muito mais perigoso para os conservadores do que o viés da grande mídia. Os usuários acreditam que estão escolhendo fontes de informação sozinhos e, por isso, são mais confiáveis. Se os conservadores — incluindo o presidente Trump — querem evitar o desastre, precisam levar a sério a pressão sobre o Vale do Silício para permanecerem honestos. Devem levantar o espectro da lei antitruste, da regulação da mídia e de todos os outros demônios regulatórios temidos pelas empresas de redes sociais americanas, que têm muitas razões legais e financeiras para querer permanecer classificadas pela justiça como plataformas politicamente neutras, ainda que todos saibam que não são.

Os republicanos precisam se tornar agressivos, precisam examinar e investigar as empresas de redes sociais, mantendo-as em evidência o tempo todo. Precisam se organizar ao redor dos concorrentes e incentivá-los. Pode ser difícil para políticos de 60 anos que ainda precisam dos netos para desbloquear seus celulares, mas é o próprio futuro político em jogo. Contratem estagiários, vovôs.

Enquanto usuários comuns, precisamos combater empresas que agora supervisionam grande parte de nossas comunicações diárias. Tome conhecimento das leis de proteção de dados de seu país: que informações as empresas de redes sociais podem reter em suas atividades e quais devem entregar quando solicitadas. Ache outras pessoas que foram tratadas injustamente pelas empresas de redes sociais e crie grupos de pressão. Organize campanhas de envio de cartas para seus congressistas. Conte para jornalistas conservadores e liberais o que está acontecendo. Melhor ainda, funde sua própria empresa e crie uma plataforma que corresponda às expectativas originais em relação à rede social.

Combater empresas de redes sociais politicamente tendenciosas é a batalha mais importante para conservadores e liberais na próxima década. Em uma universidade, os esquerdistas podem influenciar algumas centenas de outros estudantes, se tiverem sorte. Uma empresa de rede social pode influenciar dezenas de milhões. Atualmente, não há maior perigo para a liberdade de expressão do que os vieses pró-esquerda do Vale do Silício. Não deixe que eles se deem bem.

No final, os censores sempre perdem. Mas só se existirem bastante guerreiros corajosos da liberdade de expressão pedindo suas cabeças.

CAPÍTULO 4

Por que as feministas me odeiam

Você não sabe como é *difícil* ter de se agarrar às suas *chaves* quando se está caminhando sozinha...

VOU INTERROMPÊ-LA BEM AÍ. SERÁ QUE ESSAS MULHERES realmente acham que todos os homens estão ávidos para lutar, sem medo do mundo, o tempo todo? E mesmo assim *eu sou o* sexista.

Além disso, você tem o direito de portar armas, vadia. Se há uma coisa que Buffy, a caça-vampiros, me ensinou é o eterno poder de equalização proporcionado pelas armas. Não ando por aí com dois seguranças armados porque eles são fofos. *E eles são.* É porque eles atiram muito melhor do que eu.

O feminismo está morrendo. Embora tenha enorme influência sobre as elites politicamente corretas da mídia e de Hollywood, o apoio a ele está ruindo entre pessoas comuns de todas as tendências políticas, graças, pelo menos em parte, às ativistas feministas histéricas, que divulgam mentiras e teorias de conspiração diariamente.

Como sou uma alma misericordiosa, explicarei neste capítulo não só por que as feministas me odeiam, mas também como elas podem mudar as coisas da água pro vinho por conta própria. Não estou fazendo isso porque sou gentil. Realmente gosto de dar aos meus inimigos um guia para me vencer.

Também não dói que, quando explico o mundo real para as feministas, isso as deixe ainda mais loucas do que já são. Chamam isso de Milosplaining — explicações de Milo.

A luta pelos direitos das mulheres começou no fim do século XIX e se concentrava quase completamente no direito de voto feminino. Embora essas mulheres valentes fossem terrivelmente feias, foram pioneiras e até heroínas. Geralmente, essa fase é conhecida como a primeira onda do feminismo.

A segunda onda, que começou em meados do século XX, foi mais ampla, mas também baseada em objetivos louváveis: fim do assédio sexual no trabalho, fim da discriminação, revogação de leis arcaicas que permitiam o estupro marital e, acima de tudo, estabelecimento de igualdade plena de oportunidades para as mulheres. Poucas pessoas razoáveis podiam discordar de seus objetivos.

Ainda hoje, mulheres justas e imparciais, como Christina Hoff Sommers, continuam a levantar a bandeira do que ela chama de "feminismo de liberdade"; um feminismo que promete direitos legais iguais e igualdade de oportunidades.

A terceira onda do feminismo mostrou sua cara estranha na década de 1990. O feminismo do qual Sommers fala é quase irreconhecível em sua mensagem.

Para entender o que as feministas da terceira onda querem, considere em que elas dedicam seu tempo agora.

Manspreading: um termo usado para descrever a prática do homem se sentar com as pernas abertas no transporte público. Essa suposta afronta sexista, que se originou em um blog feminista no Tumblr, se tornou ilegal na cidade de Nova York.[1]

Mansplaining: o grave pecado de explicar algo para uma mulher enquanto homem.

Manthreading: fazer o mesmo na rede social. Não é ilegal... ainda.

Emojis de beringela também chamaram a atenção das feministas da terceira onda. De acordo com uma blogueira, esses emojis são a "próxima fronteira do assédio on-line".[2] Aparentemente, as beringelas se parecem muito com pênis roxos. Em um sinal de como a sociedade em geral está ansiosa para agradar as feministas, o Instagram baniu a beringela. Desde então, passei a usar o emoji da Torre Eiffel quando meu namorado me pergunta o que eu quero para o jantar.

Os aparelhos de ar-condicionado também são sexistas. Segundo as feministas, os homens conseguem lidar melhor com o frio e, de forma obstinada, mantêm os aparelhos funcionando com afinco.[3] Sabe, também sou friorento, mas nunca considerei transformar isso numa questão sociopolítica.

Como todas essas coisas se tornaram nacionalmente politizadas, numa época em que menos de uma em cada cinco mulheres americanas se descreve como feminista? Como e por que as corporações começaram a levar a sério as reclamações de blogueiras de Nova York, quando seus clientes reais não dão a mínima? Como a colunista Heather Wilhelm politicamente moderada afirma: "Eu não deixei o feminismo. Ele me deixou".

O sentimento de Wilhelm é compartilhado por faixas crescentes do público ocidental, masculino e feminino, de direita e de esquerda. O feminismo se descreve como um movimento pela igualdade feminina. No entanto, se comporta como algo muito distinto: um festival vingativo, rancoroso e mesquinho de ódio pelos homens.

Na Grã-Bretanha, apenas 7% das pessoas se classificam como feministas.[4] Nos Estados Unidos, o número é maior: 18%, de acordo com uma pesquisa do *Vox*.[5] Outra pesquisa do *YouGov* e do *The Huffington Post* descobriu que 23% das mulheres e 16% dos homens se identificavam com o termo.[6] No Ocidente, a quantidade de pessoas que se identifica como feminista está se aproximando da quantidade de pessoas que acredita que os negros são inferiores de modo inato aos brancos.[7] Que é menor que 10%.

Pesquisadores da Universidade de Toronto descobriram que as pessoas que já tinham a tendência de apoiar as causas feministas eram menos propensas a fazer isso se entrassem em contato com uma ativista feminista "estereotipada".[8] Quanto mais as pessoas *veem* feministas, menos propensas são de *se identificar* com o feminismo... mesmo se já são feministas! Os pesquisadores concluíram que as feministas e outras ativistas devem de comportar de uma maneira menos ofensiva se querem ganhar o apoio para suas causas.

Felizmente para os criadores de memes, as feministas continuam a fazer exatamente o oposto.

MULHERES QUE ODEIAM HOMENS

Quando você diz para uma feminista que não acredita no feminismo, muitas vezes ela responderá com um discurso vazio: "Então, você não acredita na igualdade para as mulheres!" No entanto, nas duas pesquisas de opinião mencionadas anteriormente neste capítulo, a maioria esmagadora apoiara a igualdade dos sexos: 86% dos homens e 74% das mulheres no Reino Unido, e 85% no total nos Estados Unidos.

Você consegue pensar em algum outro tópico em relação ao qual 85% dos americanos concordem? Os Estados Unidos são um país em que 5% das pessoas acreditam que Paul McCartney morreu em 1966 e foi substituído por um sósia e 14% não têm certeza.[9]

Claramente, ambos os gêneros acreditam predominantemente que feminismo e igualdade não significam mais a mesma coisa.

Em 2013, a cineasta feminista Cassie Jaye começou a fazer um documentário a respeito do Men's Rights Movement (MRM — Movimento pelos Direitos dos Homens), o bicho-papão favorito do feminismo. Jaye iniciou o projeto com a suposição de que examinaria um grupo de ódio; era como as blogueiras e ativistas feministas estigmatizavam o MRM na época.

Os fatos não corresponderam à narrativa.

Uma análise do *Breitbart* a respeito das reportagens no site da NPR — National Public Radio — revelou que havia 2,8 vezes mais reportagens a respeito de câncer em mulheres do que em homens. Mencionar isso em público é um caminho garantido para zombarias e ridicularizações de jornalistas, independentemente das taxas de mortalidade. A frase "direitos dos homens" significa "misoginia" na grande imprensa.

Além da falta de divulgação, há uma grande diferença em investimentos para pesquisas. Os pacientes com câncer de próstata apresentam uma probabilidade de sobreviver à doença, aproximadamente, 10% maior do que as pacientes com câncer de mama,[10] mas os números do National Cancer Institute revelam um investimento para pesquisas relativo ao câncer de mama superior a duas vezes mais que para o câncer de próstata.[11]

Isso não acontece apenas em relação ao câncer. Entre as dez causas principais de morte — doença cardíaca, câncer, derrame, doença pulmonar obstrutiva crônica, acidentes, pneumonia e gripe, diabetes, suicídio, doença renal, doença hepática crônica e cirrose —, os homens são mais propensos a morrer do que as mulheres. De acordo com números de 2014, as mulheres americanas têm uma expectativa de vida média de 81,2 anos. Para os homens, não passa de 76,4 anos.[12]

A diferença de *saúde* entre gêneros é bastante real, ao contrário da diferença *salarial*, que é explicada completamente por escolhas feitas na vida. Essa diferença dá às feministas algo para se queixar e para escolher apresentações de consultoria de diversidade a "consertar", enquanto a diferença de saúde entre gêneros deixa os homens em caixões.

Frequentemente, o suicídio é descrito como uma "epidemia silenciosa" graças ao rápido aumento do número de vítimas na última década. Não seria uma epidemia silenciosa se os números tendessem levemente para o lado das mulheres. Uma pesquisa do CDC (Centro de Controle de Doenças) investigou suicídios de 1999 a 2014 e constatou que a taxa de suicídio masculino cresceu 62% mais rápido do que a taxa de suicídio feminino.[13] Nesse momento, os homens morrem pelas próprias mãos numa proporção superior a quatro vezes em relação às mulheres. Uma resposta típica da terceira onda do feminismo a essa epidemia? #IBatheInMaleTears

O MRM tem outras queixas. Há falta de recursos para as vítimas masculinas de violência doméstica. Na Grã-Bretanha, por exemplo, há apenas 78 espaços em *todo o país* que podem ser utilizados como abrigos para vítimas masculinas de violência doméstica, em comparação com os cerca de 4 mil abrigos para mulheres, independentemente do fato de que mulheres e homens sofrem violência doméstica em taxas aproximadamente semelhantes. Mesmo fontes de esquerda reconhecem isso.[14]

Há uma disparidade em sentenças de prisão. Um estudo da Universidade Estadual de Michigan constatou que, em média, os homens recebem sentenças 63% maiores do que as mulheres, para os mesmos crimes cometidos nos Estados Unidos.[15] Na Grã-Bretanha, um caso resumiu o problema primorosamente: uma mulher foi poupada da cadeia apesar de roubar 38 mil libras esterlinas do cartão de débito da empresa, porque o juiz, em suas próprias palavras, "odeia mandar mulheres para a prisão".[16]

Quando uma feminista contar alguma mentira a respeito de mulheres que ganham 79 centavos de dólar para cada dólar ganho por um homem, lembre-a de que, em alguns estados americanos, algumas varas de família concedem a guarda dos filhos em tempo integral para as mães em 72% das vezes.[17] Essa é a *verdadeira* discriminação. O site NOW — National Organization for Women — vangloria-se de sua oposição à "guarda compartilhada". Por quê? "O maior envolvimento do pai não necessariamente acarreta em resultados positivos para as crianças."[18] Como se essas sapatonas do NOW conseguissem alguém para pôr um bebê nelas. Eu prefiro gozar na boca do Sloth de *Os Goonies* do que ir para a cama com uma delas.

Só essas questões — deixando de lado todas as outras queixas do MRM, incluindo recrutamento militar, acidentes de trabalho fatais, acusações de falso estupro — são mais do que suficientes para justificar a defesa masculina. E mesmo se as feministas estivessem preocupadas com a retórica do MRM, teriam de ser monstruosamente sociopatas para tentar impedir uma cineasta feminista respeitável como Cassie Jaye de realizar uma investigação imparcial a respeito dessas questões. Não seriam?

Anteriormente, neste livro, mencionei o quão impiedosamente a esquerda trata os "traidores" em suas cruzadas orientadas pela identidade. Jaye não foi uma exceção. Apesar de ter um histórico de trabalhos aclamados, com dois documentários premiados, Jaye se viu fora das rotas de apoio. Quando a entrevistei para o *Breitbart*, ela me disse que as subvenções iniciais foram tiradas quando ficou claro que ela queria obter um olhar equilibrado a respeito do movimento. "Não encontrávamos produtores executivos que queriam obter uma abordagem equilibrada. Só encontramos pessoas que queriam fazer um filme feminista."[19]

Em sua busca por financiamento, Jaye aprendeu mais a respeito do viés institucional em relação aos problemas masculinos: "Não existem categorias para filmes a respeito de homens, mas há diversas para mulheres e minorias. Submeti o filme a categorias de direitos humanos e foi rejeitado por todas elas." Finalmente, Jaye não teve escolha a não ser recorrer a uma campanha de financiamento coletivo na internet, que o *Breitbart* e uma gangue de outros deploráveis deu apoio. Depois que escrevi um artigo a respeito do longa de Jaye, o filme foi financiado em um dia.

O que isso diz a respeito da hostilidade da sociedade aos problemas masculinos que levou um provocador de direita como eu a fazer decolar esse documentário? Onde estava o *establishment*, com seu suposto compromisso com a igualdade, a equidade e os direitos humanos? E por que as pessoas não podem falar a respeito disso sem serem reduzidas ao silêncio ou expulsas da sociedade educada?

POR QUE AS FEMINISTAS ME ODEIAM

As feministas e o *establishment* não ficaram satisfeitos em simplesmente não financiar o documentário de Jaye; acusaram-na de ter uma "afinidade estranha por fanáticos" e estimularam boicotes ao filme.[20] Na Austrália, o cinema designado para sediar a estreia do filme desistiu depois de uma campanha de pressão.[21]

Jaye tinha traído a irmandade e as garras foram mostradas. Para isso acontecer, bastou a mera sugestão de um olhar honesto e imparcial a respeito dos problemas masculinos. É alguma surpresa que as pessoas não associem mais o feminismo com a igualdade dos sexos?

Nas raras ocasiões em que a sociedade toma conhecimento dos problemas masculinos, as feministas geralmente aparecem para estragar a festa.

"Movember" ("Novembro Azul") é um evento anual em que os homens deixam crescer seus bigodes para promover a conscientização a respeito do câncer de próstata; iniciativa bem-humorada, é um dos poucos casos em que uma conscientização a respeito do câncer masculino é trazida à tona.

As feministas, em vez de ajudar, reclamam regularmente acerca da atenção que esse evento recebe da imprensa. A *New Statesman*, revista de esquerda, queixou-se que o Movember é "desagregador, heteronormativo, racista e ineficaz". Por que racista? Porque "muitos homens de minorias étnicas" usam bigodes como "significante cultural ou religioso"; Ou talvez porque algumas raças não conseguem desenvolver pelos faciais. Um artigo no *Rabble*, site noticioso canadense, reclamou a respeito dos "Mo Bros" sexistas* e do seu comportamento "excludente".[22]

A revista on-line *Slate* publicou um artigo de duas feministas lamentando que o Movember "celebrava a masculinidade" para

---

* Termo utilizado para designar um participante do Movember. Combina a abreviação de "moustache" (bigode) e bro (mano). (N. T.)

combater o câncer. Disseram isso como uma crítica. Escreveram: "Somos opositoras iradas e desmancha-prazeres feministas, que odeiam coisas justamente porque outras pessoas gostam delas? Provavelmente, mas..." Bem, pelo menos elas têm alguma autoconsciência, o que é raro para as feministas atualmente.

O câncer de testículo também é uma das poucas doenças masculinas com uma campanha de conscientização: #CockInaSock (pau na meia). É bastante autoexplicativa, sobretudo se você está familiarizado com o Red Hot Chili Peppers e recebe elogios rasgados no *Huffington Post* e *BuzzFeed*. Os artigos mostram homens malhados expondo a maior parte do corpo para promover a conscientização. O VICE, porém, publicou um artigo condenando a campanha #CockInaSock, considerando-a uma "congênere idiota" da campanha de conscientização do câncer de mama #nomakeupselfie (não tire selfie) e afirmou: "Sem exceção, cada um que está fazendo isso é um babaca".[23]

O pessoal do mundinho *fashion* celebrou a "objetificação da forma masculina", mas reclamou que a visão dos pelos pubianos expôs um padrão duplo sexista: os homens não precisam se depilar e as mulheres precisam.[24] De novo, as feministas estavam pegando uma campanha de apoio aos homens e tentando convertê-la em algo a respeito delas e de seus problemas com pelos.

O comitê de igualdade e diversidade da Universidade de York anunciou que marcaria um Dia Internacional dos Homens, com um evento abordando problemas masculinos, especialmente o suicídio. Uma campanha com mais de 200 estudantes e professores ativistas exigiu que o evento fosse cancelado. "Acreditamos que os problemas masculinos não podem ser abordados da mesma forma que a injustiça e a discriminação em relação às mulheres, porque estas são estruturalmente desiguais com respeito aos homens", declarava uma carta aberta. Rapidamente, a Universidade de York obedeceu e cancelou o evento.

Isso aconteceu menos de 24 horas depois que um estudante da universidade se matou.[25]

Como os exemplos acima demonstram, estamos vivendo em uma época em que muito do feminismo em exposição para o público é pequeno, mesquinho, obcecado com trivialidades, contrário implacavelmente à liberdade de expressão e que odeia os homens. Quando os homens falam acerca de seus problemas — algo que muitos homens não se sentem à vontade em fazer —, são tratados com indiferença, raiva ou desprezo pelas feministas.

O ódio engolfou a política de esquerda. Os socialistas odeiam os bem-sucedidos financeiramente. Os ativistas LGBT odeiam os cristãos fundamentalistas. O Black Lives Matter odeia os policiais. As pessoas gordas odeiam as pessoas magras, como eu e Ann Coulter. Mas nenhum desses grupos odeia com a mesquinhez alimentada pela TPM do feminismo. Aqui estão alguns outros exemplos. Em 2015, a ativista estudantil britânica Bahar Mustafa foi fotografada ao lado de um cartaz em uma porta onde estava escrito "no white-cis-men pls" ("nada de homens brancos cisgêneros, por favor"), enquanto fazia um falso gesto choroso. Mustafa já tinha provocado polêmica ao banir homens brancos "cisgêneros"[26] da projeção de um filme no grêmio estudantil de sua universidade, do qual, na época, ela era uma representante.

O incidente ocorreu exatamente quando a grande imprensa ficou sabendo do retorno da segregação nas universidades, sob o pretexto de "espaços seguros" para mulheres e minorias. À medida que a imprensa investigava a história de Mustafa, descobriu tuítes em que ela usava #KillAllWhiteMen e #WhiteTrash. Os liberais moderados e os conservadores do *establishment* bufaram de raiva.

No final das contas, Mustafa foi posta em julgamento por discurso de ódio; uma acusação ridícula da qual ela foi absolvida. Embora fossem opiniões odiosas, foi melhor que Mustafa as tivesse exposto abertamente, em vez de sua *Garota Exemplar* ter algum infeliz e inocente ex-namorado.

Mustafa não foi a primeira de seu tipo. Ela foi apenas a primeira que a mídia prestou atenção. A esquerda do "novo feminismo" ou da "quarta onda do feminismo" corria solta há anos, muitas vezes com a tolerância e até a aprovação tácita do *establishment*. Mustafa foi atacada porque era um alvo fácil. Alvo menos fácil era Jessica Valenti, que orgulhosamente posava para fotos usando um suéter que ostentava o slogan "I BATHE IN MALE TEARS" (Eu me banho em lágrimas masculinas) mais de um ano antes disso. A foto foi tirada em uma praia, mas felizmente para todos, foi editada e, assim, você só vê um pedacinho de suas avantajadas coxas.

Valenti é colunista do *The Guardian* e, assim, considerada alguém pertencente a uma classe protegida pelos outros jornalistas. Ninguém deveria ser investigado por discurso de ódio, como Mustafa foi, mas fica claro a partir do exemplo de Valenti, que uma vez escreveu a manchete "As feministas não odeiam os homens, mas não faria diferença se odiassem", que as feministas de hoje não estão preocupadas com a igualdade dos sexos.

Muitos dirão que escrevo coisas muito piores do que Valenti. Escrevo! No entanto, não estou tentando liderar um autoproclamado movimento de igualdade. A única causa que represento é a da liberdade de expressão, onde me considero parte de uma longa linhagem de pessoas que expandem limites e chocam o convencional, desde Andres Serrano e sua conhecida obra *Piss Christ* (*Cristo em urina*) até George Carlin. Se eu *fosse* o líder de um movimento igualitário, mereceria ser impopular!

O problema com as feministas não é que elas são abomináveis e ultrajantes, mas é que são abomináveis e ultrajantes dizendo ser justas, morais, atenciosas e igualitárias. Além disso, quase tudo que escapa de suas bocas são mentiras deslavadas, que serão encobertas por outras mentiras e por insultos estridentes se você se atrever a desafiá-los.

MENTIROSAS

Em 14 de novembro de 2014, a revista *Rolling Stone* publicou o agora infame artigo "A Rape on Campus: A Brutal Assault and Struggle for Justice at UVA" ("Um estupro no campus: Um ataque brutal e a luta por justiça na Universidade da Virgínia"). Relatava a história de Jackie, uma aluna da universidade, que sustentava ter sido estuprada repetidamente por membros da fraternidade Phi Kappa Psi.

> Ouvi vozes e comecei a gritar. Alguém me golpeou e me mandou calar a boca. Foi aí que tropecei e cai sobre a mesa de centro. Ela se quebrou debaixo de mim e de outro garoto, que jogava seu peso sobre mim. Então um deles agarrou meus ombros. Outro tapou minha boca e eu mordi a mão dele. Então ele deu um soco no meu rosto. Um deles disse: "Agarre essa maldita perna". Assim que ouvi isso, sabia que eles iam me estuprar.[27]

Horripilante. Quase parece pavoroso e sádico demais para ser verdade. Bem, é porque não era.

Dias depois da publicação, a história começou a ser desvendada. O jornalista Richard Bradley começou a levantar dúvidas acerca do artigo em seu blog pessoal, seguido pelo comentarista conservador Steve Sailer. Bradley mostrou que Sabrina Rubin Erdely, a jornalista da *Rolling Stone* que escreveu o artigo, não identificou nem entrou em contato com nenhum dos homens que, de acordo com Jackie, estupraram-na repetidamente. Tampouco Erdely pareceu ter identificado ou se comunicado com duas amigas de Jackie, que presumivelmente confirmariam sua história.

No final das contas, o *The Washington Post* localizou as duas amigas, mas obteve um relato completamente diferente delas. As duas revelaram ao *Post* que achavam que Jackie as "manipulara" e que pediram para que seus nomes fossem retirados do artigo da *Rolling Stone*;

em vão. Também emergiu que a *Rolling Stone* concordou, a pedido de Jackie, em não entrar em contato com nenhum de seus supostos agressores, para ouvi-los a respeito e apresentar o outro lado da história.

Uma investigação policial subsequente, envolvendo 70 pessoas, incluindo amigas de Jackie, colegas e membros da fraternidade Phi Kappa Psi, não encontrou ninguém para confirmar a história dela. Em meados de 2015, o artigo da *Rolling Stone* fora cancelado e retirado do site, o editor responsável pela publicação da história se demitira e a revista enfrentava diversos processos judiciais.

A humilhação da *Rolling Stone* ocorreu no ápice do pânico relativo à "cultura do estupro" nas universidades, em que as ativistas feministas convenceram a mídia e, também a Casa Branca, de que mulheres universitárias estavam sendo estupradas em níveis comparáveis a países devastados pela guerra e sem lei como a República Democrática do Congo.

A estatística repetida por elas sem parar é que uma em cada quatro mulheres será atacada sexualmente durante o período que passam na faculdade; um número ao qual chegaram com base em pesquisas que até os pesquisadores que as realizaram admitem tender a ser inflado pelo viés de confirmação.[28] Na realidade, estatísticas confiáveis, do Bureau of Justice Statistics (Agência de Estatísticas do Departamento de Justiça), atribuem um número de 6,1 por mil estudantes e 7,6 por mil não estudantes.[29] Ainda um número bastante considerável, mas nem perto do número que o presidente Obama repetiu. Em 2015, 89% das faculdades relataram zero estupros nas cidades universitárias.[30]

Se você quiser um exemplo claro do poder das "fake news", considere o que a narrativa da cultura do estupro fez nas universidades americanas. Erros judiciais em todo o país. Faculdades enfrentando processos judiciais de estudantes. Estudantes de graduação, do sexo masculino e feminino, assustavam uns aos outros: eles sendo arrastados para os tribunais ilegais e irregulares que brotavam nas cidades universitárias e elas possuídas pelo pânico de serem estupradas por homens que eram pintados como insaciáveis monstros psicopatas.

POR QUE AS FEMINISTAS ME ODEIAM

Praticamente todos os veículos midiáticos insistiram que alguma variação de "brincadeira de rapazes" e "cultura de fraternidade" era responsável pela nova epidemia de estupro. Os desenvolvedores de videogames eram acusados de "cultura do estupro" se fizessem suas personagens muito *sexy*. Bancas de jornal enfrentaram a pressão de tirar revistas obscenas das prateleiras. *Blurred Lines*, uma música pop inofensiva de Robin Thicke, foi retratada pela mídia como um "hino do estupro" por causa do verso "I know you want it" ("Eu sei que você quer"). A música foi banida de diversas cidades universitárias.

Para piorar, qualquer crítica em relação a comentaristas feministas era caracterizada na mídia como misoginia insaciável.

Acho difícil entender como todos se permitiram ser enganados por tanto tempo por essa ideia de "cultura do estupro". O estupro existia desde que o primeiro homem das cavernas viu uma mulher com menos pelos faciais que o normal e a atacou com um bastão de osso. Como tivemos a ideia que é uma crise inteiramente nova, pior do que nunca? As estatísticas criminais são indiscutíveis: a prática do estupro declinou quase 75% desde o início da década de 1990 e continua a cair.[31]

Há algum tempo, as feministas preferem a ficção e os sentimentos aos fatos e à razão. Como a discriminação contra as mulheres desapareceu em grande medida, as feministas têm tido de inventar problemas novos e falsos, a fim de permanecerem relevantes e terem algo para ficar furiosas. "A cultura do estupro nas universidades" é um exemplo particularmente grave e prejudicial, mas há muitos outros.

ASSASSINATO DE BEBÊS

O pró-vida costumava ser um ideal feminista: as primeiras feministas, como Mary Wollstonecraft and Susan B. Anthony, denunciavam o aborto.

O aborto é assassinato. O aborto é errado. Acho que todo mundo sabe disso, e é por isso que as ativistas do aborto ficam tão furiosas o tempo todo. É como quando você pega alguém em uma mentira e a pessoa fica brava com você. É a culpa, entende.

Quando digo que o aborto é errado, seus defensores se alvoroçam, exigindo saber por que eu quero prender uma vítima de estupro de dez anos. Bem, adivinhe? Não quero prender essa menina, e desafio qualquer pessoa a encontrar qualquer adversário do aborto que queira.

A Igreja Católica propiciou argumentos graciosos a respeito de dilemas morais muito antes que a primeira feminista tivesse um chilique. Em princípio, tirar direta e intencionalmente uma vida humana inocente é errado. Porque há um princípio, é fácil dizer que, mesmo no caso mais doloroso, como esse da menina de dez anos que estamos considerando, não pode ser certo tirar a vida inocente crescendo dentro dela.

Porém, como a civilização ocidental sempre entendeu, os casos difíceis produzem leis ruins. Como Tomás de Aquino afirmou: "As leis humanas não proíbem todos os vícios, dos quais o virtuoso se abstém, mas apenas os vícios mais graves, dos quais é possível a maioria se abster". Em outras palavras, não é sensato punir com a lei humana tudo que possa se opor à lei natural.

Tomás de Aquino não era o puritano desmancha-prazeres que seus professores mentirosos dizem: Tomás e, antes dele, Agostinho seguiram visões distópicas, por exemplo, em relação à prostituição. Achavam que era errado praticá-la, mas insensato torná-la ilegal. Não acho que eles aprovariam o roubo de roupas de alta-costura e, assim, meus vinte anos ainda exigiriam Confissões profundas.*

A distinção aquiniana entre lei humana e lei divina significa que posso dizer que é errado tirar vidas inocentes, sem ter de dizer que

---

* Referência irônica ao livro "Confissões", de Santo Agostinho. (N. T.)

devemos proscrever abortos em todos os casos. Em um país mentalmente são, discutiríamos acerca dos casos que deveriam ser ilegais.

No entanto, só porque não acredito que o aborto deva ser declarado ilegal em todos os casos, não significa que não o considero aterrador. Militantes feministas, como as harpias por trás de "#ShoutYourAbortion" (berre seu aborto — que é exatamente o que parece: mulheres se vangloriando de seus abortos) querem converter o assassinato de bebês em um sinal de orgulho. Essas mulheres são o pior que a humanidade tem a oferecer.

Mesmo se o aborto não tivesse efeitos negativos na pessoa que o faz, ainda seria errado. Mas no caso de você precisar de mais convencimento de que o assassinato de crianças deva ser desaprovado, considere os efeitos sobre a mãe. Em 2010, o Canadian Journal of Psychiatry publicou um estudo baseado em uma amostra de 3 mil mulheres dos Estados Unidos. Constatou que o aborto aumentava em 59% o risco de pensamentos suicidas, em 61% o risco de transtornos de humor, e em 261% o risco de alcoolismo.[32] De certa forma, a lei não tem de punir as mulheres que fazem aborto; a culpa em si é uma punição. Remover qualquer sentimento de culpa por fazer um aborto não é proteger os sentimentos da mãe; é piorar as coisas.

O aborto é obviamente ruim para as futuras mulheres que cometem assassinato premeditado: o aborto seletivo por sexo está se tornando comum no Reino Unido e em outros países com crescentes populações muçulmanas. Também tem efeitos desastrosos na vida das mulheres que matam os próprios filhos. Não me surpreende que o feminismo promova o aborto, porque ele parece sempre ir contra os interesses reais das mulheres.

O aborto é especialmente horripilante dada a ampla disponibilidade de contracepção. Dada a facilidade pela qual as mulheres podem agora evitar a gravidez, ter de fazer um aborto, fora dos casos incomuns, como estupro, é o cúmulo da irresponsabilidade.

Não que a ampla disponibilidade de contracepção seja algo bom. Já disse antes e repito: o controle de natalidade deixa as mulheres pouco atraentes e malucas. Inicialmente, articulei isso em um artigo para o *Breitbart*, e um dos melhores dias de minha vida foi quando Hillary Clinton o utilizou em um de seus discursos de campanha para reforçar o medo de seus partidários em relação à direita.

Hillary pode choramingar o quanto quiser, mas minha afirmação continua verdadeira. Há provas abundantes em meu favor. Os estudos mostraram que as mulheres que usam o DMPA, anticoncepcional injetável de ação prolongada, ganham 5 quilos, em média, no período de 3 a 4 anos.[33] A celulite — também conhecida como "coxas de queijo cottage" — só surgiu após a invenção da pílula anticoncepcional.[34] As mulheres que tomam pílula com regularidade não recebem o estímulo de atração natural que as mulheres férteis recebem todos os meses.[35] A pílula até torna as mulheres mais incestuosas; isto é, se sentem atraídas por homens que são geneticamente mais próximos delas.[36]

Embora a capacidade de escolher quando engravidar fosse, sem dúvida, uma fonte de grande libertação e conforto para as mulheres, as taxas de natalidade do Ocidente despencaram nas décadas seguintes ao uso dominante da contracepção. O conforto não é necessariamente algo bom.

Aliás, isso também vale para os homens. A paternidade inesperada costumava ser um teste importante da virtude de um homem. Será que um homem, que, de repente, virava pai, não se afastava da mãe e criava seu filho, ou ia em busca da próxima garota? Se as mulheres estão se perguntando por que os homens se tornaram subitamente tão babacas, é porque agora não há praticamente nenhum inconveniente de dar o fora, e o fácil acesso à contracepção partilha grande parte da culpa.

ANTICIÊNCIA

A negação dos fatos pelas feministas não se restringe aos pânicos recentes, como, por exemplo, a cultura do estupro. Alguns mitos feministas circularam durante décadas. Como a diferença de salários entre gêneros. Assumido como artigo de fé pelos líderes empresariais e políticos, essa mentira feminista afirma que as mulheres, em média, ganham apenas 79 centavos de cada dólar ganho por um homem.

Estudo após estudo mostra que a diferença salarial recua para a inexistência quando fatores não sexistas pertinentes, como planos de carreira escolhidos, jornadas de trabalho escolhidas e descontinuidade de carreira escolhida são levados em conta.[37]

A palavra-chave é *escolhido*. É verdade que há uma diferença entre o salário médio dos homens e o salário médio das mulheres. Também é verdade que, em 2015, 93% dos mortos em acidentes de trabalho eram homens.[38] E, provavelmente, a maioria dos 7% restantes eram lésbicas.

A diferença salarial é quase inteiramente explicada pelas escolhas feitas pelas mulheres. Os homens preferem trabalhos técnicos; as mulheres preferem profissões orientadas para pessoas.

Quando a discussão chega a esse estágio, as feministas, em geral, fazem uso de um dos dois argumentos: (a) os "trabalhos de mulheres" deveriam ser mais bem remunerados, ou (b) a influência social perniciosa do patriarcado faz uma lavagem cerebral nas mulheres e, assim, elas permanecem longe dos trabalhos de alta remuneração ligados às áreas da ciência, tecnologia, engenharia e matemática (STEM, na sigla em inglês).

Em seu analfabetismo econômico, o primeiro argumento revela a genealogia marxista da terceira onda do feminismo.

O segundo é um nó que as feministas não conseguem desatar e são orgulhosas demais para entregá-lo a um homem. Elas dizem que querem mais mulheres em STEM, mas também estimulam as mulheres a se inscreverem em cursos de estudos de gênero sem valor. Como

Christina Hoff Sommers afirma: "Querem reduzir a diferença salarial? Primeiro passo: troque seu curso superior de dançaterapia feminista pelo de engenharia elétrica". Nenhuma feminista já trocou.

A guerra feminista à ciência não acaba aí: *ah, você achou que os republicanos eram os únicos que estavam em guerra contra a ciência?* Repense.[39]

Possivelmente uma maior farsa intelectual é o que as feministas fizeram ao estudo das diferenças de gênero, que deveria ser uma das fronteiras que se expandem mais rapidamente em nosso entendimento de nós mesmos, mas, sob a direção de feministas e universidades esquerdistas, degenerou na repetição maquinal das palavras de ordem da ciência social da década de 1960.

Uma das razões pelas quais as feministas lutam tanto para impedir que as megalojas vendam "brinquedos de meninas" e "brinquedos de meninos" é porque acreditam fervorosamente que esses brinquedos inócuos sociabilizam homens e mulheres em seus papéis de gênero. Acreditam, ou dizem que acreditam, que, se você fizer uma menina brincar com um caminhão ou um trem elétrico, ela terá mais probabilidade de ser engenheira quando crescer.

Graças a décadas de pseudociência de acadêmicas feministas e sociólogos de esquerda, o último argumento pode ser difícil de desvendar. Felizmente, alguns dos principais psicólogos da época — Steven Pinker, David Buss, Robert Plomin, Simon Baron-Cohen — dedicaram muito de suas carreiras fazendo exatamente isso.

A soma total de suas investigações é impressionante: em grande medida, os papéis de gênero são governados pela natureza, e não pelo aprendizado, como as feministas gostariam que você acreditasse. A investigação mais instigante é a de Baron-Cohen, talvez o principal pesquisador de autismo do mundo. Ele ficou interessado por papéis de gênero depois de perceber que os meninos eram cerca de quatro vezes mais propensos a ser diagnosticados com autismo do que as meninas.[40] Baron-Cohen sabia que o autismo estava correlacionado com o excesso de sistematização ou com o cérebro excessivamente técnico. Assim, decidiu testar se os meninos nasciam realmente, como os antigos sexistas acreditavam, com cérebros mais tecnicamente orientados do que as mulheres.

O fulcro do argumento feminista de que as mulheres são criadas, e não nascidas, é a afirmação de que as meninas são socializadas em seus papéis femininos durante a primeira infância. A fim de testar essa afirmação, Baron-Cohen decidiu realizar experiências com recém-nascidos, antes que qualquer socialização pudesse vigorar. Ele forneceu aos bebês do sexo masculino e feminino um objeto físico-mecânico (um móbile) e um objeto social (uma face). Pasmem, os bebês do sexo masculino mostraram mais interesse pelo móbile, enquanto os bebês do sexo feminino mostraram mais interesse pela face.

Outros estudos também fazem entender a realidade inevitável que homens e mulheres são simplesmente conectados de modo diferente. Os estudos de mulheres em diversos países descobriram que as mulheres nos países em desenvolvimento, onde empregos e recursos são escassos, tendem mais a ingressar nas áreas de STEM.[41] No entanto, no Ocidente mais amplamente feminista, onde as mulheres possuem maior segurança financeira e mais opções de carreira profissional, elas escolhem profissões diferentes. Em outras palavras, onde as mulheres têm escolha, não escolhem STEM.

Isso não quer dizer que as mulheres não achem nenhuma área científica atraente. A psicologia e a biologia são dominadas pelas mulheres, assim como a medicina veterinária. Sempre que encontro um feminista que afirma que o patriarcado impede as mulheres de estudarem astrofísica e informática, sempre lhe pergunto por que isso também não as impediu de estudarem biologia, onde 58% dos cursos de graduação, mestrado e doutorado são dados para mulheres.[42] Ainda tenho de receber uma resposta persuasiva.

E não para por aí. Homens e mulheres respondem de forma diferente ao estresse: as mulheres preferem estar com pessoas, enquanto os homens preferem ficar sozinhos.[43] Os homens e as mulheres também experimentam o ciúme romântico de forma diferente: os homens se perturbam mais com a infidelidade sexual, enquanto as mulheres se perturbam mais com a infidelidade emocional.[44] As diferenças de gênero também podem ser observadas no entretenimento: os homens preferem videogames competitivos e com atiradores realistas, enquanto as mulheres preferem videogames sociais, como *The Sims*.

Os homens preferem filmes de ação, as mulheres preferem comédias românticas. Por mais que os esquerdistas do entretenimento tentem mudar as coisas, homens e mulheres continuam dando dinheiro para os produtos que gostam.

Talvez o exemplo mais engraçado das tentativas desesperadas das feministas de preservar a ficção de papéis de gênero socialmente construídos sejam suas iniciativas de excluir os transgêneros do movimento. As feministas não teriam nenhum problema com os transexuais se não representassem uma ameaça existencial a décadas de pseudociência de gênero. As mulheres trans dizem que são mulheres nascidas em corpo de homem. Os homens trans, comparativamente mais raros, dizem que são homens nascidos em corpo de mulher. Em ambos os casos, eles estão confirmando a ideia de que gênero é algo com que nascemos, e não algo que a sociedade nos impõe. Pior, os transexuais tendem a reconfirmar os papéis de gênero em seus comportamentos: as mulheres trans usam saias e batons e tornam suas vozes tão femininas quanto possível para "passar" como mulheres. Da mesma forma, os homens trans são obcecados com o crescimento de pelos no peito.

Você pode perceber por que algumas feministas estão frustradas. Após décadas tentando convencer as mulheres a queimarem seus sutiãs e rasparem suas cabeças, surge um grupo de transexuais com tutoriais de maquiagem no YouTube e com inflexões de voz femininas. Como Julie Bindel, importante crítica feminista do transgenerismo, afirma: "É precisamente essa ideia de que certos comportamentos distintos são apropriados para homens e mulheres que fundamenta a crítica feminista do fenômeno do 'transgenerismo'".[45]

As feministas podem ter razão, e os transexuais podem simplesmente ser doentes mentais, em vez de pessoas que "nasceram com o gênero errado". Mas, não obstante, levou a uma das rixas internas mais antigas no feminismo, a batalha entre as assim chamadas "Trans Exclusionary Radical Feminists" (TERFS — Feministas Radicais Trans-Excludentes) e a ala mais moderna pró-trans do feminismo.

A segunda facção, que tende a se inclinar para as mais jovens e menos acadêmicas — o que talvez seja o motivo pelo qual elas não captam plenamente o perigo que o conceito de "nascer desse jeito" representa para o feminismo —, tem tido o controle nos anos recentes, conseguindo banir feministas antitrans, como Bindel e Germaine Greer das universidades. Desejo boa sorte a ambos os lados. Vou ficar de sobreaviso, comendo pipoca e dando risadas.

Atualmente, há um conjunto impressionante de provas contra a desatualizada teoria da década de 1960 que gênero é conceito sociamente construído. Mas realmente nós nem precisamos disso, não é? A menos que você viva trancada num porão a vida toda — e alguns homens fazem isso, mas apenas os homens! —, a realidade das diferenças de gênero é inegável.

Nada é mais divertido do que observar a frustração de progenitores feministas quando encaram essa realidade. Shannon Proudfoot, redatora da *Maclean's*, revista canadense de tendência esquerdista, lamentou em rede social que "já podia ver sua filha preferindo cor de rosa".

"Não tenho ideia do motivo, pois trabalhamos muito para evitar isso", Proudfoot choramingou.

Joel Wood, professor assistente da Universidade Thompson Rivers, respondeu rapidamente com algum apoio emocional. "Cor de rosa e princesas da Disney... Tentamos desencorajá-las, mas nossas filhas se moveram na direção das duas coisas."[46]

Acho a anedota engraçada e edificante. É engraçada, da mesma maneira que assistir um vilão de desenho animado humilhado por um herói valente é engraçado, e é edificante porque, por mais que os esquerdistas tentem, eles simplesmente não conseguem sobrepujar a natureza humana. Por que eles tentam forçar suas filhas a rejeitar o que elas gostam?

Além da ignorância dos fatos, as feministas modernas não entendem o valor inerente e a beleza dos papéis de gênero. O masculino e o feminino, e sua interação ao longo da história, foram responsáveis por algumas das maiores expressões artísticas e culturais, de *Tristão e Isolda* a até mesmo *Titanic*. Shakespeare poderia ter escrito *Romeu e Julieta* sem um entendimento saudável dos homens, das mulheres e de suas diferenças essenciais? Jane Austen não se tornou uma das autoras mais renomadas da língua inglesa fazendo suas personagens tingirem os pelos do sovaco e se juntarem a uma comunidade lésbica. Suas protagonistas gostavam de sua feminilidade mesmo quando lutavam contra ela. As diferenças de gênero são parte da experiência humana.

Em sua cruzada maluca para destruir os papéis de gênero, as feministas querem controlar a vida de meninos e meninas nos mínimos detalhes. As pessoas comuns reconhecem isso por: autoritarismo.

Se as feministas querem recuperar a credibilidade, e talvez enfrentar as questões que ainda importam para as mulheres, elas primeiro terão de encarar a realidade, e essa começa com a realidade dos papéis de gênero.

Mais importante, terão de redescobrir o compromisso relativo à liberdade de expressão e começar a comparecer novamente aos debates, munidas de fatos e não de sentimentos.

MANIPULAÇÕES

Frequentemente enfrento acusações de que sou muito rude com as feministas, e percebo por que as pessoas dizem isso. Afinal, não critico apenas argumentos feministas, pois nunca perco a chance de chamar a atenção para a aparência delas. E vamos encarar os fatos: algumas delas parecem *assustadoras*. Lena Dunham, minha antiga favorita, é uma caricatura específica, sendo, ao mesmo tempo, chocantemente pouco atraente e determinada a posar nua ou seminua sempre que pode. Além disso, ela *adora* se lamentar a respeito de como as pessoas lhe sufocam a esse respeito. Então, como um cavalheiro atencioso, vou agir de acordo. Ninguém quer ver homens peludos e obesos sem camisa; então, por que Dunham acha que as pessoas querem vê-la nua como um peixe-boi encalhado? Simplesmente não entendo isso. Felizmente para todos nós, o estresse em relação ao presidente Trump está a deixando magra e abatida. Esse é o meu Papai, sempre ajudando os indefesos.

Admito com prazer que minha fixação por aparência é parte de minha obsessão efeminada por estética. Como um verdadeiro estereótipo gay, costumava fazer muito design de interiores. A má estética me ofende em um nível visceral, e não posso deixar de apontá-la tanto em homens como em mulheres. Costumo chamar a atenção para a pele pálida e os cabelos finos de meus adversários masculinos; mas basta de falar a respeito de Ben Shapiro.

Se não houvesse uma mensagem em minhas observações espirituosas focadas na aparência, se não servissem a um propósito maior, e se tudo que consumassem fosse mera crueldade, conteria meus impulsos com muita alegria. No entanto, há uma mensagem importante e subjacente nisso que a maioria das pessoas ignora.

É muito divertido!

Tudo bem, tudo bem, estou brincando. É isso.

Qualquer um que prestou bastante atenção na evolução da esquerda nas últimas décadas, terá notado que tomou um rumo decididamente *terapêutico*. Esse é o assunto de livros como *Therapy Culture*, de Frank Furedi, e *One Nation Under Therapy*, de Christina Hoff Sommers, que descrevem a crescente tendência de tratar sentimentos e emoções como coisas a serem protegidas e não desafiadas. Nas universidades, esse instinto encontra sua expressão em "alertas de gatilho", exigidos pelos GJSS para advertir os estudantes antecipadamente a respeito de conteúdos — aulas, livros, filmes e obras de arte — que possam machucá-los.

Na Universidade de Oxford, os estudantes de direito exigiram alertas de gatilho antes de aulas a respeito da lei de agressão sexual, sob a alegação de que o assunto era potencialmente doloroso. Aparentemente, a noção de que estudantes de direito deveriam procurar se endurecer em relação a questões que teriam de defender em audiência pública nunca lhes ocorreu.

A adoção pela esquerda da cultura de terapia levou pessoas com problemas a aderirem ao movimento. E por que elas não adeririam? Em vez de encorajar as pessoas a mudarem a si mesmas, a esquerda diz às pessoas vulneráveis que elas devem mudar o ambiente ao redor para se protegerem de ter seus sentimentos feridos. "Não é sua culpa", a esquerda arrulha em tom confortador. "É da *sociedade*."

A obesidade, um distúrbio tão mental quanto físico, recebe o mesmo tratamento. Mais de um terço dos adultos são obesos nos Estados Unidos, com quase 70% acima do peso.[47] Além disso, os problemas de saúde provocados pela obesidade são uma das maiores causas de gastos do sistema de saúde, com estimativas de custo anual variando de 147 bilhões e 210 bilhões de dólares por ano. Estima-se que os funcionários obesos também custem aos empregadores um extra de 506 dólares por ano.[48] Ser obeso é prejudicial para a sociedade e para o indivíduo.

E o que a esquerda faz em face dessa crise? Ao menos Michelle Obama fez campanha por dietas melhores e estilos de vida ativos para crianças, mesmo se as refeições que sua campanha produziu fossem repugnantes e jogadas fora sistematicamente pelas crianças. No entanto, a esquerda radical, a esquerda feminista interseccional, a esquerda que idealiza novas categorias de opressão, reagiu declarando que os *sentimentos* das pessoas gordas são mais importantes que sua *saúde*.

Encontrei o resultado disso durante minha turnê universitária, na Universidade de Massachusetts, em Amherst. Ali fui confrontado por uma garota com obesidade mórbida, que interrompeu um evento que incluía eu, o apresentador de rádio Steven Crowder e Christina Hoff Sommers. Sua interrupção consistiu em gritos vociferantes, "Mantenha seu discurso de ódio longe desse campus!", enquanto batia os braços corpulentos sobre a cabeça. Instantaneamente, o vídeo de seu destempero viralizou on-line e ela ficou conhecida como "Trigglypuff".

Posteriormente, a internet descobriria que ela fazia apresentações a respeito de "aceitação de obesos" e "positividade corporal"; dois novos conceitos inventados pelas feministas interseccionais. Sua atitude é resumida em um slogan terrível: "Saudável em todos os tamanhos".

A internet foi rápida em zoar, mas eu não. Trigglypuff fora sugada por uma ideologia que lhe prometia abrigo das realidades perturbadoras do mundo, onde a perda de peso é um pré-requisito de saúde, sem falar em felicidade e aceitação social. A esquerda recebeu um soldado de infantaria disposto, que fazia proselitismo de sua ideologia e respondia aos berros aqueles que a desafiavam. Em troca, Trigglypuff recebeu a garantia ilusória de que podia ser vista como normal e saudável; um escudo fino como papel, que colapsou inevitavelmente assim que ela entrou em contato com o mundo fora de sua bolha. Eu não podia zombar de Trigglypuff. Posso zombar de celebridades obesas, que dão um exemplo atroz para milhões de pessoas, apesar de terem os melhores *personal trainers* do mundo nas portas de suas casas em Hollywood? Sim. Mas não de Trigglypuff. Toda a sua situação era e continua muito difícil e aflitiva.

Para evitar mais Trigglypuffs, temos de destruir os alertas de gatilho, os espaços seguros, os "*workshops* de positividade corporal" e outras construções que a esquerda criou para atrair pessoas vulneráveis e machucadas para sua causa. Tudo isso serve para incentivar as pessoas a culpar os outros e atacar a sociedade por fazê-las se sentirem infelizes quando, na realidade, nunca serão felizes, a menos que consertem seja o que for que desencadeia suas ânsias de vômito.

Quando chamo uma celebridade de gorda, não faço isso apenas para ser cruel. Estou chamando a atenção para um fato óbvio que a esquerda procura suprimir: ser gordo não é algo bom. O mesmo vale para o fato de ser feio, que é outra coisa que a esquerda interseccional está tentando converter em uma categoria de opressão, contrastando com o privilégio de ser atraente. Se você pode consertar isso, faça. Caso contrário, não culpe a sociedade pelos padrões de beleza que mudam com o tempo, mesmo que levemente. Tentar subvertê-los completamente, algo que a esquerda interseccional promete ser alcançável, só trará angústia aos menos afortunados.

Algumas feministas criam um culto da feiura que trata a beleza e a felicidade como inimigas. A romancista Flannery O'Connor alfinetou esse tipo de intelectual em seu conto "Good Country People", cuja protagonista, uma mulher com diploma de doutorado, mudou seu nome de Joy (Alegria) para Hulga porque não conseguiu pensar em nada mais feio. Na faixa dos trinta anos, ela é "pesadona", nunca se casou e não tem amigos. "A revolta constante apagou todas as expressões de seu rosto" e seus olhos tinham "o olhar de alguém que alcançou a cegueira por um ato de vontade e pretendia manter isso".

Estou racionalizando meu desejo gay de cultivar o esteticamente agradável e derrubar seu oposto? Talvez em parte. Mas não estou brincando quando digo que a vergonha em relação à obesidade deveria ser uma obrigação social. Daniel Callahan, presidente emérito do mais antigo instituto de pesquisa em bioética dos Estados Unidos, concorda comigo. "O incrementalismo seguro e lento, que se esforça para nunca estigmatizar a obesidade, não faz nem pode fazer o trabalho necessário", Callahan escreveu. "A força de me sentir envergonhado e subjugado socialmente foi tão persuasiva para eu parar de fumar, quanto as ameaças à minha saúde".[49]

Com um pouco de esforço, podemos ajudar as pessoas obesas a se ajudarem. No entanto, primeiro temos de garantir que a "aceitação de obesos" — talvez a ideia mais alarmante e irresponsável a emergir do vitimismo esquerdista e da política do ressentimento — receba o ataque cardíaco que merece.

Por mais estranho que pareça, talvez até aqueles que se envergonhem da obesidade apenas por crueldade e rancor estejam inadvertidamente fazendo o bem. Porque quanto antes as pessoas obesas e, de fato, as pessoas feias, ficarem frente a frente com a realidade da natureza humana, mais cedo decidirão que precisam fazer uma mudança antes que seja tarde demais.

Ou, se elas não podem mudar, pelo menos serão capazes de desenvolver um método de enfrentamento. Algum dia, talvez, o movimento pela aceitação de obesos perceberá que forçar os outros a aceitar alguém obeso só acaba em sentimentos reprimidos e sofrimento em ambos os lados. E talvez seja o dia em que perceberão que Michelle Obama — ouso dizer — estava fazendo alguma coisa.

E antes que pergunte: "O que posso fazer se sou feio(a)?" Você sabe muito bem. Se você for homem, malhe... muito. Aprenda algumas piadas e consiga um bom emprego. Você vai se sair bem. Se você for mulher, economize para fazer uma plástica e *pare de comer.*

PRECISAMOS DO FEMINISMO?

Em 2014, teria sido fácil para eu responder a essa pergunta com um enfático NÃO. No Ocidente, o feminismo, além de odiar os homens, fazer exigências absurdas, mentir a respeito da desigualdade e ser obcecado por questões triviais, tem pouco propósito. O feminismo envenenou as relações entre os sexos, quase destruiu o devido processo legal e sobrecarrega constantemente as empresas com requisitos de diversidade de gênero sem sentido baseados em falsa economia.

No entanto, graças aos erros dos progressistas, agora precisamos do feminismo no Ocidente, ou, ao menos, em algumas regiões dele.

Enquanto a "cultura do estupro" nas universidades é fruto da imaginação feminista, a cultura do estupro trazida para o Ocidente pelos imigrantes muçulmanos, invadindo a Europa aos milhões, por meio da cortesia de elites europeias terrivelmente equivocadas, é bastante real. Assim como o espancamento de esposas, o "assassinato por honra", a mutilação genital feminina e os casamentos forçados. Após passar anos tentando tornar o feminismo relevante novamente por meio de problemas falsos, como brinquedos com gênero e assédio no Twitter, as políticas de imigração progressistas finalmente os substituíram. Provavelmente, esse não era o plano, mas aconteceu.

Se o feminismo quer recuperar sua credibilidade perdida, precisa olhar para o exterior, para as feministas dos países muçulmanos. Se todas as feministas fossem como Ayaan Hirsi Ali, sobrevivente de mutilação genital na Somália, que é, atualmente, uma das principais críticas do islã no Ocidente e uma defensora das mulheres nos países muçulmanos, suponho que o feminismo não seria tão impopular. As pessoas talvez até o admirassem.

As feministas também podem olhar para as mulheres curdas das Unidades de Proteção Popular, na Síria, cuja versão de destruição do patriarcado envolve meter balas nos peitos dos membros do Estado Islâmico.

Esse é um feminismo que todos nós poderíamos apoiar.

Por enquanto, as feministas devem se resignar a tapinhas nas costas dos colunistas do *Daily Beast*, ao esquecimento total das pessoas comuns e ao ódio absoluto dos amantes da liberdade de expressão, dos fatos, da razão e da lógica.

Tenho certeza de que o sentimento é mútuo. Sei que é. As feministas me odeiam por diversas razões. Quando ninguém mais estava falando contra elas, confrontei alguma de suas principais adeptas durante a controvérsia conhecida como GamerGate e desmascarei suas reclamações falsas a respeito de "assédio on-line".

Vou à tevê e as chamo de "queridas" na cara. Elas odeiam.

Promovo fatos em vez de sentimentos.

Defendo homens.

Resisto à nova tendência de "consentimento afirmativo". De modo surpreendente, mas como era de se esperar, as feministas não estão satisfeitas que a balança já esteja inclinada em favor das mulheres quando uma acusação de estupro é feita. Elas querem o controle total sobre os relacionamentos românticos. Não basta ter poder de destruir a autoestima de um homem com uma palavra de rejeição. Elas querem metê-lo na cadeia se a abordagem foi muito desajeitada. As feministas da terceira onda acreditam que é seu dever destruir a vida de qualquer homem acusado de estupro, por mais que a acusação seja falsa ou que a verdade seja que a mulher consentiu e depois se arrependeu.

Esse é o motivo pelo qual temos agora o consentimento afirmativo; talvez o conjunto de leis mais kafkiano dos Estados Unidos, aprovado em estatuto para todas as universidades da Califórnia, Louisiana e Indiana, e para todo o estado de Nova York e Illinois.[50] É a ideia de que, se a mulher não consente em cada etapa do encontro sexual, ela foi estuprada. Isso significa pedir cada beijo e cada pegada no seio.

Embora não goste do feminismo, gosto das mulheres. Fico triste ao ver o que o feminismo fez com uma geração de mulheres americanas que poderiam ter sido e feito qualquer coisa se não fosse pelo *BuzzFeed* e pelo *Gawker*. Onde quer que o feminismo exista, é uma ameaça à felicidade e à liberdade. Pense em como a comediante Sarah Silverman costumava ser, contando piadas ultrajantes a respeito de judeus, mexicanos e gays, antes de contrair o feminismo e se tornar apenas mais uma hipócrita expressando desaprovação no Twitter.

As feministas passaram do ponto onde seriam sempre populares, mas se elas se concentrarem nas ameaças reais contra as mulheres de hoje — em particular, do islã —, poderão ao menos reconquistar algum grau de respeito. Espero sentado.

CAPÍTULO 5

Por que o Black Lives Matter me odeia

Gosto dos negros. Gosto muito dos negros. Uma vez meu perfil do Grindr* dizia: "Nada de brancos". Infelizmente, alguns negros — aqueles enganados pelo Black Lives Matter — não gostam de mim tanto quanto eu gosto deles. E depois de tudo que fiz pela comunidade negra!

Perdi a conta da quantidade de negros que tirei pessoalmente da pobreza. É bem verdade que os devolvi no dia seguinte em um Uber. Às vezes, fico deprimido só de pensar nisso. Mas então lembro que o Black Lives Matter é apenas uma ala pequena e ruidosa da comunidade negra, financiada por bilionários brancos progressistas mal-intencionados e promovida por uma imprensa insincera.

Na realidade, o Black Lives Matter deveria me agradecer. Em agosto de 2015, publiquei um artigo no *Breitbart* destacando o caso incomum de Shaun King, que estava então reivindicando a liderança do movimento, assim como Johnetta Elzie e DeRay Mckesson.

King afirma ser meio negro, nascido de pai negro e mãe branca. No entanto, um exame mais atento da árvore genealógica de King pela

---

* Aplicativo para gays e bissexuais se conectarem. (N. T.)

POR QUE O BLACK LIVES MATTER ME ODEIA

blogueira Vicki Pate revelou uma verdade surpreendente na certidão de nascimentos de King: identificava Jeffrey Wayne King, um homem branco, como pai de Shaun King.

Também identificava Shaun King como etnicamente branco.[1] Isso mesmo: um líder autodesignado do Black Lives Matter, que frequentou uma faculdade historicamente negra, com uma bolsa de estudos de Oprah Winfrey que visava garotos negros desfavorecidos, tinha — de acordo com sua certidão de nascimento — uma mãe branca e um pai branco.

Por mais de dois dias depois que relatei as questões acerca de seu passado, Shaun King tentou ignorar o assunto, bloqueando as pessoas nas redes sociais que o traziam à tona e se recusando a responder às perguntas da mídia, apesar do enorme interesse internacional na história. Finalmente, em um artigo para o *Daily Kos*, plataforma de blogs de esquerda, ele apresentou a única alegação que tinha a chance de livrá-lo do escândalo: sua mãe teve um caso com um homem negro de pele clara, um homem que King não conhecia.[2] A implicação era clara: King não fazia ideia de quem era seu pai e, portanto, tinha feito representações a respeito de sua origem que não podia justificar.

Minha resposta para a alegação de King que sua mãe tinha dormido com todo mundo era simples: faça um teste de DNA. Se sua alegação fosse verdadeira, fazer um teste de DNA e colocar o resultado em domínio público teria encerrado o assunto de uma vez por todas. Ele ainda não fez isso.

Ao que se constatou, essas alegações raciais explosivas são apenas as últimas em uma série de controvérsias que cercam Shaun King. Em 21 de julho, o *Daily Caller* informou que o relato de King a respeito de uma "surra brutal, motivada por racismo", em 1995, que pelo menos duas matérias descreveram como "o primeiro crime de ódio de Kentucky", não eram contudentes com o boletim de ocorrência policial do caso.[3]

"King, 35 anos, relatou a história de um crime de ódio em seus blogs e em seu recente livro de autoajuda, aparentemente para reforçar sua credibilidade como ativista e como guru de autoajuda", escreveu Chuck Ross, do *Daily Caller*. "King afirmou que foi atacado por até uma dúzia de estudantes 'racistas' e 'matutos', mas os registros oficiais revelam que a altercação envolveu apenas outro estudante."

"E embora King tenha alegado que sofreu uma surra 'brutal', que o deixou à beira da morte, o boletim de ocorrência caracterizou os ferimentos de King como 'leves'", Ross reportou.

Os esquerdistas, sobretudo nas universidades, têm carinho pela falsificação de crimes de ódio, para impulsionar seus perfis públicos e reforçar o apoio para as suas causas políticas. Porém, King fazia muito mais do que isso; ela usava sua posição como um dos líderes não eleitos do Black Lives Matter para gerar compaixão e, no final das contas, encher os próprios bolsos.[4] Em um país onde o vitimismo é uma moeda, é altamente lucrativo ser oprimido.

A história de King se espelha na de Rachel Dolezal, também conhecida como Nkechi Amare Diallo, que fez carreira na NAACP (Associação Nacional para o Avanço das Pessoas de Cor, em português) fingindo ser negra. Depois que foi desmascarada, ela alegou que "se identificava como negra". Meses antes da história de Dolezal estourar, gracejei que, após pessoas transgêneras, a próxima fronteira da política de identidade da esquerda seria transracial. Não esperava que isso se demonstrasse correto tão cedo.

Ao contrário de Shaun King, Dolezal não tentou convencer ninguém de que era etnicamente negra. Talvez conseguisse se tivesse tentado. Mas não o fez, sendo assim, atraiu bastante ódio do Black Lives Matter em troca de sua honestidade. Senti pena dela, mais do que tudo. Seu caso é ridículo, e fiquei feliz em ridicularizá-lo, mas também triste.

Triste, mas não surpreendente. A esquerda converteu o vitimismo em algo prestigioso, lucrativo e, em alguns aspectos, quase reverenciado. Mesmo com todos os problemas legítimos enfrentados pelos negros americanos, faz sentido que algumas pessoas finjam ser membros da raça para colher todas as recompensas concomitantes.

Com todos os benefícios advindos do vitimismo, não surpreende que tantas pessoas ricas e poderosas façam tanto para sustentar o edifício político que o apoia. O movimento Black Lives Matter, incontestavelmente o principal veículo para o vitimismo negro hoje em dia, é uma campanha apoiada por centenas de milhões de dólares em doações, incluindo 33 milhões de dólares do bilionário progressista George Soros.

O objetivo dessas doações é promover estritamente a causa da política de identidade e da divisão racial. Muitas vezes, pode parecer que o Black Lives Matter é mais um grupo de ódio antibranco do que um movimento dos direitos civis dos negros.

O Black Lives Matter não faz nada para atender a comunidade negra ou vidas negras.

Pior, causa danos fora do normal para ambas.

A POLÍCIA PROTEGE AS VIDAS NEGRAS

Nos Estados Unidos, há uma força violenta e mal-intencionada que parece matar só negros e ignorar os brancos. Sua presença pode ser sentida em todas as cidades. Em algumas áreas, essa ameaça significa que os negros não podem caminhar pelas ruas sem medo de serem mortos.

Essa força não é a polícia. São as gangues urbanas, que são principalmente formadas por negros. Os números são indiscutíveis, e, no entanto, apenas por publicá-los neste livro, serei considerado racista. Entre 1980 e 2008, os negros constituíam 52,5% dos infratores por homicídio, apesar de representarem apenas 12,2% da população. No mesmo estudo, constatou-se que 93% das vítimas de homicídio negras foram mortas por outros negros.[5] O Black Lives Matter enfoca exclusivamente as mortes causadas pela polícia, mas essas são amplamente ofuscadas pelas mortes de negros causadas por outros negros.

Em 2014, houve 238 mortes de negros causadas pela polícia; um número reportado de forma sensacionalista pelo *Raw Story* como "mais negros mortos do que no 11 de setembro". Porém, no mesmo ano, houve 6.095 vítimas negras por homicídio; mais vítimas por homicídio do que qualquer outra raça, e o dobro do número de mortos do 11 de setembro para todas as raças. E praticamente todas essas vítimas negras por homicídio morreram nas mãos de outros negros.

A diferença expressiva entre mortes causadas pela polícia e mortes causadas por outros negros suscita a questão de por que o Black Lives Matter concentra suas energias exclusivamente na polícia e no assim chamado "racismo branco".

Como a diferença em relação à saúde dos homens, a diferença em relação aos assassinatos dos negros é bastante real, e simplesmente não é discutida pelos ativistas negros. Suspeito que seja uma questão de tribalismo ou de psicologia de grupo interno/grupo externo; uma ocorrência comum em política. Como as feministas que culpam um "patriarcado" invisível por suas lamúrias cotidianas ou os aspirantes a membros da Waffen-SS dotados de Wi-Fi, que acham que os judeus são responsáveis por tudo de ruim ou os democratas que culpam os russos por Hillary perder a eleição para o Papai. É muito fácil fugir da responsabilidade se você tem um bicho-papão para botar a culpa.

O esquerdismo, que combina a política de identidade tribal com o desprezo pela responsabilidade pessoal, é a expressão política suprema desse instinto destrutivo de culpar as outras pessoas por seus problemas, em vez de passar pelo difícil processo de autorreflexão.

O Black Lives Matter não está apenas ignorando a diferença em relação aos assassinatos; está *piorando* os índices. Sempre que o movimento "incendeia" outro bairro negro (*habitualmente*), a polícia fica sem outra opção, além de deixar o policiamento preventivo até os ânimos baixarem. Isso significa menos patrulhamento e revistas nos bairros negros, o que salvaria a vida deles.

POR QUE O BLACK LIVES MATTER ME ODEIA

Pode ser quase impossível argumentar contra a ação inspirada pelo Black Lives Matter, pacífica ou não, independentemente se faz sentido ou não. Mas vou tentar.

Em 2015, depois que o Black Lives Matter arrumou confusão em Baltimore, a cidade sofreu o ano mais mortífero da história, com 344 mortes por homicídio. Os progressistas do *Raw Story* tinham se preocupado a respeito das 238 mortes de negros causadas por policiais em todo o país no ano anterior. Em Baltimore, morreram 106 negros a mais, em apenas *uma* cidade americana.

Inicialmente, a esquerda negou enfaticamente o aumento na quantidade de crimes violentos nos Estados Unidos provocado pela redução do policiamento preventivo em resposta ao Black Lives Matter. Aqueles de nós que com bom senso entendiam de outra forma, e chamamos de "o efeito Ferguson". Por fim, a evidência se tornou tão irrefutável — dez cidades expressivamente negras viram os homicídios crescer em mais de 60%[6] —, que até o *Vox* admitiu que o problema era agora "claro demais para ser ignorado" e admitiu de má vontade que o efeito Ferguson era "correto, ao menos em algumas cidades".[7]

O Black Lives Matter afirma que a polícia fere os negros. É verdade: os tiros disparados pela polícia afetam desproporcionalmente os negros. Eles compõem 26% das vítimas de disparos policiais, apesar de representaram cerca de 13% da população.[8] Porém, como tem sido assinalado de forma incansável por todos os jornalistas conservadores que cobrem esse tópico, os negros também estão amplamente super-representados nas estatísticas de criminalidade.

De acordo com o Bureau of Justice Statistics, em 2009, os negros foram acusados de participação em 62% dos roubos, 57% dos homicídios e 45% das agressões nas 75 maiores cidades americanas, embora representassem cerca de 15% da população dessas cidades. Quando correlacionadas com essas estatísticas de criminalidade, não surpreende que os negros representem 26% das vítimas de disparos policiais. Além disso, nem sempre são policiais brancos que efetuam os

119

disparos; um fato que põe em dúvida as afirmações dos ativistas do Black Lives Matter e dos jornalistas progressistas que há uma epidemia de racismo branco na força policial americana. Do mesmo artigo:

> O movimento Black Lives Matter sustenta que os policiais brancos são especialmente propensos a atirar em negros inocentes devido ao preconceito racial, mas isso também é um mito. Um relatório de março de 2015 do Departamento de Justiça a respeito do Departamento de Polícia de Filadélfia constatou que os policiais negros e latinos eram muito mais propensos do que os policiais brancos a atirar em negros com base em "percepção equivocada de ameaça" — isto é, a crença equivocada de que um civil está armado. Em 2015, um estudo de Greg Ridgeway, criminologista da Universidade da Pensilvânia e ex-diretor interino do National Institute of Justice, descobriu que, em uma cena de crime em que há tiros, os policiais negros do Departamento de Polícia de Nova York eram 3,3 vezes mais propensos a atirar com suas armas do que os outros policiais.

Nas raras ocasiões em que os policiais atiram em um suspeito negro, simplesmente são mais propensos a fazer isso se o policial é negro. Ou mesmo se o policial é um ativista do Black Lives Matter! Sempre que os críticos negros da polícia se aventuraram a se submeter a simulações de "uso da força", que coloca os participantes em cenários policiais onde esse uso contra um suspeito é uma opção disponível, eles acabaram puxando o gatilho tão frequentemente quanto os policiais brancos.[9]

Há brancos que o Black Lives Matter deveria respeitar, e não é um exemplo deles o Shaun King. Há Heather Mac Donald, a incansável pesquisadora do Manhattan Institute, que descreveu em detalhes minuciosos os danos em vidas negras causados pelo movimento Black Lives Matter: neste capítulo, muitas das citações são de seu trabalho. Há Rudy Giuliani, ex-prefeito de Nova York, cujo policiamento preventivo provocou uma queda significativa na violência das gangues, salvando inúmeras vidas negras. Ou há Piper Kerman, autora de *Orange Is The New Black*, que usou sua experiência no sistema penal americano para criar um diálogo nacional a respeito da reforma do sistema prisional. E há as centenas de milhares de policiais, de todas as cores, que patrulham as ruas americanas à noite, impedindo jovens negros de assassinarem uns aos outros e aos seus vizinhos. As vidas negras não importam para o Black Lives Matter. Se importasse, o movimento não se concentraria nas mortes causadas por policiais, que representa uma parte muito pequena das mortes evitáveis de negros. Enfocaria os problemas de sua própria comunidade, e não o "racismo branco" minguante. Acima de tudo, não forçaria a polícia a sair das ruas americanas.

A grande verdade encoberta pela mídia e pelos políticos de esquerda é que a polícia não é a inimiga das vidas negras, mas sua maior defensora.

OS FATOS

Nem mesmo um orgulhoso conservador dissidente como eu negaria que há problemas reais e duradouros nos Estados Unidos que tornam mais difícil ser um negro. Se eu fosse um picareta partidário, evitaria fazer essa confissão.

Ao contrário das queixas em grande parte falsas de feministas e gays, que, nesse momento, são em grande medida classes privilegiadas, alguns afro-americanos, sobretudo mulheres, ainda são cidadãos de segunda classe nos Estados Unidos.

A educação é um exemplo excelente. As escolas americanas ainda são bastante segregadas: os alunos negros frequentam predominantemente escolas em bairros de baixa renda, em que as turmas são grandes, o padrão de ensino é sofrível e as gangues atacam adolescentes, principalmente se eles se distinguem academicamente. Em 83 das 97 grandes cidades americanas, a maioria dos estudantes negros frequentavam escolas onde quase todos os seus colegas eram de famílias de baixa renda. Em 54 dessas 97 cidades, esse número era superior a 80%.[10]

O conserto das escolas dos Estados Unidos abriria boas perspectivas para a solução de problemas entranhados que fazem com que os negros permaneçam presos em um ciclo de crime e pobreza. Mas, ao contrário da política tribal e furiosa do Black Lives Matter, os dividendos políticos de tais reformas só poderiam ser colhidos a muito longo prazo. As iniciativas de consertar as escolas mais fracas dos Estados Unidos, como George W. Bush descobriu quando tentou fazer isso, causam normalmente mais danos políticos do que apoios.

O problema das escolas com grande quantidade de alunos negros é parte de um turbilhão mais amplo de desvantagens enfrentadas pelos negros americanos. As crianças negras são mais propensas a viver em moradias inadequadas, mais propensas a crescer em condições de relativa pobreza e mais propensas a ter pais sem instrução ou com pouca instrução — um dos indicadores mais fortes de futuro sucesso acadêmico e profissional.

Você notou "pais" no plural na sentença anterior, mas 70% das crianças negras vêm ao mundo de mulheres solteiras.[11] A ausência do pai é difundida e devastadora social e educacionalmente para as crianças negras. Além disso, elas são mais propensas a crescer cercadas pelo crime, o que as deixa mais tendentes a descambar no seu estilo de vida e mais predispostas a ser afetadas pelo crime, que possui uma série de ramificações afetando o desempenho educacional, incluindo absenteísmo e estresse. Estresse real, e não o "gatilho" que as feministas experimentam quando se deparam com algo que discordam.

Também há a guerra contra as drogas, que sem necessidade coloca na prisão centenas de milhares de negros. Gerações inteiras de jovens negros foram perdidas para o sistema prisional. Isso deve terminar. Se o objetivo principal do Black Lives Matter fosse instituir a reforma do sistema prisional, eu mesmo carregaria um desses cartazes de protesto idiotas, mas garanto que meu cartaz teria um valor de produção muito melhor do que esses ativistas podem exibir.

Não digo que tenho a resposta para esses problemas, mas não quero fingir que não existem. De fato, os republicanos precisam levar esses problemas a sério. Não sou progressista, mas não surpreende que o senador Rand Paul tenha obtido muitos votos com os eleitores negros antes de abandonar a corrida presidencial republicana em 2016.[12] As propostas dele para a reforma da política de drogas, reforma do sistema prisional e reforma educacional foram especificamente criadas para enfrentar os problemas da comunidade negra.

A discussão da persistente desvantagem racial nos Estados Unidos será frustrante para os conservadores, que estão cansados das queixas constantes e falsas a respeito de racismo. Mas isso não é pretexto para ignorar os fatos. A esquerda responde aos fatos incômodos com lamúrias e negação. Já é hora de os adultos assumirem o controle. A desvantagem ainda existe e algo tem de ser feito a respeito.

A esquerda só está piorando as coisas, com programas de bem-estar social irrefletidos, que tentam consertar a pobreza dos negros esbanjando dinheiro em relação ao problema. Sei que, em algum lugar nos Estados Unidos, há uma mente conservadora brilhante que tem a solução, mas seu dono tem muito receio de ser chamado de racista ao trazê-la à tona. Espero que este livro lhe mostre que não podemos deixar que os idiotas atrapalhem o progresso real.

A NARRATIVA

O Black Lives Matter é instrutivo, porque ilustra como o *establishment* político e cultural pode difundir desinformação mesmo quando a verdade está na cara. Qualquer pessoa pode acessar as informações necessárias para desmascarar as verdades seletivas divulgadas pelo Black Lives Matter.

Mas isso exige tempo e esforço. Os ativistas, as elites culturais e a grande mídia sabem que a maioria das pessoas está muito ocupada para checar os fatos da narrativa. Principalmente se a narrativa é repetida sem parar em todas as redes de tevê, jornais e redes sociais on-line.

Por exemplo, considere o slogan mais popular do Black Lives Matter: "hands up, don't shoot" (mãos ao alto, não atire). A origem desse brado de guerra foi a morte do negro Michael Brown por Darren Wilson, policial branco.

A narrativa corrente desse triste acontecimento é que Brown se entregou para Wilson, com as mãos para o alto, e Wilson atirou nele sem necessidade e mortalmente. A fonte principal dessa história foi Dorian Johnson, amigo de Brown, que estava com ele naquele momento.

O problema é que diversas testemunhas, assim como todas as evidências, mostram que essa narrativa é uma mentira.[13] Brown não estava com as mãos para o alto; Johnson simplesmente inventou isso. Sua mentira gerou grandes protestos em todo o país. Inacreditavelmente, a grande mídia continua a difundir a mentira do "mãos ao alto, não atire", com exceção de vozes conservadoras, incluindo até republicanos de araque como Megyn Kelly, ex-comentarista de política da Fox News. Johnson nunca foi punido por sua mentira, nem pelos protestos que causou diretamente, e a narrativa que o policial Wilson matou a tiros um homem que tinha as mãos para o alto continua.

Há talvez um jornal da grande imprensa — *The Wall Street Journal* — que publica com regularidade artigos críticos a respeito do Black Lives Matter. Praticamente todas as outras publicações assumiram completamente a mensagem venenosa de que os policiais americanos, um dos grupos mais importantes em *defesa* da vida dos negros, pegam no pé dos negros.

Eis uma seleção de artigos opinativos dos veículos da grande imprensa publicados nos últimos dois anos:

Washington Post: "O Black Lives Matter e a longa história americana de resistir aos manifestantes pelos direitos civis".

New York Times: "Prezada América branca".

Chicago Tribune: "Nunca tenho que me preocupar se serei morto a tiros em Chicago. Sou branco". *Espantosamente, esse artigo consegue falar do problema da violência das gangues e, ao mesmo tempo, condena o policiamento supostamente superzeloso.*

Sabe, se eu fosse alimentado por um fluxo constante de artigos me dizendo que o mundo me odiava por causa da cor de minha pele, eu talvez incendiasse uma cidade ou três. Mas não leio os supremacistas brancos do *Daily Stormer*. Não acredito que minha raça esteja submetida a um cerco. Infelizmente, os afro-americanos raramente ouvem mais alguma coisa.

Tentei ler *Between the World and Me*, de Ta Nehisi-Coates, um livro/carta muito maçante que ele escreveu para seu filho. Nele, Coates explica como cresceu em um bairro ruim e teve de ser durão para sobreviver. Inacreditavelmente, ele passa a lamentar o fato que seu filho vai crescer para ser tratado... como se tivesse crescido em um bairro ruim e, assim, tivesse se tornado durão. *Between the World and Me* ganhou um National Book Award só porque era ilegível. Todos assumiram que isso significava que era brilhante. Não era.

Os progressistas têm poder considerável para moldar a narrativa. Eles controlam a grande mídia, todos os prêmios de prestígio, Hollywood e os altos escalões da nova economia das redes sociais. Se estivessem tão motivados, poderiam usar esse poder para criar pressão inexorável para solucionar os problemas reais da população negra americana.

Em vez disso, o estão usando para promover o Black Lives Matter, um dos movimentos mais destrutivos da história americana.

E quer saber, na realidade, a situação é ainda pior.

RACISMO

Sempre que você revela verdades a respeito dos problemas na comunidade negra, ou evoca a hipocrisia do estimado movimento Black Lives Matter, como fiz acima, as acusações de racismo não tardam. Isso combinado com minhas análises equilibradas relativas à direita alternativa, levou organização de mídia após organização de mídia a me estigmatizar como "nacionalista branco", quase sempre seguido de um desprezível pedido de desculpas da parte deles e uma retratação pública após meus advogados entrarem em contato.

A esquerda é tão estúpida que parece acreditar realmente que "discordar do Black Lives Matter" é igual a "odiar os negros e querer um etnoestado branco".

O racismo é o segundo maior absurdo de todas as acusações que a esquerda utilizou estupidamente em sua tentativa inútil de afundar o encouraçado Milo, com exceção de alguns poucos esquerdistas que estão bastante desesperados para insultar o meu cabelo.

Literalmente, a pior coisa que já disse para um negro foi: "Hoje a noite não, querido, estou com dor de cabeça".

Além do fato de que sou meio judeu e, portanto, não gosto de ninguém que odeia ou discrimina grupos minoritários, você já viu as pessoas com quem eu durmo? Elas têm muitas cores e poucas têm tons de branco.

A resposta habitual da esquerda é recorrer a um clichê: "Ter amigos negros não significa que você não seja racista!" O motivo pelo qual ela utiliza esse argumento com tanta frequência é porque elimina a melhor defesa possível contra acusações de racismo. Minha pergunta para uma pessoa que utiliza esse argumento é: se não lhe satisfaz o fato de que passo o tempo com homens negros, transo com eles e, pelo amor de Deus, apaixono-me por eles, *quando nada está me forçando*, o que o convenceria de que não sou racista?

Já sei a resposta. Nada.

Muitas das pessoas mais queridas de minha vida são homens negros. Eu as amo e as respeito porque acredito que mereçam a verdade, não mentiras, em face da implacável realidade negra de hoje. É uma realidade que inclui problemas criados e mantidos pela esquerda, e pela própria comunidade negra, além de problemas reais do racismo duradouro. A esquerda, em contraste, procura tratar com paternalismo as minorias, impedindo-as de entrar em contato com qualquer coisa que possa ofendê-las.

Também há a resposta dos provocadores raciais de que você pode ser um racista e ainda dormir com homens negros porque tudo o que você realmente está fazendo é "ter fetiche por corpos negros", o que quer que isso signifique. O argumento deles parece se reduzir ao quanto é ruim que todos achem esses corpos atraentes. Porém, ainda quero ouvir um argumento coerente, que explica como posso ficar noivo de um homem negro e ainda ser racista. Também nunca vi um homem negro ficar ofendido com os estereótipos acerca do tamanho do pênis. Acho que alguns estereótipos são maiores do que outros.

Os esquerdistas estão convencidos de que minha crítica ao Black Lives Matter é motivada pelo racismo. No entanto, os racistas de verdade tendem a não ocultar suas motivações: eles as revelam claramente em sua linguagem. Pergunte a um supremacista branco se ele é um supremacista branco e você obterá a resposta: "Sim, sou um supremacista branco". Prestativamente, o *Daily Stormer* coloca suásticas e fasces em sua primeira página.

O mesmo não pode ser dito dos congêneres do Black Lives Matter. Considere Yusra Khogali, líder e uma das fundadoras do movimento em Toronto, que descreveu a pele branca como "sub-humana". Na realidade, ela utilizou a palavra "sub-humxn", alterando a palavra "man" (homem): uma tendência popular entre os interseccionalistas. Ela disse que os brancos são um "defeito genético da negritude" e que a melanina, o pigmento que dá cor à pele humana, "comunica-se diretamente com a energia cósmica". Por causa disso, Khogali declarou que os negros eram "superhumxn".[14] Parece que o Black Lives Matter está feliz por ter supremacistas raciais manifestos como líderes.

A biologia criativa não é algo novo para supremacistas e separatistas negros, como, por exemplo, a crença de que um cientista negro chamado Jakub criou a raça branca como uma "raça de demônios". No passado, essa crença poderia ser ridicularizada e considerada tão insana quanto a teoria da Terra plana. Atualmente, adeptos dessa besteira são enaltecidos por políticos e comentaristas importantes.

Aliás, não foi a primeira vez que Khogali fez um comentário racista nas redes sociais. Em fevereiro de 2016, ela tuitou "Por favor, Alá, dê-me força para não amaldiçoar/matar esses homens e essa gente branca aqui hoje. Por favor, por favor, por favor".[15] Não precisamos adivinhar as motivações de Khogali. Seu ódio é claro para todo mundo ver. No entanto, a grande mídia parece mais interessada em tentar explicar como um petulante colunista britânico gay, de origem judaica e com um namorado negro é o racista de verdade.

Há quem sustente que o racismo contra os brancos não existe. Por um tempo, o principal resultado no Google para a pergunta "é possível ser racista contra um branco?" era um artigo do *Huffington Post* afirmando que tal coisa era impossível, porque o racismo é "preconceito e poder" e os brancos "controlam o sistema e a estrutura econômica da sociedade".[16]

Não tenho certeza se essa afirmação seria muito convincente para o garoto branco com deficiência mental que foi sequestrado e torturado por quatro negros em Chicago. Eles transmitiram ao vivo o suplício no Facebook, lançando insultos raciais contra ele — "Foda-se Donald Trump, mano! Foda-se o povo branco, rapaz!" —, dando tapas nele e cortando seu couro cabeludo com uma faca.[17]

Também me resta perguntar se, sob essa nova definição de racismo, um taxista imigrante de Nova York que não pega negros é um racista. Gostaria de ver um ativista do Black Lives Matter explicar como um imigrante paquistanês tem algum "poder" sobre um cidadão negro americano.

Quando as definições das palavras mudam para sustentar um argumento falso é como entrar em uma sala de espelhos de um parque de diversões. Há negros que odeiam brancos? Sim. Há negros que acham que brancos são inferiores e não têm problema de admitir isso aberta e publicamente? Sim. Esses mesmos negros são racistas? É claro que são.

SANGUE NAS RUAS

Quando Lyndon B. Johnson discutiu a necessidade de combater o racismo nos Estados Unidos, ele não tinha ilusões a respeito da gravidade do problema enfrentado pelo país. "O negro lutou na guerra [Segunda Guerra Mundial]", Johnson supostamente disse a Horace Busby, um assessor: "Ele não vai continuar pegando a merda que repartimos. Estamos em uma corrida contra o tempo. Se não agirmos, vamos ter sangue nas ruas."

Há mais de 50 anos, Johnson assinou a Lei dos Direitos Civis de 1964 e os Estados Unidos têm sangue nas ruas. Mas não pode mais ser acusado de racismo; ao menos, não de racismo branco.

Em 7 de julho de 2016, o supremacista negro Micah Xavier Johnson abriu fogo contra policiais em Dallas, no Texas, matando cinco e ferindo outros nove, e dois civis. Foi a ocorrência mais mortal para a polícia americana desde o 11 de setembro.

Apenas dez dias depois, outro supremacista negro, Gavin Eugene Long, abriu fogo contra policiais em Baton Rouge, na Louisiana. Ele matou dois policiais e hospitalizou outros três, um em estado crítico.

Micah Xavier Johnson e Gavin Eugene Long cresceram em uma sociedade em que professores universitários, celebridades e veículos da grande imprensa lhes diziam que a polícia era racista e queria matá-los. Os dois homens recorreram a formas virulentamente racistas de nacionalismo negro, que — ao contrário, por exemplo, de Pepe, o Sapo — recebem pouco exame ou atenção da mídia e das elites políticas. Em muitos departamentos universitários, as visões racistas anti-brancos apoiadas por Long e Johnson são praticamente encorajadas.

Ambos os homens são responsáveis por suas ações, mas seria simplista sustentar que também não eram produtos de seu meio e das mensagens as quais foram bombardeados desde o nascimento. Enquanto a esquerda progressista considera brancas rebolantes e que usam *dreadlocks* como racistas, e enquanto a mídia do *establishment* se preocupa com memes da direita alternativa, os negros estão sendo alimentados com uma dieta de ódio contra brancos e contra a polícia, que, inevitavelmente, propaga-se em violência.

A maior tragédia é o alvo dessa violência ser a polícia, uma das maiores e em grande parte desconhecidas *aliadas* das comunidades negras. É a polícia que se coloca entre os negros e a maior ameaça às vidas negras: a violência das gangues. É a polícia que dispersa os desordeiros negros quando estão incendiando os bairros negros. E, surpreendentemente, os policiais continuarão a fazer as duas coisas, apesar de receberem apenas desprezo em troca.

Quando a violência é cometida contra a polícia, não discrimina por etnia. Os dois policiais de Nova York que foram mortos ao "estilo de execução" no auge da agitação do Black Lives Matter, eram de origem asiática e hispânica.

Tenho orgulho de apoiar os policiais e os outros homens e mulheres que servem ao seu país. Nunca sou mais humilde e grato do que quando recebo elogios dessas pessoas, que se arriscam e dão tanto pela sua pátria, muitas vezes em troca de nada além de desprezo do público e dos políticos. Poucas coisas me causam desconforto, mas essa persistente injustiça é uma delas.

O Black Lives Matter me odeia, e vice-versa. Mas não odeio o movimento porque representa uma ameaça aos brancos. Eu o odeio porque fazem exatamente o oposto do que dizem. Causa *mais* perda de vidas negras, e não menos. E fazem isso atacando o único grupo de pessoas que tenta ajudar suas comunidades.

As pessoas que *realmente* deveriam odiar o Black Lives Matter são as pessoas negras.

CAPÍTULO 6

Por que a mídia me odeia

DUAS SEMANAS DEPOIS DA ELEIÇÃO DE DONALD TRUMP como presidente dos Estados Unidos, o vice-primeiro ministro do Japão, Taro Aso, estava visivelmente irritado. Mas a irritação não era com Trump.

Falando no parlamento japonês, o notoriamente grosseiro vice-primeiro-ministro detonou a sugestão de que o Japão deveria começar a fazer planos para as políticas de Trump, como vaticinadas pela mídia americana.

"Não faz sentido o Japão traçar políticas com base em suposições dos jornais americanos. Eles estão sempre errados", Aso afirmou. "Teremos simplesmente de esperar até as coisas serem decididas."[1]

Ele tinha razão de estar irritado. O que um político japonês faz quando nomes anteriormente confiáveis da imprensa ocidental, como o *New York Times*, o *Washington Post*, a BBC e a CNN falham de forma tão abrangente ao descrever o que está acontecendo na política americana?

Menos de um mês antes da eleição, uma pesquisa do instituto *Gallup* constatou que a confiança dos americanos na grande mídia tinha caído para o menor número de todos os tempos. Apenas 32% disseram que tinham uma "quantidade justa" ou uma "grande quantidade" de

POR QUE A MÍDIA ME ODEIA

confiança na mídia; o menor número que o *Gallup* registrou desde que começou a realizar a pesquisa em 1972. Apenas dez anos antes, o número estava em 50%.

Mesmo os democratas, atendidos pela mídia, são indiferentes ao assunto. O *Gallup* descobriu que apenas 51% deles tinha uma grande quantidade ou uma quantidade justa de confiança na mídia, em comparação com os 30% dos independentes e 14% dos republicanos — aproximadamente o mesmo número que apoiava John Kasich.

A confiança na mídia está em particular declínio entre os mais jovens. Em 2016, 26% das pessoas entre 18 e 49 anos confiavam na mídia, em comparação com 43% em 2011. Para a geração mais velha, 50 anos ou mais, a confiança só declinou em seis pontos no mesmo período, de 44% em 2011 para 38% em 2016.

Em outras palavras, as poucas pessoas que ainda confiam na mídia americana estarão mortas em breve.

Não é deliciosamente irônico que as crianças da década de 1960, aquela em que os jovens se levantaram contra a geração heroica e abnegada da Segunda Guerra Mundial, estejam agora presas no mesmo antigo atoleiro como seus avôs? Depois de trabalharem tão arduamente para destruir os princípios conservadores, acomodaram-se em uma complacência indolente, acreditando estupidamente que tinham ganho a guerra cultural para sempre. Agora, têm de observar seus próprios filhos levantaram-se contra ele em gloriosa rebelião, adotando os próprios princípios que procuraram destruir.

Assim, as crianças das décadas de 1970 e 1980 escutavam punk rock em vez de Walter Cronkite?* Bem, as crianças da década de 2010 leem o 4chan e veem minhas "fritadas" ao vivo a respeito do feminismo em vez de Anderson Cooper. Justiça cósmica.

---

* Foi um famoso jornalista e âncora da tevê americana, apresentando o principal jornal da rede CBS durante 19 anos, entre 1962 e 1981. (N. T.)

A mídia não tem como escapar dessa confusão. Está presa na maior suruba que já vi, e eu já vi as maiores. Seu principal objetivo não é mais comunicar as últimas informações a respeito dos acontecimentos atuais para o público, mas demonstrar seu compromisso com a visão politicamente correta de seus pares na bolha metropolitana.

A maioria de suas estrelas perdeu o interesse em reportagens objetivas, no jornalismo investigativo ao estilo Woodward e Bernstein,* em falar a verdade ao poder. São aqueles que estão apavorados de ser banidos e de colaborar com a virtude ostentação — como resultado, qualquer bom jornalismo que acabam publicando é ignorado por um público cada vez mais desgostoso e desiludido.

É por isso que perderam a ascensão óbvia de Trump.

Trump e eu temos muitos dos mesmos defensores. Se a mídia quisesse julgar para onde o vento estava soprando, deveriam ter prestado atenção em meus ascendentes *rankings* no Google e naqueles de outros jovens e provocadores artistas, comentaristas e pensadores liberais e conservadores.

A mídia não *quis* ver os sinais. Em sua visão de mundo, a proposta fracassada de Mitt Romney para presidente em 2012 demonstrou a predominância da nova coalizão democrata de eleitores e minorias urbanas. A mídia embriagou-se na ilusão de seu próprio poder inexpugnável.

Alguns poucos jornalistas da grande mídia viram o tsunami que estava prestes a engolfar os democratas e seus aliados da elite da mídia, mas aqueles outros que suspeitaram disso, decidiram que manter a discrição era o melhor para suas carreiras. Dois exemplos demonstram que eles provavelmente fizeram a escolha certa.

---

* Carl Bernstein e Bob Woodward, como repórteres do *Washington Post*, desvendaram o caso Watergate, que levou o presidente Nixon a renunciar, em 9 de agosto de 1974. (N. T.)

POR QUE A MÍDIA ME ODEIA

Quando David Seaman, blogueiro do *Huffington Post*, publicou dois artigos para o site quebrando o voto de silêncio autoimposto pela esquerda e pela grande mídia a respeito da saúde de Hillary Clinton, a desforra foi rápida e sem misericórdia. Não só seus dois artigos a respeito do assunto foram eliminados —"Saúde de Hillary é excelente, com exceção de convulsões, lesões e injeções de adrenalina" e "Donald Trump desafia Hillary Clinton para duelo a respeito de prontuários médicos" —, mas ele também foi demitido, bloqueado de sua conta de edição e *todo o seu histórico de artigos* foi temporariamente excluído do site.

Compreensivelmente irritado, Seaman recorreu ao YouTube para expressar seu espanto.

"Sempre que um vídeo a respeito da saúde de um candidato presidencial é visto mais de 3,5 milhões de vezes, alguém sob contrato com o *The Huffington Post* deveria ser capaz de se conectar ao site, principalmente como jornalista que vive nos Estados Unidos, sem ter sua conta cancelada", Seaman afirmou. "Arquivei centenas de histórias ao longo dos anos como jornalista e analista e nunca me aconteceu nada parecido com isso."

Seaman não foi o único exemplo. Houve também Michael Tracey, repórter do VICE, cujos ataques implacáveis contra Hillary foram tolerados apenas durante as primárias, quando Tracey era um defensor eloquente do senador Bernie Sanders. Assim que Clinton conquistou sua vitória sobre Sanders, as visões de Tracey se tornaram subitamente indesejadas.

Não obstante, ele persistiu, destacando repetidamente os defeitos de Hillary Clinton nos meses que antecederam a eleição. Em 6 de setembro de 2016, Tracey publicou uma das colunas mais visionárias do ciclo eleitoral: "A grande mídia tem um ponto cego do tamanho de Donald Trump". De forma reveladora, não foi publicado em sua coluna do VICE, mas no *Daily Beast*.

No artigo, Tracey descrevia como a tática da mídia estava dando errado.

135

Não consigo dizer quantas pessoas comuns com quem conversei que não confiavam que a máquina de insultos contra Trump, também conhecida como grande mídia, estava lhes contando a história verdadeira. Isso incluía pessoas que geralmente antipatizavam com Trump. Um exemplo representativo foi uma funcionária de um restaurante na Filadélfia, durante a convenção nacional do Partido Democrata em julho, que me disse que presumia que qualquer coisa que Trump dissesse ou fizesse seria imediatamente exagerado. Assim, ela decidiu simplesmente ignorar a cobertura. Para ela, era uma reação racional a um furor tão desproporcional e exaustivo: ela disse que não conseguia processar tudo e também manter sua sanidade. *Assim, mesmo se surgisse uma controvérsia que valesse a pena pegar em armas legitimamente, ela* não mais saberia.[2]

O grifo é meu. Tracey tinha razão, e a grande mídia, assim como todos os jornalistas da *National Review* que supuseram que Trump perderia com certeza, estava errada. Não só não previu que o ímpeto irreversível de Trump o levaria à Casa Branca, mas também provavelmente ajudaram no processo, dando falsos alarmes, confeccionando polêmicas e fingindo ficar ofendida e indignada tantas vezes que os eleitores simplesmente se desinteressaram.

Aparentemente, os superiores de Tracey no VICE não são grandes fãs de momentos do tipo "Eu bem que avisei" e rapidamente acharam uma desculpa para se livrarem dele depois da eleição. Nem se importaram que seu público leitor parecia estar crescendo. Ele tinha de ir embora. Relutante em ser tão descarado em seu viés pró-Clinton como o *Huffington Post*, o VICE preferiu despedir Tracey após ele mostrar que Lena Dunham não poderia ter participado da primária democrata em Nova York, pois não estava registrada no partido. O VICE o demitiu por reimprimir uma captura de tela de dados de registro de eleitores de acesso público e de fácil investigação.[3]

POR QUE A MÍDIA ME ODEIA

Não acho que Tracey ou Seaman terão suas carreiras prejudicadas a longo prazo. Eles tinham razão e os editores progressistas raivosos que os demitiram estavam errados. Eles não querem emprego no novo ecossistema midiático. Mas, além de criar um efeito inibidor na grande mídia, onde os jornalistas se negam a desafiar a narrativa por medo de perderem seus empregos, também revela o quanto a grande mídia está comprometida em permanecer em seu ciclo de erros. Os poucos repórteres que enxergam além dos vieses da bolha são eliminados. E, assim, o ciclo se mantém.

No entanto, tenho boas notícias para os políticos do Japão, e para qualquer outro que queira saber onde procurar a verdade nessa nova era de propaganda progressista disfarçada de jornalismo imparcial. Veja, à medida que a virtude ostentação se intensifica e a janela de Overton — o leque de ideias aceitáveis em discussão política — fica cada vez menor, não são mais apenas os excêntricos e os caçadores de OVNIS que são deixados de fora da tendência predominante. Os jornalistas e os caçadores de fatos, que realmente sabem o que está acontecendo no mundo, também são deixados de fora. Se você quer saber quando o próximo Donald Trump vai chegar, tudo o que precisa fazer é encontrá-los.

Claro que estou me referindo a mim mesmo, aos meus ex-colegas do *Breitbart*, aos meus novos companheiros do MILO Inc. e aos meus companheiros de viagem da imprensa *anti-establishment*. São as pessoas e as publicações desprezadas freneticamente pela oposição, que as considera como "fake news". Essa oposição não entende por que nossa estrela está em ascensão e a dela é cadente: é porque somos honestos em nossas opiniões e prioridades e estamos comprometidos em relatar as histórias que a grande mídia desacreditada ignora rotineiramente.

Também temos respeito pelos nossos leitores. Ao contrário da maior parte da imprensa, não olhamos para as pessoas comuns de nariz empinado.

137

Cometi muitos erros em minha juventude: abandonei a faculdade, perdi muito tempo com traficantes de drogas, não resisti aos avanços do padre Michael, mas escolher o jornalismo como carreira foi provavelmente o maior.

Com certeza, não é um caminho que eu aconselharia alguém a seguir, a menos que você se imagine respondendo a pessoas chatas, infelizes, de fala mansa e que usam camisas xadrez, que querem que você convença o público de que o islã não é algo para se preocupar e que "mansplaining" é uma ameaça séria às mulheres.

Se você é jornalista, fale a verdade. Suas opções de carreira serão limitadas inicialmente, mas a honestidade compensa onde importa: com o público. E você nem sequer precisa ser de direita! Confio em esquerdistas *anti-establishment* como Michael Tracey muito mais do que nos colunistas da *National Review* ou o *Red State*, que se revelaram durante a campanha eleitoral como pouco mais do que versões diluídas da comunidade de virtuosos ostentação.

A mídia alternativa é cada vez mais difícil de ignorar. O *Breitbart*, por exemplo, manteve a liderança em notícias políticas no Facebook e no Twitter durante a maior parte do ano eleitoral de 2016. Apesar dos esforços dos tendenciosos CEOS do Vale do Silício para silenciar nossas vozes, somos aqueles que as pessoas querem compartilhar e somos aqueles que as pessoas querem ouvir.

Na Europa, durante minha carreira como jornalista de tecnologia, aprendi rapidamente que o jornalismo especializado em tecnologia é sujo, corrupto e repleto de picaretas. Então, durante o caso Gamer-Gate, aprendi que a imprensa especializada em videogames é suja, corrupta e repleta de picaretas, que não estão interessados no passatempo, mas meramente em politizá-lo. Agora, durante essa eleição, aprendi que *toda* a grande mídia é suja, corrupta e repleta de picaretas, que promovem os pontos de vista políticos daqueles no poder com fanatismo e falsidade.

Apenas alguns anos atrás, você teria rido se alguém dissesse algo assim. Agora todo mundo sabe que é verdade.

FAKE NEWS

Esperava-se que a grande mídia mostrasse um pouco de humildade após a vitória de Trump. Em vez disso, ela optou em dobrar a aposta, em uma tentativa mal concebida de se vingar daqueles que a humilharam. Suas iniciativas deram completamente errado.

Em vez de se perguntar por que perdeu a confiança das pessoas, a grande mídia perguntou por que as pessoas perderam a confiança nela. Uma diferença sutil, mas importante.

Também decidiu que as pessoas foram enganadas porque escutaram, leram e viram — choque, horror! — a mídia alternativa. Algo tinha que ser feito. Mas o quê? Bem, a grande mídia poderia sempre se ocupar diretamente da mídia alternativa e dos seus argumentos, mas isso exigiria fatos, evidência, discussões, abertura a novas ideias e outras qualidades esquecidas há muito tempo.

Ela não fez isso.

A grande mídia poderia sempre começar a ouvir seus leitores de novo, reabrindo as seções de comentários e se envolvendo com o que tinham a dizer, em vez de considerar todas as críticas como "trolagem". Mas isso exigiria humildade e capacidade de admitir que talvez aqueles perdedores atrasados dos estados interioranos soubessem algo que ela não sabia.

Ela não fez isso.

Nos dias seguintes à eleição presidencial, a mídia se agarrou a um novo meme que emergiu dos acadêmicos e analistas de esquerda desesperados por uma razão para absolvê-los da responsabilidade da perda dos Estados Unidos.

O meme era "Fake news": a ideia que Donald Trump venceu por causa do poder da mídia social de espalhar desinformação. A raiva dos eleitores contra as elites não era legítima e a derrota foi por causa da mídia alternativa — desculpe, quero dizer *sites de fake news* — e das mentiras malévolas a respeito da pobre Hillary.

Alguns exemplos de *fake news* autênticas são sites que criam histórias inverídicas para cliques e receita de anúncios (como os sites com o sufixo adicional .*co*: abcnews.com.co, DrudgeReport.com.co, MSNBC.com.co) que foram aproveitados pela mídia para provar a existência de um problema mais amplo. Duas histórias falsas a respeito de apoios importantes para Trump: do Papa Francisco e de Denzel Washington. E uma foto equivocada de um ativista relativa a manifestantes anti--Trump embarcados em diversos ônibus em Austin, no Texas, foram utilizadas para pintar um quadro de um eleitorado iludido.

O *Breitbart* não relatou nenhuma dessas histórias. Mas, junto com os sites *InfoWars, Prison Planet, The Blaze, Project Veritas, Private Eye, The Independent Journal Review, World Net Daily* e *ZeroHedge*, o *Breitbart* foi posto em uma lista compiladas por um *acadêmico de esquerda a respeito dos supostos "sites de fake news".*[4] *Não foram apenas sites da mídia alternativa; até sites independentes mais liberais, como o Red State e o Daily Wire*, faziam parte da lista.

Parte do motivo pelo qual o meme de "fake news" atraiu a esquerda de modo tão rápido foi porque oferecia a esperança de retaliação contra a nova mídia *anti-establishment,* que estava suplantando-a com rapidez.

Na era da Internet, o *público tem* muitos comentaristas independentes para escolher e sua crescente popularidade é testemunho do fracasso da mídia em reter seu público. Há Steven Crowder, ex-colaborador da Fox News, que agora desfruta de muito mais liberdade em *Louder with Crowder*, seu programa do YouTube de grande audiência. Há Stefan Molyneux, cujos comentários agudos a respeito das questões do dia são muito mais excitantes e intelectualmente estimulantes do que qualquer coisa que Keith Olbermann ou Sally Kohn tem a oferecer. Há Joe Rogan e *The Joe Rogan Experience*, *podcast* de muito sucesso, cujos números de download mensais — 11 milhões em um único mês em 2014 — deveriam assustar a grande mídia.[5] E há Gavin McInnes, um dos únicos canadenses que gosto. O super-heterossexual Gavin e eu nos beijamos na entrevista coletiva após o ataque terrorista em Orlando; um "vá se foder" simbólico ao islã radical. Foi uma versão conservadora de Madonna beijando Britney no MTV Video Music Awards.

A crise real da credibilidade da grande mídia pode ser percebida na ascensão da "alt-media" (mídia alternativa); ou seja, pessoas que eram anteriormente consideradas excêntricas e malucas. Alex Jones e Paul Joseph Watson, comentaristas do site *InfoWars*, agora acumulam centenas de milhares, até milhões, de visualizações com cada vídeo que postam no YouTube. O que dizer a respeito da credibilidade da grande mídia quando um homem, mais especificamente Alex Jones, conhecido por acusar o governo federal de "converter os sapos em gays" está em ascensão, enquanto ela está em declínio?

Julien Assange e o WikiLeaks também são símbolos do declínio do poder da grande mídia. Antigamente, um vazador ou um informante tinham de procurar um jornal ou uma emissora para divulgar sua história. Quando a mídia é tendenciosa, isso pode ser um problema. Lembre-se, a *Newsweek* vetou a história do presidente Clinton e de Monica Lewinsky: foi Matt Drudge que acabou vazando a história on-line.[6] Agora, o mapa mudou: o WikiLeaks desova praticamente quaisquer vazamentos de governos e partidos políticos na rede, praticamente sem censura. Sem dúvida, a mídia pode ignorá-los, mas, se ela não espalhar a notícia, os usuários das redes sociais espalharão.

Ciente da ameaça existencial *à sua ordem* mundial, até *o presidente Barack Obama, que estava de saída, se envolveu. De acordo com a revista The New Yorker*, poucos dias depois da eleição, Obama falava "obsessivamente" a respeito de um artigo do *BuzzFeed* que atacava sites de *fake news* pró-Trump.[7] Em declarações públicas, Obama também culpou as "fake news" pela falta de crença do público na mudança climática produzida pelo homem.

Obama disse: "A capacidade de disseminar desinformação, teorias conspiratórias extravagantes, retratar a oposição de forma bastante negativa sem qualquer refutação — se acelerou de uma maneira que polarizou muito mais o eleitorado".[8] Você pode ser perdoado por pensar que ele estava falando da CNN.

O quão polarizadores e negativos são esses sites de *fake news*? Escrevem histórias incendiárias a respeito de seus adversários políticos com manchetes como "É assim que o fascismo chega aos Estados Unidos"? Ah, espere, não, essa foi do *The Washington Post*, em um artigo a respeito de Donald Trump. Estão sugerindo que seus adversários cometerão genocídio se eleitos? Não, *esse* foi um artigo opinativo no *The New York Times*, também a respeito de Donald Trump.

"Apenas diga: Trump parece cada vez mais com Hitler" também não foi um artigo publicado em nenhum dos sites da lista de "fake news" divulgada pela esquerda, mas na *Slate*, uma revista outrora respeitada, que publicava Christopher Hitchens.

E quanto ao dossiê não confirmado afirmando que o governo russo está chantageando Donald Trump com a prova de que ele se envolveu em "atos sexuais pervertidos" que eram monitorados pela inteligência russa? O artigo foi publicado no *BuzzFeed* e divulgado pela CNN.

Obama tem razão; há um problema envolvendo histeria e desinformação na imprensa, mas é um problema da grande imprensa, e não da mídia alternativa. É algo valioso para jornalistas que entenderam tudo errado acerca dessa eleição, que publicaram pesquisas tendenciosas assegurando a vitória de Hillary e começaram a reclamar das "fake news" porque perderam a disputa.

Um dos alvos mais comuns da *Fake News Media* fui eu. Em parte, eu os perdoo por isso; meu regime diário de cuidados com a pele é mais complexo e, no mínimo, tão interessante quanto os acontecimentos

POR QUE A MÍDIA ME ODEIA

nacionais. Mas não perdoo as mentiras. Pesquise na Internet "Milo Yiannopoulos" e os termos "alt-right" e "white supremacist" e conte o número de vezes que fui falsamente chamado dessas coisas. Você encontrará artigos da CNN, da CBS, do NBC *News*, do *Los Angeles Times*, do *Chicago Tribune* e do *USA Today*. Quase todos publicaram retratações ridículas e, em certos casos, pedidos de desculpas, depois que minha equipe entrou em contato e ficou claro que eu não era o tipo de pessoa que deixava as calúnias ficarem sem resposta.[9] No entanto, naquela altura, a maioria das pessoas tinha lido os artigos e formado sua opinião. O dano estava feito.

A NPR, publicação supostamente respeitável, chamou-me de "autoproclamado líder da direita alternativa". O britânico *Daily Telegraph,* onde eu escrevia e claramente degringolou desde minha saída, e o *Bloomberg Businessweek* me chamaram de "o rosto" da direita alternativa, embora este último fez isso de maneira tão inadvertidamente amável que não pude deixar de ficar lisonjeado: "O rosto belo e terrível da direita alternativa", disseram. Menos lisonjeira, mas não menos falsa, a CNN escreveu um artigo me incluindo em uma lista de "nacionalistas brancos" e me acusou de "falar com desprezo a respeito dos judeus".

São todas respeitáveis publicações da grande mídia e compostas por jornalistas profissionais. As mesmas pessoas que devemos acreditar que fornecerão notícias reais e não *fake news* ao público. No entanto, é assim que essas pessoas se comportam até mesmo em relação ao desacordo mais leve: um jogo constante de ostentação de virtude e vício, dizendo aos outros a quem evitar, espalhando as últimas palavras-chave negativas a respeito delas e, em seguida, regozijando-se com satisfação e chamando a si mesmos de "mocinhos".

Se a mídia só perseguisse provocadores como eu, tudo bem. Eu dou corda para as pessoas ganharem a vida e então espero um pouco de competição. Mas elas também perseguem pessoas cujas contribuições para a sociedade consistem em mais do que apenas palavras cáusticas e penteados incríveis. Pessoas como Martin Shkreli, a quem

143

acusaram de espoliar vítimas do HIV e da Aids, aumentando o preço do Daraprim, um medicamento que trata uma série de estados clínicos relativamente raros associados ao HIV e à Aids. Shkreli tinha uma razão para aumentar o preço: ele queria financiar uma pesquisa por uma alternativa melhor e mais barata.[10] Além disso, sua empresa, a Turing Pharmaceuticals, deixou claro que eram as seguradoras de saúde e as corporações ligadas à assistência médica, e não os pacientes em situação financeira desvantajosa, que teriam prejuízo. Mas isso não impediu a mídia de estigmatizar Shkreli como "o homem mais odiado dos Estados Unidos".[11] Ele pode não ser um anjo, mas o aumento do preço do Daraprim é só motivo para "ódio" se você é um jornalista esquerdista mal informado ou da grande imprensa. Eles agem como Regina George em *Meninas Malvadas*, hostilizando qualquer garota que possa ser uma ameaça à sua popularidade, mas descobrindo no fim do filme que ninguém realmente gosta dela.

Tendo percebido que o meme "fake news" estava agora sendo utilizado para lançar uma luz sobre suas próprias falhas, a grande mídia tentou desesperadamente recolocar o gênio na garrafa. O *The Washington Post* publicou um artigo afirmando que era "hora de aposentar o deslegitimado termo 'fake news'", reclamando que os conservadores estavam agora usando o rótulo contra a mídia.[12] Mas era muito tarde; ela tinha dado ao mundo um termo para descrever suas próprias falhas, e nós íamos utilizá-lo.

Incapaz de enfrentar seus problemas, a bolha político-midiática metropolitana optou pela projeção. Assim, não há nada mais a fazer. Temos de amarrá-la em uma cadeira, manter seus olhos bem abertos e fazê-la se olhar no espelho.

Eis por que, ainda que provavelmente por nada no final, faço questão de humilhar ritualmente jornalistas que mentem a meu respeito. Porque se eu puder fazê-los pensar duas vezes a respeito de fazer isso comigo, talvez eles façam o mesmo antes de fazer isso para você. Para todos esses jornalistas mentirosos, que ainda não sentiram minha ira, tenho um conjunto bastante específico de habilidades esperando por vocês. Em breve, todos verão.

UM AJUSTE DE CONTAS

Em 21 de novembro, quando Donald Trump estava se preparando para sua transição para o cargo de presidente, ele chamou alguns dos maiores nomes da mídia americana à Trump Tower. Eles esperavam que a reunião fosse a respeito do acesso ao governo Trump durante seu tempo no poder. Em vez disso, receberam uma repreensão histórica; o que uma fonte presente na reunião descreveu ao *The New York Post* como um "maldito pelotão de fuzilamento":

> "Trump ficava dizendo: 'Estamos em uma sala de mentirosos; a mídia enganadora e desonesta, que entendeu tudo errado'. Ele se dirigiu a todos na sala, chamando a mídia de mentirosa, desonesta e enganadora. Chamou Jeff Zucker pelo nome e disse que a CNN era uma rede de mentirosos", a fonte revelou.
>
> "Trump não chamou Katy Tur, repórter da NBC, pelo nome, mas falou a respeito de uma correspondente da NBC que entendeu tudo errado. Em seguida, referiu-se a uma horrível correspondente de rede, que chorou quando Hillary perdeu um debate — que era Martha Raddatz, e estava na sala".[13]

No saguão da Trump Tower, Kellyanne Conway, diretora da campanha eleitoral de Trump, disse aos repórteres que a reunião foi "excelente". Gosto de imaginá-la rindo por dentro quando disse isso. Ela é a minha favorita.

Trump manipulou a mídia durante décadas com genialidade inigualável. Mas acho que ela só descobriu que estava sendo usada em setembro de 2016. Trump anunciou que iria fazer uma declaração

DANGEROUS

referente à conspiração dos "birthers"* a respeito de Barack Obama na inauguração de seu novo hotel em Washington. Isso trouxe o que pareceu ser a totalidade da imprensa política americana à porta de Trump. Os jornalistas esperavam que ele fosse dizer algo estapafúrdio; o comentário final amalucado que afundaria sua campanha.

Em vez disso, os jornalistas se viram cobrindo a abertura de um novo hotel Trump, e vinte minutos de veteranos de guerra chegando à frente das câmeras para endossar sua candidatura à presidência. Finalmente, Trump apareceu no palco para fazer um comentário de duas linhas a respeito da questão do *birther*: "O presidente Barack Obama nasceu nos Estados Unidos. Ponto. Agora todos nós queremos voltar a tornar a América forte e grande novamente. Muito obrigado".

A imprensa ficou louca. "Não sei o que dizer agora", disse John King, correspondente-chefe nacional da CNN. "Fomos usados de novo pela campanha de Trump." Enquanto isso, Jake Tapper, ao vivo, chamou isso de "rick-roll** político". Tapper talvez pensasse que estava insultando Trump por envolvê-lo no equivalente político de uma brincadeira inventada por *trolls* da Internet.

Todo mundo achou que foi hilariante, sobretudo eu.

Foi o *troll* perfeito: revelou verdades suprimidas, consternou e entreteve o público em medidas iguais e humilhou esplendidamente um alvo merecedor: a mídia.

Apenas Papai poderia ter feito isso.

Fui um dos primeiros comentaristas conservadores importantes a apoiar Trump. Na minha manchete, publicada no *Breitbart*, chamei Trump de "O rei da trolagem de seus críticos" e sustentei que ele seria "A escolha da Internet para presidente".

---

* Aqueles que acreditavam que Obama não nasceu nos Estados Unidos e, portanto, não teria o direito de ser presidente. (N. T.)

** Nome dado a pegadinhas praticadas na Internet.

Na ocasião, poucas pessoas viram a conexão entre Trump e a trolagem na Internet. Agora, todos veem.

NÃO TENHA MEDO DA MÍDIA

Os conservadores do *establishment* acham que os republicanos têm algo a perder ao confrontarem a mídia. Como o GamerGate, o *Breitbart*, Nigel Farage, Trump e eu provamos, não têm.

A imprensa descarregou tudo que tem contra nós, e qual foi o resultado? O GamerGate acumulou popularidade por dois anos, sem parar. O *Breibart* é uma das fontes de notícias políticas mais populares do planeta. Nigel Farage, condenado como racista pela mídia, levou seu partido político a sucessos eleitorais sem precedentes e quase comandou sozinho o movimento eurocético que culminou no Brexit. Donald Trump, que atraiu mais calúnias midiáticas do que todo o mundo, é presidente.

E olhe para mim. Além de Trump, Farage e possivelmente Ann Coulter, existe alguém no mundo de fala inglesa que a grande mídia fez mais esforço para difamar e deturpar? Olhe onde isso me levou. Acordo todos os dias *esperando* que a grande mídia continue tentando me destruir. Está fazendo maravilhas para o meu saldo bancário. Os jornalistas acham que, ao me acusarem de racista e sexista, estão destruindo minha reputação. Na realidade, estão alimentando minha fama, porque ninguém acredita em uma palavra do que eles dizem. Suas mentiras e distorções aquecem minha piscina.

Em uma época em que ninguém confia na mídia, confrontá-la o torna popular.

Assim, imploro que você faça o que a mídia não quer: fale a verdade sem as delicadezas politicamente corretas. Seja patriota. Conte piadas ofensivas.

A mídia vai odiá-lo por isso. Vai insultá-lo. Vai tentar manchar sua reputação. Mas você não precisa se preocupar. Ninguém a está ouvindo, exceto um pequeno grupo de colegas jornalistas cegos, surdos e mudos.

Se pudesse dizer quatro coisas aos meus colegas da mídia, seriam:

1. Todos odeiam vocês.
2. Ninguém tem medo de vocês.
3. Ninguém acredita no que vocês dizem.
4. Ninguém *deve nada* a vocês.

Se cada jornalista percebesse essas quatro coisas, seu comportamento se transformaria de um dia para o outro, imensuravelmente, para melhor, e o país talvez, finalmente, tivesse o *quarto poder* que merece. Enquanto isso, todos os jornalistas são mentirosos e impostores, até que provem o contrário.

Faça eles ganharem sua confiança, inclusive a minha.

CAPÍTULO 7

Por que os gays do *establishment* me odeiam

ATUALMENTE, AS PESSOAS NÃO SE ASSUMEM COMO homossexuais. Elas se assumem como conservadoras.

Em fevereiro de 2017, Chadwick Moore, jornalista gay de 33 anos, de Nova York, escreveu um artigo para o *The New York Post* explicando sua rápida mudança da esquerda para a direita. A manchete do artigo? "Sou um nova-iorquino gay e estou me assumindo como conservador". Apenas três meses antes, Moore tinha votado em Hillary Clinton. O que aconteceu?

Foi simples: Chadwick se aproximou demais da bicha má. Em setembro de 2016, Moore foi contratado pela revista *Out* para escrever um perfil a meu respeito. O artigo era uma joia: um exemplo raro de jornalismo sério e sutil da imprensa gay tradicional. O tom era bastante imparcial, descrevendo os fatos do meu estilo de vida, da política e da ascensão à fama. Não havia ostentação nem arrogância moral.

O perfil não estava completamente isento de viés, provavelmente não poderia estar, e incluía um alerta de gatilho para leitores gays frágeis dizendo que talvez encontrassem alguma política conservadora. Vestiram-me com uma fantasia de palhaço para a sessão de fotos que ilustrava a matéria de título: *"Mande entrar o palhaço: o supervilão da internet, Milo, não se importa que você o odeie"*, e me chamava incorretamente de "líder da direita alternativa", como inúmeras outras publicações tinham feito antes. Mas eu estava disposto a perdoar o erro, porque o resto estava muito bom. E não me importei com a fantasia de palhaço, porque eu ainda parecia sexy pra cacete.

A *Out* foi alfinetada por se atrever a me examinar corretamente. Além de um surto imediato de fúria nas redes sociais, mais de 40 jornalistas gays assinaram uma carta aberta condenando a revista por não "evitar promover danos aos *queers*".[1]

Embora a carta fosse dirigida contra mim, admirei a façanha de que 40 caras gays concordassem a respeito de alguma coisa. Mas o *establishment* gay se acostumou tanto a criticar duramente os conservadores para ganhar a vida que, quando um deles não faz isso, considera uma traição abominável que precisa de uma resposta coordenada.

Os ataques pessoais contra Moore foram muito duros. Rapidamente, ele se viu renegado pelo seu círculo de amigos de esquerda. Em seu vindouro artigo para o *The New York Post*, ele descreveu como amigos e conhecidos de longa data começaram a dar as costas para ele.

Meu melhor amigo, com quem eu costumava sair diversas vezes por semana, de repente ficou indisponível. Finalmente, na véspera do Natal, ele me enviou um longo texto, chamando-me de monstro, perguntando onde estavam meu coração e minha alma, e dizendo que todos os nossos outros amigos estavam rindo de mim.

Percebi que, pela primeira vez em minha vida adulta, estava fora da bolha esquerdista e a examinando pelo outro lado. O que eu vi era feio, rígido, apático e mesquinho.[2]

POR QUE OS GAYS DO *ESTABLISHMENT* ME ODEIAM

Moore estava se tornando "red-pilled", como dizemos na internet.* Como Neo, em *Matrix*, seus olhos tinham se aberto repentina e dramaticamente para a nova realidade. Agora ciente da intolerância da esquerda, Moore não tinha outra escolha a não ser reconsiderar toda a sua visão de mundo. E foi como ele acabou se assumindo como conservador nas páginas do *The New York Post*.

Não é apenas Chadwick. Outros gays de pensamento progressista também estão despertando para os perigos de abraçar a intolerância progressista. Dave Rubin, apresentador do *Rubin Report*, que fazia parte da rede progressista Young Turks, é outro imigrante ideológico da esquerda. Rubin é um ex-progressista que sentiu a atmosfera de intolerância que estava ganhando fôlego no movimento e agora se considera um liberal clássico.

Eis como Rubin explicou sua posição em um vídeo para a conservadora Prager Univesity:

> Sou um gay casado. Então, você pode achar que aprecio que o governo force um padeiro, fotógrafo ou florista cristão a agir contra sua religião, para prover, fotografar ou decorar meu casamento. Mas você está enganado. Um governo que pode forçar cristãos a violar suas consciências pode me forçar a violar a minha.[3]

Rubin terminou seu vídeo admitindo que defender seus valores liberais clássicos "de repente se tornou uma posição conservadora". É minha esperança — e crença otimista — que outros gays despertem, sintam a intolerância e cheguem à mesma compreensão.

Os gays lutaram contra a intolerância durante décadas e só recentemente conquistaram o apoio e a aceitação da sociedade. E como nós

---

* Em geral, significa que um liberal está ficando mais direitista, preocupando-se mais a respeito de fatos e estatísticas do que com seus próprios sentimentos. Originalmente, uma referência ao filme *Matrix*. (N. T.)

respondemos? Ficando igualmente intolerantes; não contra pessoas que transam diferente de nós, mas contra pessoas que *pensam* diferente de nós. Os gays republicanos recebem tratamento cruel de seus pares. As atitudes rígidas e os preconceitos do *establishment* gay serão difíceis de destruir.

Considere Lucian Wintrich, artista e fotógrafo gay e partidário de Trump, que, em 2016, divulgou uma série de fotografias denominada *Twinks for Trump* (Bichinhas com Trump). Seu trabalho retratava homens seminus e de aparência frágil usando bonés com a inscrição *Make America Great Again* (Torne a América novamente grande). Apenas cinco horas depois de eu escrever um artigo elogiando Wintrich por seu projeto de arte transgressivo, ele foi demitido da agência de publicidade de Nova York onde trabalhava, aparentemente porque muitas pessoas ligaram para seu escritório para reclamar das fotos.[4] Graças à complacência conservadora, o mundo da arte atual é um estado de partido único.

Sem perder o ânimo, Wintrich seguiu em frente e organizou a primeira exposição de arte pró-Trump, intitulada "Daddy Will Save Us" (Papai vai nos salvar), apresentando peças de uma série de figuras conservadoras, inclusive eu. Tomei banho nu em um tanque de sangue de porco, representando pessoas que morreram vítimas de extremistas islâmicos e imigrantes não documentados.

A resposta da esquerda foi bombardear com reclamações a galeria de arte escolhida por Wintrich, o que fez a galeria entrar em pânico, cancelar o evento e até ameaçar mover um processo contra Wintrick.[5] Um local alternativo foi encontrado a tempo e a mostra artística seguiu em frente.

Imagine Madonna fazendo um vídeo com bichinhas usando bonés com a inscrição *Make America Great Again*. Ela não faria, é claro, porque atualmente está mais ocupada em agradar mulheres que odeiam homens e em envelhecer sem graça do que dizer algo corajoso ou original.

Wintrich, como eu, sente prazer em provocar escândalo. Mas você realmente não precisa se esforçar muito. Gays conservadores educados

POR QUE OS GAYS DO *ESTABLISHMENT* ME ODEIAM

e respeitáveis recebem exatamente o mesmo tratamento da esquerda. Quando o amável empreendedor Peter Thiel revelou seu apoio a Donald Trump, o site gay *The Advocate* publicou um artigo sustentando que ele não podia mais se considerar parte da comunidade gay.[6] A mensagem disso, e da experiência de Chadwick Moore, é clara: siga a linha do partido ou seja expulso do clube.

Em abril de 2013, apareci em uma edição do *10 O'clock Live*, programa de tevê britânico, para participar de um debate. O assunto era casamento gay, uma causa a qual eu era contrário na ocasião. Meu oponente era Boy George e foi uma rara ocasião em que eu *não* era a pessoa vestida de forma mais exuberante no cenário.

Minha mera oposição ao casamento gay foi suficiente para confundir a audiência. Em 2013, o casamento gay tinha se tornado uma espécie de teste decisivo de aceitabilidade social. Se você era a favor, você era um ser humano normal. Se era contra, era uma relíquia intolerante e mal-intencionada do passado, algo a ser jogado na lata de lixo da história.

Eu estava vestido de modo elegante, era atraente e encantador, então não sabiam muito o que fazer comigo. Simplesmente ser apresentado no programa como um gay católico contrário ao casamento entre pessoas do mesmo sexo foi o necessário para confundir meus colegas de debate. Antes do fim do programa, fui chamado de "gay homofóbico" e acusado de "autodepreciação" por minha oposição por motivos culturais ao casamento gay.

Mostrei que o casamento gay reforçava a ideia de que ser gay é uma escolha de estilo de vida normal ou aceitável, o que não é, e não deveria ser. O próprio termo "gay tradicional" está em desacordo com tudo o que os homossexuais sempre representaram, mas, não obstante, somos forçados a usá-lo porque os gays se tornaram um bloco político monolítico. Todos os gays devem acreditar na mesma coisa.

Gays tradicionais, muitos dos quais se sentem felizes em tratar com desprezo a vida de, digamos, famílias conservadoras do Meio

Oeste ou cristãos evangélicos do Sul, simplesmente não conseguem admitir a possibilidade de alguém tratar com desprezo suas *próprias* vidas. Considere por exemplo a conhecida drag queen Bianca del Rio, cujo famoso slogan é *Not Today Satan!* (Hoje não, Satã!). Quando Candance Cameron, também conhecida como D.J. Tanner, uma cristã notoriamente orgulhosa, usou uma camiseta com o slogan, Bianca a chamou de "republicana homofóbica". Candance respondeu: "Amar Jesus não significa que odeio os gays", mas o dano estava feito. Para os quase 1 milhão de seguidores de Bianca no Instagram, D.J. Tanner odeia as bichas.

ONDE ESTÁ O PERIGO?

Quando o *Daily Stormer* me chamou de "homossexual degenerado", quis dizer isso como se fosse um insulto. Mas eu considerei como um elogio: virei homossexual exatamente porque é transgressivo. E quero que a homossexualidade continue sendo transgressiva e até degenerada.

Uma das coisas mais alarmantes que testemunhei na última década é o quão *segura* a comunidade gay se tornou. Com o avanço da libertação gay, a reputação de nossa comunidade passou de temidos corruptores morais para moradores de subúrbios de classe média, casados, fofinhos e com cortes de cabelo perfeitos. Em resumo, deixamos de ser perigosos. Isso quase me faz sentir saudadez do tempo em que tínhamos de ficar no armário.

Com razão, o *establishment* gay fica horrorizado a essa sugestão, porque vai contra tudo o que eles trabalharam para alcançar desde a década de 1990. Mas antes disso, os gays sentiam prazer em ser transgressivos. Era parte de nossa identidade.

Considere os ícones gays dos últimos dois séculos. Oscar Wilde gostava de escandalizar as sensibilidades embotadas da sociedade vitoriana. Quando ele foi para os Estados Unidos, um importante membro do clero se queixou de que alguém que havia se envolvido em tais "ofensas contra a dignidade comum" estava sendo recebido de modo tão caloroso pela alta sociedade.[7] *O Retrato de Dorian Gray*, famoso romance de Wilde, foi criticado por um jornal londrino como sendo "impuro, venenoso e pesado, com odores de putrefação moral e espiritual". Vivo para conseguir uma crítica assim.

Depois, houve Quentin Crisp, alguém cuja existência viu a rápida aceleração dos direitos dos homossexuais. O escritor e narrador britânico era ainda mais chocante que Wilde. Não só encontrava prazer em disparar tiros de bazuca contra as vacas sagradas da sociedade — certa vez, ele descreveu a princesa Diana, a figura pública mais amada da Grã-Bretanha, como "lixo" —, mas também adorava alfinetar o movimento pelos direitos dos gays. Crisp enfurecia os ativistas com sua disposição de questionar o próprio estilo de vida e instintos gays, chegando a afirmar que a homossexualidade era algo que deveria ser evitado, se possível.[8] Ele era um herói rebelde e provocador.

Crisp era alguém que não tolerava limites à sua independência. Na primeira metade de sua vida, simplesmente ignorou as regras da sociedade contra seu estilo de vida gay. E, na segunda, também desprezou as expectativas da comunidade gay a seu respeito.

Escrevendo em 1990, a escritora bissexual Florence King lamentou como a "exclusividade do lesbianismo", que conhecera na década de 1950, havia desaparecido, morta pelas "socialistas exalantes de jargão" e pelas Mães Terra "latindo para a lua". No atual "clima de humanitarismo irracional e autopiedade de horário nobre", a homossexualidade tendente de ambos os sexos trocou seu elitismo natural pela condição de vitimismo.[9]

Apenas pense os lugares onde os gays viveram e frequentaram no século passado. As regiões mais pobres e degeneradas da cidade — pense no Soho, em Londres, ou na Times Square, em Nova York — também eram os pedaços gays da cidade. Éramos os párias, os corruptores, os demônios que envenenavam a sociedade e corrompiam sua moral. Estávamos na margem da cultura, expandindo seus limites. E estávamos fazendo isso apenas para sermos nós mesmos.

É praticamente impossível para os gays transgredirem hoje. Dificilmente frequentar o Village, West Hollywood ou Soho é chocante ou rebelde. Os *hipsters* e os seguidores de tendências lotam as ruas, agarrando-se desesperadamente à aura desbotada do descolado que é proibido e que rapidamente se dissipa. Atualmente, a Times Square é uma armadilha turística com uma loja da Disney. E pense no horror que é São Francisco! A capital não oficial do *mau gosto*, que outrora odiou "O Homem", tornou-se "O Homem" encarnado. Ou, como chamam, "o indivíduo em não conformidade de gênero". Existe alguma cidade com uma cultura mais moribunda do que São Francisco?

De forma incessante, fico espantado com a ânsia tacanha da comunidade gay de sacrificar tudo o que tornou nosso estilo de vida único, excitante e perigoso, em troca de uma domesticidade heteronormativa.

Camille Paglia — a maior crítica feminista de todos os tempos — diz isso de modo muito eloquente:

A homossexualidade não é normal. Ao contrário, é um desafio à norma... A natureza existe, quer os acadêmicos gostem ou não. E, nela, a procriação é a única regra implacável. Essa é a norma. Nossos corpos sexuais foram projetados para a reprodução. O pênis se encaixa na vagina; nenhuma tapeação linguística sofisticada pode mudar esse fato biológico.

... O ativismo gay foi ingênuo em sua convicção beligerante de que a "homofobia" desaparecerá com a "educação" apropriada dos ignorantes. A reeducação de rapazes jovens rebeldes na escala requerida significaria a destruição fascista de todas as liberdades individuais. Além disso, nenhum pai verdadeiramente masculino jamais aceitará um filho feminino ou artístico no começo, pois a falta de virilidade do filho não só ameaça a identidade do pai, mas a liquida, dissolvendo o marido na mulher. Posteriormente, pode haver rituais públicos de aceitação, mas o dano já terá sido feito. Os homens gays são exóticos, malditos e talentosos, os xamãs de nosso tempo.[10]

Por décadas, ser gay significou transgressão e violação de tabus. Foi um ato de rebelião, um ingresso automático para o submundo da sociedade. Nossa esquisitice é a nossa força; isso nos dá uma vantagem, um poder e um encanto sobre todo mundo. Por que quisemos abrir mão de tudo isso?

Gays inteligentes e sexualmente experientes, como o célebre drag queen RuPaul, entendem isso instintivamente. Com razão, RuPaul afirma que os homens gays deveriam se esforçar para ficar fora da "matriz".

RuPaul sabe que virar convencional significa a morte da cultura drag e, de vez em quando, tem coragem suficiente de dizer isso em entrevistas.[11] No entanto, até a cultura drag está lentamente sentindo a influência dos perpetuamente ofendidos: o próprio RuPaul foi vítima de censura dos justiceiros sociais, quando o *lobby* trans forçou seu programa *RuPaul's Drag Race* a parar de usar a frase "You've got the she-mail" para que nenhum transgênero se sentisse ofendido.

Tudo bem ser perverso. Ouçam Camille Paglia, meus companheiros viados. Perceba que você tem uma energia e um poder que os outros se matariam para ter.

Não quero ter um cônjuge, filhos e um gramado na frente de casa. Quero ser posto para fora de uma boate às três da manhã em um estupor alimentado por drogas. Cuidar de minha velhice será o trabalho da babá.

NOS ESTADOS UNIDOS DE TRUMP, OS GAYS SÃO CONSERVADORES NATURAIS

O establishment gay se recusa a reconhecer que Donald Trump é uma figura cultural fantasticamente *exagerada*. Ele é o presidente drag queen! É fácil entender por que tantos gays que conheço o adoram secretamente. Todo esse entusiasmo e fanfarronice! Para não falar de sua posição firme contra a homofobia islâmica. Ele *exala* controle e autoridade. Obviamente, ele deveria ser um ícone gay.

É por isso que criei o apelido Papai para ele, o que irritou quase todo o mundo.

Se os gays quisessem permanecer fiéis à reputação histórica de transgressão e expansão de limites, não há melhor maneira de fazer isso do que se tornando conservador. *Make America Great Again* é o novo punk rock. Mesmo Johnny Rotten, a lenda do punk, reconhece isso. Ser abertamente gay não é mais algo arriscado e perigoso. Ser gay e abertamente conservador? Bem, isso é inteiramente outra questão. Eis como Chadwick Moore descreveu suas duas experiências de sair do armário:

> Quando estava crescendo no Meio Oeste, sair do armário para minha família, aos 15 anos, foi uma das coisas mais difíceis que já havia feito. Hoje, é da mesma forma angustiante sair do armário para toda a Nova York como conservador. Mas como quando eu tinha 15 anos, também era estranhamente excitante.[12]

Nesse caso, há uma lição para os progressistas. Reforçar sua intolerância política, como vocês estão fazendo atualmente, só sairá pela culatra. Pode silenciar alguns gays que facilmente se intimidam e se influenciam, mas os melhores de nós — os caçadores de aventuras, os exploradores, os aventureiros sombrios que são atraídos pelo proibido e pelo perigoso — nos dirigiremos direto para a porta. E não vamos voltar.

As organizações gays despejam dinheiro em programas para impedir que as crianças usem "gay" como insulto no pátio de recreio ou chamem as pessoas de "bichas" na rede, mas minha turnê *Dangerous Faggot*, assistida por milhões de jovens em todo o mundo, fez

POR QUE OS GAYS DO *ESTABLISHMENT* ME ODEIAM

mais para resgatar as palavras *gay* e *bicha* do que todos os *workshops* antidiscriminação já realizados. Nós não somos mais uma subclasse. Então, porque permanecermos fiéis à política do vitimismo?

Peter Thiel foi o primeiro gay a discutir abertamente sua orientação sexual diante da Convenção Nacional Republicana. Ele subiu ao palco, ante um público de delegados conservadores, e anunciou que estava orgulhoso tanto de ser gay, como de ser republicano. O público se pôs de pé e o aplaudiu. O significado histórico de um empresário abertamente gay ser aplaudido em uma Convenção Nacional Republicana pode ter sido perdido por bichas esquerdistas em estado de choque, mas para mim, foi um dos maiores acontecimentos da história gay moderna. O partido de Rick Santorum agora também é o partido de Peter Thiel.

A esquerda progressista nunca admitirá isso, mas Thiel e eu, em menos de um ano, fizemos mais bem para a imagem dos gays nos Estados Unidos do que décadas de defesa política de grupos de esquerda. Mostramos para os Estados Unidos que nem todo homem gay é um cartaz ambulante de demagogia como Ross Mathews. As mães do Centro-Oeste agora sabem que seus filhos não precisam definir suas vidas pelo fato de gostarem de fazer um boquete.

Da mesma forma que os gays tradicionais não são mais aqueles que expandem os limites, também não alcançam mais seu objetivo declarado: ganhar mais aceitação e tolerância para os gays. Toda vez que um gay que odeia conservadores como Dan Savage se apresenta na tevê para repreender os cristãos por sua intolerância e pobreza de espírito, tudo o que ele faz é pregar para o coro da esquerda, que já está de acordo com os direitos dos gays, e alienar o resto das pessoas. São as bichas de direita, como Thiel e eu, que estamos fazendo o trabalho de verdade.

Há algo naturalmente conservador a respeito dos gays e dos nossos instintos. Em particular, os gays masculinos são realizadores naturais: tendemos a ganhar salários maiores do que nossos congêneres heterossexuais, temos QIS acima da média e somos menos propensos

159

a ficar gordos.[13] Valorizamos a aspiração, o sucesso, o trabalho duro e o talento; todos objetivos historicamente associados à direita. Ayn Rand, ao lado de Friedrich Hayek e outros economistas da escola austríaca, proclamou corajosamente o valor da riqueza e a busca da humanidade pelas realizações. É uma combinação perfeita para os gays, que contaram com alguns dos maiores gênios da história entre as nossas fileiras: Alexandre – o Grande, sir Francis Bacon, Alan Turing, Abraham Lincoln...

Defender os afortunados, os bem-sucedidos e os capazes, nunca foi muito popular. Naturalmente, as pessoas tendem a simpatizar com os desfavorecidos e sentir pena dos menos afortunados. Porém, ocasionalmente, precisamos de um Nietzsche ou de uma Rand para lembrarmos a sociedade por que se esforçar pela grandeza — seja poder, fama ou riqueza — é importante. A melhor maneira de ajudar os menos afortunados é não proclamar sua virtude superior, mas ajudá-los a melhorar sua condição. Precisamos da extravagância das elites para motivar os menos afortunados.

E se há uma coisa que um bom gay aprecia é extravagância. Não somos *todos* divas que almejam opulência e fama, mas há o suficiente de nós para que isso seja considerado uma de nossas características naturais. A boa aparência e o *glamour* são dois dos meus ideais mais estimados. Como Somerset Maugham, que certa vez se descreveu como *1/4 normal e 3/4 bicha*, admitiu: o homossexual "adora o luxo e atribui singular valor à elegância".

Sei que acabei de dizer isso, mas de novo: os gays são mais magros do que a média. E nosso amor por boas roupas, bons cortes de cabelo e boa estética está bem estabelecido. Na era do movimento pela "aceitação de obesos", como podemos permanecer fiéis à esquerda? Devemos nos voltar para Nietzsche em busca de sabedoria, e não para abomináveis professores de estudos de diversidade sexual.

Ser um dos últimos da comunidade gay que busca expandir os limites paga os dividendos. No fim de 2016, leitores da revista on-line

POR QUE OS GAYS DO *ESTABLISHMENT* ME ODEIAM

LGBTQ *Nation* me elegeram "Personalidade do Ano". Apesar da reação indignada da comunidade gay, a publicação respeitou a escolha e reconheceu que eu tinha me tornado com sucesso o "provocador gay supremo em um ano de provocadores". Se você é uma bicha que almeja os holofotes tanto quanto eu, anote: são os gays conservadores que chamam toda a atenção atualmente.

RETORNO À DEGENERAÇÃO

Os homens gays são o caos personificado. Somos deuses da felicidade, da malícia, do perigo e da perversão inata. Como rebeldes subversivos da sociedade, livres de laços familiares enfadonhos, podemos ir mais longe do que qualquer outra pessoa. Podemos quebrar tabus. Podemos alcançar a grandeza. Nunca devemos tentar ser normais.

Valores familiares são para heterossexuais, não para nós. Se você quiser, case-se, mas não finja que não queria estar navegando secretamente pelo Grindr e explorando parques às escuras e banheiros públicos pelas costas do seu marido. *Ele vai fazer o mesmo.*

O cristianismo não é seu inimigo; é um amigo secreto. O Diabo precisa da Igreja para permanecer no negócio, e homens gays naturalmente sacanas precisam de um livro de regras para quebrar. Precisam nos dizer que estamos errados, precisam nos dizer que somos degenerados.

Com certeza, parte da culpa por tudo isso é dos próprios gays, porque aceitamos de bom grado a programação socialista que nos converteu em vítimas por muito tempo. Muita gente ainda pensa que os Estados Unidos é um lugar terrível para os gays, ignorando o resto do mundo. Frequentemente, os gays são bastante inseguros e vaidosos, e achamos que os nossos problemas são únicos. É perfeitamente aceitável que as pessoas não gostem umas das outras. Só porque alguém acha que dois homens não podem se casar, não significa que ela odeia os gays. Amarrar um gay e jogá-la do telhado é o que os homófobicos de verdade fazem.

A justiça social e o progressivismo estão estrangulando os gays e a cultura gay. Mesmo os editores do VICE estão percebendo que é o *Breitbart* que publica editoriais gays radicais, o comentário provocativo da Britney Spears e artigos opinativos de estrelas de filmes pornô gay. É um estado de coisas notável para a esquerda se encontrar.

Existe apenas uma questão sensível que o GLAAD, o PFLAG, o GLSEN e qualquer outro grupo do *establishment* gay precisam enfocar: a Aids. Essas organizações tratam como praga a questão dos pronomes errados referentes a gêneros, enquanto as infecções pelo HIV continuam literalmente a assolar como praga a comunidade gay. Esqueceram dos homens que sofreram mortes angustiantes apenas vinte anos atrás? Uma geração inteira de homens gays desapareceu. Os líderes dos direitos dos homossexuais foram tão longe que agora a luta pelo direito a um bolo de casamento gay se tornou a prioridade máxima, quando 40 mil pessoas foram diagnosticadas com HIV nos Estados Unidos, em 2015. A semântica entre "casamento" e "união civil" é tão importante para desprezar essa tragédia?

Demandas histéricas de sapatonas e transexuais doutrinaram as bichas para combater a guerra errada. Entregamos todas as batalhas pelos direitos dos homossexuais para as sapatonas porque temos muito medo de expressar o que Florence King chamou de *a principal verdade impopular a respeito da vida homossexual*, ou seja: "*os homens gays e as lésbicas não se gostam muito...* Em um país normal, não suportam estar no mesmo recinto juntos, mas, nos Estados Unidos, estão no mesmo grupo minoritário".[14]

As lésbicas não se importam com os índices de HIV. Por que se importariam? Não diz respeito a vida delas. Você não pega HIV se esfregando. As lésbicas se preocupam com quem vai usar o *smoking* e quem vai usar o vestido em seu casamento brega. É hora de impedir

POR QUE OS GAYS DO *ESTABLISHMENT* ME ODEIAM

as lésbicas de comandar a máfia gay e levá-las de volta aonde são bem-vindas: o pornô.

As pessoas estão cansadas do *establishment* gay lhes dizer o que elas podem falar. Os conservadores não odeiam o povo gay; odeiam que alguém lhes diga o que pensar. Recebi uma ovação entusiástica de 1,2 mil republicanos aparecendo de drag e ridicularizando pessoas obesas. Fiz universitários ficarem sentados durante duas horas e me ouvirem falar acerca de minhas perversões sexuais sombrias. Esses garotos não sabem quem são Sharon Needles ou Amanda Lepore, e nunca saberão, mas eu os fiz saber que tudo bem ser eles mesmos através de minha persona drag, Ivana Wall. Sou o passe livre gay para todo homem branco heterossexual.

Espero que este capítulo ajude tanto a direita alternativa, como os gays tradicionais a entenderem minhas motivações. Considero ser gay, ser errado. Mas também *gosto* de ser errado. Os gays deveriam se orgulhar de ser degenerados. Ouçam, homens. Salvem o que resta da cultura gay. Joguem fora a justiça social. É muito *melhor* ser mau.

CAPÍTULO 8

Por que os republicanos do establishment me odeiam

"Logo depois dos democratas esquerdistas, os políticos mais peri-gosos são os republicanos do clube de campo."

— Thomas Sowell

EM JANEIRO DE 2016, ENVOLVI-ME NO QUE ACHEI SER uma discussão pelo Twitter com Ben Shapiro, então editor geral do *Breibart*. Ben é uma versão reduzida e menos bem-sucedida de mim, que destruiu sua audiência perdendo a cabeça com o Papai.

A aversão de Shapiro por mim e por Trump estão relacionadas. São parte de uma história maior de insegurança e raiva por parte do *establishment* de direita: raiva que suas posições de poder e influência sobre a política conservadora estão lentamente escapulindo. Raiva que está sendo substituída por uma nova geração de conservadores jovens, elegantes e divertidos, que não tem tempo para as manias da década de 1980 dos conservadores mais velhos. Quero dizer, sim, o fato de que subir as alíquotas de imposto acima de um certo ponto realmente reduz a arrecadação fiscal é *muito interessante*, mas fazer proselitismo dessa mensagem não é a nossa prioridade. Somos navegadores ágeis,

POR QUE OS REPUBLICANOS DO *ESTABLISHMENT* ME ODEIAM

capazes de sair para os protestos antes porque não precisamos esperar carregar as baterias de nossos aparelhos auditivos. E nos preocupamos acima de tudo com a cultura, e não com a política.

A citação no início deste capítulo não é apenas uma sentença forte. É completamente verdadeira. Em 2016, havia apenas um único tipo de criatura política tão transtornado quanto as da esquerda, se não mais, com a ascensão de Donald Trump: os conservadores do *establishment*.

Os conservadores do *establishment* ficaram tão transtornados com Trump que fizeram uma tentativa patética de minar os esfor-ços dele contra Hillary Clinton. Denominando-se "Never Trump", alguns deles passaram a apoiar Hillary, enquanto outros se uniram em torno do risível Evan McMullin, ex-agente da CIA que ninguém ouviu falar.

Naturalmente, como maior e mais ruidoso fã de Trump, o *establishment* também veio atrás de mim. Depois que contestei suas tenta-tivas de rotular todo partidário internauta de Trump como neonazista e antissemita, atraí a atenção de sua abelha-rainha, um sujeito redondo chamado Glenn Beck.

Ah, pobre Beck. Ele ficou *obcecado* por mim. Em diversos episó-dios de seu programa de rádio tristemente decadente, ele me chamou de "garoto de 13 anos" e de "Goebbels", cujos textos são um "veneno para a República". Veneno para a República? Não sei. Veneno para seus índices de audiência? Talvez!

Beck já foi o saco de pancadas favorito da esquerda, alvo de todas as suas falsas acusações de racismo. Ao contrário da maioria dos con-servadores do establishment, ele até *fez* algumas coisas. Certa vez, liderou uma marcha em Washington em defesa do patrimônio histó-rico americano. Segundo algumas estimativas, a manifestação contou com a participação de 500 mil pessoas. Olhando para as fotos, prova-velmente não passaram de 85 mil, mas tanto faz.

Agora que Beck pediu desculpas por ser tão conservador no pas-sado, até escreve colunas para o *The New York Times*.[1] Na corrida para a eleição de 2016, ele apoiou Hillary Clinton, dizendo que se opor a Trump era a "alternativa moral e ética", mesmo se ela fosse eleita no lugar dele.[2]

Há uma razão pela qual conservadores como Shapiro e Beck, que já foram o melhor que o movimento tinha para oferecer, agora representam o passado, enquanto pessoas como eu representam o futuro: os conservadores passaram a última década perdendo para a esquerda e estão cansados de perder.

Também não quero dizer derrotas eleitorais, embora a de Mitt Romney em 2012 pudesse facilmente ter sido evitada indicando um candidato que invocasse uma visão instigante dos Estados Unidos, em vez de um diretor de escola do ensino médio. Não, os conservadores perderam em arenas que eram mais importantes do que a política eleitoral: artes, academia e cultura pop. Apesar de vitórias políticas momentâneas, os valores disseminados por Hollywood acabam influenciando os votos depositados nas urnas. Os conservadores perderam na arena cultural e, até que a reconquistemos, nossas vitórias políticas serão apenas contratempos temporários em relação ao avanço constante dos princípios esquerdistas.

Na realidade, os conservadores não perderam simplesmente a guerra cultural. É pior do que isso. A verdade é que eles nunca se deram ao trabalho de lutar.

A GUERRA CULTURAL QUE O CONSERVADORISMO ESQUECEU

Não houve nenhuma tentativa séria de políticos de nível nacional de rechaçar o domínio esquerdista das universidades. A Foundation For Individual Rights In Education (FIRE — Fundação pelos Direitos Individuais na Educação), na qual os conservadores acadêmicos recorrem para proteger sua liberdade de expressão, faz um trabalho excelente no

POR QUE OS REPUBLICANOS DO *ESTABLISHMENT* ME ODEIAM

combate aos piores excessos da censura esquerdista nas universidades. Contudo, o grupo foi criado e é dirigido por socialistas moderados.

O Heterodox Academy, grupo de acadêmicos que pressiona por mais diversidade política em ciências sociais, é liderado por Steven Pinker e Jonathan Haidt; ambos liberais. Não é mau que alguns esquerdistas ainda se preocupem com a liberdade de expressão e o pluralismo, mas por que estamos deixando os liberais fazerem o trabalho pesado? Onde estão todos os conservadores? Com a exceção de um número escasso de sites noticiosos, como *Campus Reform* e *The College Fix*, é quase como se os conservadores não se importassem.

De fato, os poucos conservadores do *establishment* preocupados com questões universitárias atraem inúmeros seguidores jovens. Ao fazerem isso, admitem que seu sucesso é recebido com estupefação por colegas conservadores, que querem saber a respeito do rebuliço e por que as pessoas não estão interessadas na última lei orçamentária anual ou nas manobras navais russas no Mar do Norte. Os jovens conservadores, que estão na linha de frente da intolerância esquerdista todos os dias, adormecem durante a última frase.

Ocorre o mesmo na indústria do entretenimento. Em Hollywood, um conservador é como uma gazela em uma alcateia de leões: só a mais ágil escapará ilesa. Há raras exceções, como Clint Eastwood, cujas opiniões conservadoras correspondem à persona do sujeito durão à la John Wayne que ele frequentemente encarna na tela. Ou Tim Allen, que era divertidamente sincero a respeito de suas opiniões políticas, até pouco antes de seu bem-sucedido seriado cômico ser repentinamente cancelado por algum motivo desconhecido. O resto precisa usar fantasias de leão e rugir de maneira convincente para feministas e ativistas do Black Lives Matter.

Tudo isso é resultado da indolência conservadora. Durante anos, o único direitista importante que fez algum esforço para organizar o *underground* conservador de Hollywood foi Andrew Breitbart, homem desprezado pelo *establishment* de Washington. Não é engraçado como

167

guerreiros culturais, conservadores e bem-sucedidos sempre acabam fazendo inimigos no *establishment* da capital dos Estados Unidos? É quase como se essa gente concordasse com os esquerdistas em tudo, exceto em economia e política externa.

Previsivelmente, a ascensão de Trump deu ao *underground* cultural conservador coragem para se expor abertamente. Fiquei eufórico quando Kanye West, um dos meus ídolos, revelou ser um partidário de Trump após a eleição, isso foi imediatamente vinculado aos seus supostos problemas de saúde mental por Perez Hilton[3]. Roseanne Barr, uma das pessoas mais engraçadas do planeta, apoiou abertamente Trump, e por um bom motivo. Ela construiu sua carreira falando diretamente com a classe trabalhadora, como Trump. E, em 2017, no Grammy Award, quando Joy Villa, cantora e compositora antes desconhecida, chocou os participantes usando um vestido com as palavras *Trump* e *Make America Great Again*, viu as vendas de seu álbum aumentarem em 54.350.100%,[4] provando que o conservadorismo na indústria do entretenimento pode, de fato, ser o oposto do fim de carreira.

Ainda há um longo caminho a percorrer: para cada Kanye West, há uma Adele, que disse para uma plateia que se sentia "envergonhada" pelos americanos por causa de Trump. Alguém lembra o que aconteceu com as Dixie Chicks quando disseram quase a mesma coisa a respeito de W. Bush? Os CDs delas foram literalmente esmagados por tratores. No entanto, a coragem que estou vendo nos artistas e celebridades na esteira da vitória de Trump, me deixa otimista que as coisas mudarão, mas sem a ajuda do *establishment* conservador.

Realmente, os tipos enfadonhos de Washington não sabem o que fazer comigo. Eu apresentei um tipo inteiramente novo de conservadorismo para eles. Veja, nem todo mundo no movimento conservador vai ser bacana e descolado. Mas ao menos vamos tentar atrair novos membros que ainda consigam ouvir direito.

Será que o *establishment* conservador desejava perder? Em 2016, cuck, corno em português, tornou-se um insulto popular. Sua

POR QUE OS REPUBLICANOS DO *ESTABLISHMENT* ME ODEIAM

definição original significa um homem cuja mulher o chifra com outro cara, mas agora se tornou sinônimo de masculinidade desnecessariamente abandonada por meio do ato de se vender e de se dobrar às exigências. Chamar alguém de *cuck* é uma maneira conveniente de denotar um macho beta ou um covarde. Veja o caso dos republicanos concorrendo contra Donald Trump na eleição de 2016.

Constantemente, o pessoal do *establishment* diz que sou um palhaço. Porém, durante 30 anos, esses sujeitos não conseguiram nada nas universidades. Em apenas dois, incendiei todo o sistema de educação superior dos Estados Unidos. Se sou um palhaço, o que eles são então? *Veja o último parágrafo para obter sua resposta.*

Não há nada de contraditório em apreciar a ópera *Der Ring des Nibelungen* (*O Anel do Nibelungo*), de Wagner, e também sentir prazer em chamar Amy Schumer de puta chata. E não há nada de errado em falar a respeito de assuntos sérios usando sátiras, idiotices e provocações. Por exemplo, em um dos meus shows, que se chamava *No More Dead Babies*, dedicado à perversidade do aborto, distribui fotos de fetos mortos assinadas como recordação.

Quantos colaboradores da revista *Commentary* podem dizer que conseguiram que 400 jovens de 20 anos pensassem a respeito das consequências morais do aborto em um único dia, para não falar das centenas de milhares que viram o show pelo YouTube?

Quando os esquerdistas chegam perto do Lado Negro, tornam-se meus amigos e admiradores relutantes de Donald Trump. Eles não se tornam devotos de Ben Shapiro e Jonah Goldberg. Você pode ver a sensação de malícia e alegria em liberais clássicos que deixam a esquerda, como o apresentador Dave Rubin.[5] E quando figuras culturais inesperadas como Azealia Banks anunciam seu apoio a candidatos republicanos, elas preferem Trump, e não Ted Cruz.

Os conservadores podem aprender algumas coisas a respeito de como vencer a esquerda a partir da cultura digital. Godfrey Elfwick é o pseudônimo de um brilhante *troll* britânico que satiriza de forma exagerada um guerreiro da justiça social no Twitter, incluindo uma biografia que o descreve como "ateu muçulmano não-binário". Por quase três anos, ele nunca interrompeu o personagem que enganou muitos seguidores, incluindo a incrivelmente irritante Chelsea Clinton e a BBC, que o convidou para explicar por que *Star Wars* é racista e sexista no rádio.[6] Ações de trolagem de alto impacto como a de Elfwick, que expõem a esquerda ao ridículo, são mais propensas a chamar a atenção e fazer as pessoas mudarem de ideia do que a coluna mais brilhante de um semanário conservador.

Embora, perdendo oportunidades sistematicamente de derrotar a esquerda em lutas vencíveis, os conservadores também não fizeram praticamente nada para estabelecer raízes mais profundas na alta cultura. Além de alguns investimentos de David Koch e da seção de artes da *The Spectator*, o que existe realmente? Não é páreo para o grande número de entidades apoiadas pelo governo e pela esquerda que financiam concertos, festivais de cinema, exposições de arte e outras manifestações culturais. Uma busca por "raça", "gênero" ou "diversidade" no site do Grantmakers in the Arts, o amplo grupo que reúne organizações privadas de financiamento das artes nos Estados Unidos, retorna oportunidades que parecem artigos do *Salon*.[7]

Você está ciente de que os membros da comunidade teatral sofrem "prejuízos diários por estarem marginalizados?" Você quer um "Guia radical para combater a discriminação nas artes?" O Grantmakers in the Arts provê o que for necessário.[8]

Crianças e adolescente que idolatram *pop stars* de esquerda, assistem filmes dirigidos por diretores de esquerda e riem de piadas contadas por comediantes de esquerda, crescem e se tornam — surpresa! — eleitores de esquerda. Isso não pode continuar.

De repente, conscientizo-me de que isso pode ser um argumento a favor da representação obsessiva de todos os tipos na tela. Mas não é. Crianças negras, lésbicas e deficientes não precisam se ver na tela. É

POR QUE OS REPUBLICANOS DO *ESTABLISHMENT* ME ODEIAM

melhor ficarem expostas a uma ampla variedade de *ideias*. A diversidade de cores de pele não é nada comparada à diversidade de opinião.

A ideia de que as pessoas não são capazes de se identificar com personagens de filmes ou videogames porque não são da mesma raça ou gênero é uma invenção ridícula da esquerda progressista. Quando eu era criança, me identifiquei com a vulnerabilidade e a compostura de Buffy Summers e da capitã Janeway, mesmo eu tendo pênis. Deixe disso!

Os conservadores precisam perceber que sempre serão derrotados pela esquerda se continuarem ignorando a importância cultural. Eles precisam dedicar menos tempo às alíquotas marginais e mais tempo ao National Endowment for Arts (NEA — Fundação Nacional para as Artes). Só então o controle da esquerda sobre a cultura será derrotado.

A NEA não deve ser extinta completamente, como alguns conservadores, incluindo o Papai, sugeriram. Durante a Segunda Guerra Mundial, as forças aliadas criaram uma unidade de 400 militares e civis para encontrar e proteger a arte europeia enquanto seus inimigos abriam caminho através do continente. A vitória seria sem sentido se o patrimônio da civilização ocidental fosse perdido. Ronald Reagan afirmou: "As artes e as humanidades nos ensinam quem somos e o que podemos ser. Elas estão no cerne da cultura da qual fazemos parte". Ele também disse: "Onde existe liberdade, a arte é bem-sucedida". A NEA deve se concentrar em apoiar os grandes artistas americanos, e não cumprir cotas de diversidade e agradar os progressistas. E se isso não puder ser feito por causa dos vieses políticos do mundo das artes, então, sim, Papai tem razão. Simplesmente livre-se disso por um tempo.

Durante a última década, o politicamente correto na cultura cresceu tanto que até mesmo os criadores da esquerda estão sentindo seu efeito sufocante sobre a liberdade de expressão. Comediantes liberais como Chris Rock e Jerry Seinfeld recusam a se apresentar para o público universitário, que eles dizem ter se tornado sensível demais para seus números de comédia, ainda que não sejam remotamente de

171

direita. Se os conservadores fizerem um esforço sério para voltar às guerras culturais, não encontrarão escassez de artistas ansiosos para se livrar dos grilhões do politicamente correto.

Por outro lado, o politicamente correto não está restrito apenas à esquerda.

O POLITICAMENTE CORRETO DA DIREITA

Sou um fervoroso sionista, e não só porque tenho uma queda por soldados israelenses bronzeados, musculosos e com armas poderosas. Sou etnicamente judeu pelo lado materno e, em meus dias de juventude, podia ser visto em apresentações na BBC ostentando um corte de cabelo afro-judeu.

Outra coisa que apoio fervorosamente é a liberdade de expressão e a liberdade de contar piadas. Infelizmente, alguns de meus colegas da direita conservadora não se sentem da mesma maneira.

Fiquei perplexo quando, em 2016, comentaristas conservadores repentinamente ficaram preocupados com ameaças às comunidades judaicas feitas por otários da internet que postavam memes ofensivos. Muitas dessas pessoas se identificam como membros da direita alternativa; ou, pelo menos, como batalhões da direita alternativa que postam memes e postagens irônicas. Para eles, quebrar tabus não é uma questão de promover a ideologia nacionalista branca; é uma questão de observar alegremente reações indignadas dos mais velhos.

Organizações de defesa judaicas, estimuladas por publicações como *National Review* e *Daily Beast* e, no final das contas, pela campanha de Clinton, chegaram a declarar guerra aos memes. Não estou brincando! Dois meses antes da eleição, a ADL — Liga Antidifamação, nome venerável e respeitado na luta contra o antissemitismo, quase torpedeou sua credibilidade ao declarar Pepe, o Sapo, um "símbolo de ódio".

POR QUE OS REPUBLICANOS DO *ESTABLISHMENT* ME ODEIAM

Não quero inventar desculpas para verdadeiros memes antisse-mitas, sobretudo quando provém de genuínos neonazistas. Essa espé-cime sombria, ligada a alguns blogs irrelevantes, como o *Daily Stormer*, declarou uma "santa cruzada" contra mim no fim de 2016. Ao contrá-rio da ADL, acho isso mais risível do que ameaçador. Não tenho nada a temer dessas pessoas, principalmente do editor do *Daily Stormer*, Andrew Anglin, que me contaram não ter nem um metro e sessenta de altura. Ele é um pouco baixo para um membro da SA nazista, não é? Há uma foto de Anglin ao lado de travestis prostitutas na Tailândia que circula por aí. Também ouvi dizer que ele é judeu. Esse é o líder da supremacia branca on-line, pessoal!

No entanto, vou defender o direito de qualquer pessoa falar e pos-tar livremente na internet, sem a ameaça de ser banido. O melhor antí-doto para o ódio patético é derrotá-lo publicamente, e não empurrá-lo para as sombras, onde vai se inflamar e crescer. Isso é algo que os esquerdistas, e um número preocupante de conservadores do *establish-ment*, não entendem. Eles acham que, quanto mais as pessoas virem os neonazistas, mais elas serão persuadidas. Tenho uma visão mais radiante da natureza e da razão humanas.

Não tenho nenhum argumento contra aqueles que querem conde-nar o *Stormer* e sua laia. Porém, tenho um argumento contra aqueles que colocam todos os que usam memes ofensivos no mesmo "balaio de deploráveis". Como Allum Bokhari e eu destacamos em nosso artigo a respeito da direita alternativa, muitas pessoas que usam memes ofen-sivos não são nazistas genuínos, mas sim provocadores e *trolls*. Elas não querem destruir sociedades multiculturais nem restaurar hierar-quias raciais. Só querem causar e quebrar tabus. De nosso artigo:

> Da mesma forma que as crianças dos anos 1960 chocaram seus pais
> com promiscuidade, cabelos compridos e *rock and roll*, as brigadas
> de jovens da direita alternativa chocam as gerações mais velhas
> com caricaturas afrontosas, desde o judeu "Shlomo Shekelburg" até

o "Remove Kebab", uma piada interna da Internet a respeito do genocídio bósnio. Essas caricaturas são muitas vezes combinadas com referências à cultura pop da geração *millennial*, desde os antigos memes do 4chan, como Pepe, o Sapo, até animes e referências ao desenho animado *Meu Pequeno Pônei*.

Eles são realmente fanáticos? Não mais do que os entusiastas do death metal da década de 1980 eram realmente satanistas. Para eles, é simplesmente um meio de irritar seus avós. Atualmente, o *Avô Chefe* é o consultor republicano Rick Wilson, que atraiu a atenção desse grupo no Twitter após atacá-los como "homens solteiros sem filhos que se masturbam com animes".

Respondendo na mesma moeda, eles começaram a pôr em ação todas as armas de trolagem que as subculturas anônimas são notórias e brilhantes. Desde desenterrar as partes mais embaraçosas do histórico de navegação na internet da família de Wilson até encomendar pizzas indesejadas para sua casa e bombardear seu feed com animes e propaganda nazista. A equipe de memes da direita alternativa, de uma forma tipicamente juvenil, mas inegavelmente histérica, revelou suas verdadeiras motivações: nem racismo, nem a restauração da monarquia ou dos papéis de gênero tradicionais, mas muitas gargalhadas.

Até eu admito que esses garotos às vezes vão longe demais e que nem todos os tabus precisam ser quebrados. Há um motivo pelo qual o antissemitismo e o racismo não são aceitáveis, e nunca deveriam ser. Porém, a resposta do *establishment* da direita, aflitivamente íntima no tom para as multidões destruidoras de carreiras dos GJSS, é pior. São crianças; elas não merecem ter suas vidas e carreiras destruídas porque postaram memes polêmicos ou flertaram com ideias perigosas na internet.

Simplesmente refutar as alegações equivocadas de racismo retrógado do *establishment* não faz justiça a esses jovens. Eles não são apenas não racistas; eles estão entre os melhores e mais brilhantes de sua geração; são talentosos, criativos e divertidos. A vida de ninguém é arruinada por mensagens maliciosas na tela do computador. Se toca, snowflake!* São apenas palavras.

Você não pode ignorar deliberadamente o contexto. Não pode tratar um criador de casos inofensivo como alguém não diferente de um nazista sem fazer uma pausa para examinar os motivos e os valores do indivíduo. Como o politicamente correto da esquerda, o politicamente correto da direita é coletivista e reducionista em sua lógica. Destruirá a vida de pessoas inocentes se não for controlado. Devemos lutar contra isso até a morte.

A causa de Israel não é ajudada por conservadores histéricos e pelos veículos da grande mídia comparando o slogan "America First" com o isolacionismo ao estilo de Charles Lindbergh.[9] Nem a luta contra o antissemitismo é ajudada por pessoas como Bill Kristol que defendem que a classe trabalhadora branca dos Estados Unidos devia ser substituída por imigrantes: "espero que isso não esteja sendo gravado, nem que seja mostrado em algum lugar", Kristol disse depois de ter feito o comentário, que foi, é claro, gravado em vídeo[10]. Sou um convicto defensor de Israel e um adversário do antissemitismo. Não tenho dúvidas que Kristol também é. Mas, ao contrário dele, não estou piorando as coisas.

CLUBE DE DEBATE DE CONSERVADORES

"Donald Trump não é um *cavalheiro*."
"Ele é vulgar *demais*."
"Tenho de tapar os *ouvidos* do meu filho."

---

* Geração snowflake é um termo usado para caracterizar os jovens adultos da década de 2010, considerados menos resilientes e mais propensos a se ofenderem com pontos de vista discordantes do que as gerações anteriores. (N. T.)

Há algo... *nobre* em tentar preservar os padrões de decoro que existiam antes da década de 1960, quando um único palavrão na tevê podia levar a uma campanha de boicote. Essa visão de mundo é bastante compreensível para os conservadores, e até para a maioria dos liberais, com mais de 65 anos.

Porém, se você tem menos de 40 anos, é provável que esteja incluído no grupo infeliz e um pouco ridículo que chamo de CDC: Clube de Debate de Conservadores. E é hora de sair disso.

Se você não tem estômago para fazer o que é necessário para ganhar, as chances são de derrota. E foi exatamente isso que o Clube de Debate de Conservadores fez quando encarou Donald Trump. Repetidas vezes, os candidatos republicanos tentaram convencer seus eleitores a não votar em Trump, porque ele era muito *indelicado.* E, repetidas vezes, os eleitores não ouviram os apelos.

"O homem é um mentiroso patológico... Um fanfarrão... Um narcisista em um nível que não acho que esse país já tenha visto", afirmou Ted Cruz em maio. Os republicanos votaram em Trump.

"Sério, qual é o problema desse cara?", Jeb Bush supostamente disse a um financiador de campanha em agosto. "Ele é um bufão... Um palhaço... Um imbecil." Os republicanos votaram no imbecil.

"Não votarei em um candidato que se comporta de uma maneira que reflete tão mal o nosso país", afirmou John Kasick, muito tempo depois de sua inevitável derrota nas primárias. "Nosso país merece algo melhor." Os eleitores republicanos não acharam isso.

A lamentação da revista *The American Conservative* de que o "altivo e digno" Jeb Bush foi derrotado pela tática de um homem que "carece de caráter" resume a atitude dos CDCs em relação às eleições e às competições em geral: é melhor perder com dignidade do que ganhar sem ela. Nas primárias republicanas, na maioria das vezes, satisfizeram seu desejo, embora as súplicas de Jeb Bush para que o público o aplaudisse fossem tudo menos dignas.

POR QUE OS REPUBLICANOS DO *ESTABLISHMENT* ME ODEIAM

O senso conservador de integridade é desastroso quando se trata de lutar contra os democratas. As eleições não são debates universitários, por mais que Ted Cruz assim o deseje. Os adversários não são combatidos com fatos e opiniões, mas com criação de slogans, manipulação da mídia, investigação da oposição e outras táticas cheias de sigilo e intriga. Na política, a vitória chega para aqueles que têm astúcia, determinação e são sinuosos, e não para aqueles que têm fatos e princípios do seu lado. *Ajuda* ter fatos e princípios, *como os conservadores costumam ter*, mas não são suficientes para vencer.

Há outro motivo pelo qual a atitude dos CDCs é tão prejudicial ao movimento conservador: a maioria das pessoas não é obcecada por política. Elas não se importam com a refutação de 14 pontos do Obamacare. Querem ouvir coisas que se relacionam com a própria experiência, e não com discussões políticas abstratas.

Um comentário feito por Ben Shapiro no *The Rubin Report*, em fevereiro de 2016, resume essa miopia conservadora.

> O problema com Trump é que ele não consegue fazer uma distinção entre o politicamente incorreto e a estupidez... Há uma diferença entre ser rude e ser politicamente incorreto. Ser rude é dizer que Megyn Kelly tinha sangue saindo sabe-se lá de que lugar. Ser politicamente incorreto é dizer que alguns imigrantes que chegam à nossa fronteira sul são criminosos. Isso é politicamente incorreto, mas não é rude.

Shapiro está pensando em um mundo onde só a política é importante. Para ele, o politicamente correto é um problema porque suprime fatos relevantes para os assuntos atuais — e é isso. Para a maioria das outras pessoas, as regras entorpecedoras do politicamente correto vão muito além da supressão dos fatos; envolve a supressão de piadas, gracejos e, sim, a supressão da rudeza.

O politicamente correto interrompe as experiências humanas cotidianas, ameaçando transformar cada assunto pessoal em um assunto público. Você não pode mais cometer um deslize na conversa sem se preocupar se a pessoa com quem está falando vai dizer ao mundo inteiro o que você disse, potencialmente arruinando sua vida para sempre. *Preciso dar um exemplo pessoal?* A erosão da privacidade na internet com o ressurgimento dos tabus politicamente corretos é uma combinação aterrorizante. É por isso que muitas pessoas se sentem atraídas por Trump.

Os CDCs não entendem isso porque acham que a política é um clube de debate. Em seu ideal político imaginário, as eleições são disputadas assunto por assunto, com cada candidato apresentando seus argumentos a respeito de política externa e interna em pequenos e elegantes segmentos de 30 minutos. Na realidade, a política não funciona assim, e se funcionasse, o comparecimento dos eleitores sofreria uma crise ainda maior.

Talvez não exista melhor exemplo de CDCs sendo vencidos por criadores de casos agressivos do que a substituição de Megyn Kelly, ex-rosto da Fox News, por Tucker Carlson. Kelly, agora na rede NBC, é uma moderada conservadora medrosa que, durante a campanha eleitoral, atraiu a atenção por representar a feminista de plantão, perseguindo Donald Trump por causa de seus comentários depreciativos a respeito das mulheres. Por outro lado, Carlson é um guerreiro durão da tevê, que *vive* para alfinetar progressistas diante de uma audiência nacional. Na primeira semana, Carlson quase dobrou os índices de audiência de Kelly, incluindo um aumento de 45% no importantíssimo grupo demográfico de 25 a 54 anos.[11] Seu programa é ótimo, e por isso ele conseguiu o emprego de Bill O'Reilly. A Fox News forneceu o roteiro para as organizações midiáticas conservadoras que procuram se salvar do declínio: contratar alguém que não seja um covardão.

A política não é ganha por meio do controle dos fatos, mas por meio da ligação com as experiências das pessoas. É por isso que é tão

POR QUE OS REPUBLICANOS DO *ESTABLISHMENT* ME ODEIAM

importante para os conservadores voltarem a se envolver com a cultura e o entretenimento, que são os postos de comando das experiências das pessoas no mundo moderno. Todas as nossas brilhantes vitórias políticas chegarão ao fim se não vencermos a guerra cultural. Realmente, o fato de a promessa eleitoral de Donald Trump — aplicar as leis de imigração — ter sido considerada tão polêmica, é uma prova de quão bem os progressistas enraizaram seus pontos de vista em nossa cultura. Tão recentemente quanto a década de 1990, essa sugestão era completamente convencional. É assim que os progressistas conseguem continuar vencendo a batalha pela alma dos americanos, apesar de ocasionais reveses temporários no dia da eleição.

E é por isso que, em uma sociedade cada vez mais frustrada pelo politicamente correto, os conservadores precisam cerrar os dentes e aceitar a necessidade de provocadores rudes e fanfarrões como Donald Trump... E eu.

REUNINDO O CONSERVADORISMO

Serei o primeiro a admitir que precisamos do Clube de Debate de Conservadores. É muito importante ter pessoas que possam dominar completamente a esquerda em uma discussão. Basta comparar o poder e o rigor de uma coluna do conservador George Will com uma da feminista Jessica Valenti. Provavelmente, a mente mais poderosa da esquerda hoje é de Slavoj Žižek, e ele apoiou Trump em vez de Clinton! Quando o público ignora os pedidos da esquerda para não ver, ler ou ouvir os conservadores por causa de seu "fanatismo", são frequentemente influenciados por nossos argumentos.

Mas os argumentos não são suficientes. Não podemos deixar que a esquerda continue a dominar a cultura, o entretenimento e as normas da própria linguagem cotidiana e esperar ganhar eleições. Não podemos esperar que cada membro do público perceba as mentiras da esquerda e acabe descobrindo as colunas de George Will no *The Washington Post*. Muito do conservadorismo é mantido escondido do público, sobretudo em escolas e faculdades, onde os jovens estão descobrindo quem são e quais são os seus princípios.

Como Ann Coulter afirma: "Não temos tempo para uma pessoa elegante agora. O país está em risco". Precisamos de nossos brigões e de nossos lutadores. Quer os conservadores do *establishment* gostem ou não, a guerra cultural será vencida por homens como Steve Bannon e Donald Trump, que usam linguagem direta e nunca pedem desculpas.

Roger Stone é o homem que entende há muito tempo o que os republicanos precisam fazer a fim de vencer. Operador político lendário, conhecido por preparar truques sujos, foi descrito como "braço direito", "sicário" e mestre de "magia negra"; tudo no mesmo artigo.[12] Embora tenha feito carreira no governo Nixon, Stone tem apoiado figuras *antiestablishment* há décadas, incluindo Ronald Reagan em 1976 e Donald Trump em 2016. Stone sabe como escolher um vencedor e dado que ele, em 2016, colocou-me em sua "Lista dos mais bem vestidos", fica claro que o homem tem bom gosto não só em relação a candidatos políticos.

Precisamos de toda a nossa atenção concentrada em questões conservadoras, e não em questões esquerdistas. Pare de seguir a agenda do *The Daily Beast* e do *New York Times*. Deixe a esquerda se preocupar com "ameaças" insignificantes como Pepe, o Sapo, e os cerca de seis homens da Ku-Klux-Klan remanescentes nos Estados Unidos. Precisamos voltar nossa atenção para questões que a esquerda não se importa ou não quer que percebamos, como sua dominação da academia e da cultura pop. Tenho certeza que soo como um disco riscado a esta altura, mas até que façamos progressos sérios nesses *fronts*, todo o resto é apenas ruído.

A política é algo mais complicado do que reunir fatos e escrever bons argumentos. É uma batalha brutal pela atenção do público, e sempre foi, mesmo antes da era de Trump. É por isso que bichas

POR QUE OS REPUBLICANOS DO *ESTABLISHMENT* ME ODEIAM

fabulosas e irrepreensíveis como eu, tão originais e instigantes em comparação com as celebridades esquerdistas medíocres e imitadoras, são tão perturbadoras para a esquerda. Por mais que possa irritar os CDCS, a política é espetáculo hoje, e se quisermos ganhar, precisaremos de mais pessoas como eu no futuro.

Há uma bênção para o *establishment* aqui. Ao focar a atenção em provocadores como eu, dá espaço para todos os demais desenvolverem seus argumentos e apresentá-los ao público sem censura. Depois de um encontro com uma força de pura irreverência como eu, uma coluna de George Will deve parecer uma boa pausa! Um observador inteligente talvez perceba que esse é o ponto.

Em março de 2017, Charles Murray, renomado de *The Bell Curve*, foi violentamente perseguido por uma multidão quando tentou dar uma palestra na Middlebury College. Sim, o safado me copiou.

Talvez você ache que sou apenas um comediante fazendo tudo isso por diversão. Talvez ache que sou apenas o maior narcisista do mundo. No mínimo, essas duas coisas são parcialmente verdadeiras. Mas também estou falando sério a respeito do direito americano de falar livremente a respeito de qualquer assunto. Pessoas como Charles Murray merecem ter suas vozes ouvidas, e meu trabalho divinamente designado é fortalecer esses garotos para que possam se engajar adequadamente nos grandes debates. No *Wall Street Journal*, Daniel Henninger citou brilhantemente o presidente Eisenhower: "Não se junte aos queimadores de livros. Não ache que você vai esconder pensamentos escondendo o fato de que existiram... Mesmo que tenham ideias contrárias às nossas, seu direito de dizê-las, de registrá-las e de tê-la em lugares onde são acessíveis aos outros, são inquestionáveis, ou não são os Estados Unidos".[13]

Em 1953, chamavam isso de macarthismo. Agora, chamamos de justiça social. O que aconteceu com Charles Murray é exatamente o motivo pelo qual faço o que faço e é exatamente o que venho alertando a todos que vai acontecer, e estou dizendo a você que vai piorar muito antes de melhorar. A menos que contra-ataquemos.

A esquerda gostaria de fechar a janela de Overton e tirar completamente os conservadores da visão do público. Ironicamente, os republicanos do *establishment* gostariam de fazer o mesmo. Antes que eu chegasse à cena, eles estavam muito perto de terem sucesso. Mesmo os moderados, como a colunista liberal Cathy Young, estavam sendo banidos das universidades.

É como a esquerda combate. Ela assume o controle da cultura e usa isso para difamar até conservadores moderados, rotulando-os como racistas, sexistas e intolerantes. Quando os jovens americanos atingem a idade de ingressar na universidade, partes significativas deles estão espumando pela boca, desesperados para refrear o conservadorismo que acreditam ser sinônimo de fanatismo. Quando chegam a esse ponto, há pouca esperança de que eles escutem os nossos argumentos, por mais sólidos que sejam.

É por isso que essa guerra civil precisa acabar. O conservadorismo precisa que seus grandes pensadores e suas mentes brilhantes — a brigada do Clube de Debate — convençam os eleitores que já têm a mente aberta. Mas também precisamos de provocadores e palhaços para atrair a atenção e desafiar os preconceitos daqueles que não querem ser desafiados.

Nenhum movimento sobreviveu apenas com moderados e intelectuais, e nenhum movimento sobreviveu apenas com criadores de casos.

Se quisermos vencer, precisamos de ambos.

CAPÍTULO 9

Por que os muçulmanos me odeiam

"Estudei muito o Alcorão. E terminei com a convicção de que há poucas religiões no mundo tão mortais para os homens quanto a de Maomé."

— **Alexis de Tocqueville**

REALMENTE EU ODIARIA SER JOGADO DE UM TELHADO.
No verão de 2015, a Europa abriu suas portas para milhões de pessoas que gostariam muito de me matar, e, provavelmente, matar você também.

Depois que a foto de um menino sírio afogado viralizou, as elites globalistas, como Angela Merkel, exploraram a compaixão para baixar a ponte levadiça de todo o continente, acolhendo milhões de imigrantes muçulmanos e dando mais um passo para a eliminação das fronteiras nacionais.

A mensagem implícita da mídia era clara: *todos* os imigrantes são como o menino afogado; inocentes que fogem da opressão, da fome e da morte, na Síria devastada pela guerra. Na realidade, menos da metade das pessoas admitidas na Europa nos meses seguintes à foto viral eram da Síria.[1] A maioria não era refugiada: eram imigrantes econômicos, de regiões do mundo ainda mais radicais do que o país que atualmente abriga o Estado Islâmico. E, com certeza, não eram meninos.

A mídia e as elites políticas globalistas procuraram estender o raro momento de sentimento pró-imigrantes pelo maior tempo possível. Os jornalistas afluíram a estações de trem alemãs para tirar fotos de esquerdistas com lágrimas nos olhos segurando cartazes que diziam "Bem-vindos, refugiados" e abraçando os recém-chegados sorridentes.

Mais de um milhão de muçulmanos acorreram ao Mediterrâneo para fazer a travessia para a Europa.

Bastaram apenas alguns meses para esse sonho esquerdista se transformar em pesadelo. Na véspera do Ano Novo de 2015, os recém-chegados apresentaram a misoginia muçulmana à Europa. Estima-se que 2 mil imigrantes, agindo em gangues, desencadearam o *taharrush gamea* — uma expressão árabe que significa assédio sexual coletivo — contra mulheres alemãs que participavam das celebrações do Ano Novo.

Os ataques ocorreram nas cidades de Colônia, Hamburgo, Frankfurt, Dortmund, Düsseldorf e Stuttgart. No fim da noite, a polícia estimou que, no mínimo, 1,2 mil mulheres tinham sido apalpadas ou agredidas sexualmente, incluindo pelo menos cinco estupros.[2] Foi a pior noite de agressões sexuais na Alemanha desde a invasão do Exército Vermelho.

A Alemanha não estava sozinha. A Suécia, que recebeu mais de 140 mil imigrantes, também foi alvo de agressões sexuais. Um relatório do Gatestone Institute referiu-se a um "Inferno de Agressões Sexuais no Verão" sueco. Em grande medida, isso foi abafado pela polícia e pela mídia.[3] Analisando os dados de crimes na Suécia, o relatório descobriu um surto específico de agressões sexuais contra meninas de 14 e 15 anos. Praticamente todos os agressores detidos eram cidadãos do Afeganistão, Eritreia ou Somália; três dos quatro maiores grupos de refugiados na Suécia. Diversas cidades europeias começaram a

POR QUE OS MUÇULMANOS ME ODEIAM

distribuir folhetos para os novos imigrantes, explicando por que apalpar mulheres e atacar gays é algo mau.[4] Graças à imigração muçulmana, a Suécia agora apresenta estatísticas de estupro que se aproximam das alegadas pelas feministas americanas.

Os estupros, infelizmente, foram apenas o começo. Em seguida, vieram os assassinatos.

Em 22 de março de 2016, duas bombas explodiram no aeroporto de Bruxelas, matando 13 pessoas. Uma hora depois, outra explosão ocorreu na cidade de Maelbeek, matando 20 pessoas. O mentor do ataque, que também planejou os ataques de novembro de 2015, em Paris, foi Abdelhamid Abaaoud, cidadão belga que viajou para a Síria para lutar pelo Estado Islâmico, antes de voltar à Europa em algum momento durante a crise dos refugiados.

Os países europeus suspeitos de deixá-lo atravessar suas fronteiras no retorno de Abaaoud à Bélgica divulgaram prontamente desmentidos confusos.[5] Mas a verdade é que ninguém estava prestando muita atenção nos fluxos massivos de imigrantes que cruzavam as fronteiras do continente.

Os ataques de Abaaoud, incentivados pelo Estado Islâmico, inspiraram uma série de ataques parecidos no verão de terror europeu. Um mês depois, um policial e sua mulher foram esfaqueados em Magnanville, na França, por Larossi Abballa, agindo sob as ordens do Estado Islâmico. Um mês depois disso, no Dia da Bastilha, um muçulmano dirigindo um caminhão de 19 toneladas avançou através do Promenade des Anglais, em Nice, na França, matando 86 pessoas e ferindo mais de 400.

Duas semanas depois de Nice, na Alemanha, houve um esfaqueamento em Würzburg e, então, uma semana depois, um homem-bomba se explodiu na cidade de Ansbach, ambos pelas mãos de islamitas.

Dois dias depois de Ansbach, dois terroristas do Estado Islâmico atacaram uma igreja católica na Normandia, cortando a garganta de um padre de 86 anos antes que a polícia antiterrorismo baleasse os

185

dois e resgatasse os reféns restantes. Dez dias depois, em Charleroi, na Bélgica, um homem atacou policiais com um facão gritando "Allahu Akhbar", que significa "Alá é o maior". Um mês depois disso, dois policiais em Molenbreek, na Bélgica, foram esfaqueados por um imigrante, também gritando "Allahu Akhbar".

Outros três esfaqueamentos incentivados pelo Estado Islâmico aconteceriam na Europa antes do fim do ano: em Rimini, na Itália; em Scharbeek, na Bélgica; e em Colônia, na Alemanha.

Em 2016, os Estados Unidos enfrentaram seu próprio ataque terrorista, em Orlando, na Flórida: 49 mortos e 53 feridos na Pulse, uma boate gay. Foi o ataque terrorista mais letal em solo americano desde o 11 de setembro, o ato mais mortífero de ódio homofóbico na história do país.

Fiz um discurso do lado de fora da Pulse a respeito da ameaça que o islã representava para mulheres e gays. A gravação foi vista quase um milhão de vezes no YouTube.[6] Nenhum canal de tevê aberta ou fechada transmitiu nada disso.

É um traço singularmente americano recorrer a estrangeiros para fazer um levantamento verdadeiro da cultura americana. Estou nos Estados Unidos agora, com uma advertência da Europa. Se esse país abrir suas portas para imigrantes islâmicos como a Europa, a Pulse será apenas o começo.

O islã não é como as outras religiões. É mais inerentemente prescritivo e é muito mais político. É por isso que eu, fundamentalista da liberdade de expressão, continuo apoiando a proibição da burca e a restrição à imigração islâmica.

O famoso ensaio *Flag Burning and Other Modes of Expression*, de Walter Berns, sustenta que discurso e ações são coisas distintas. Porém, ele também lembra que os Pais Fundadores dos Estados Unidos eram a favor do discurso ilimitado a respeito de tópicos religiosos, mas não de princípios políticos, como, por exemplo, a defesa da tirania.[7] Em todo lugar onde existe o islã, encontramos tirania política. O islã é tanto ideologia política, quanto religião, que é o motivo pelo qual limitá-lo é perfeitamente compatível com a liberdade religiosa e a Primeira Emenda à Constituição dos Estados Unidos.

Ao eleger Donald Trump, os Estados Unidos podem ter se salvado. Naturalmente, ele foi atacado durante a campanha, sendo acusado de racista e intolerante tanto pelos conservadores do *establishment* semelhantes a Merkel, como pela esquerda americana. Mas esse comportamento não me surpreende mais. A esquerda está se vendendo para o islã há anos.

O ISLÃ E A ESQUERDA

Em minhas palestras em universidades, muitas vezes me perguntam a respeito de que argumentos usar em um debate com a esquerda regressiva. Sempre tenho a mesma resposta: islã.

Não há mais nada que exponha melhor a hipocrisia da esquerda, sua desconsideração pelos fatos e seu ódio pelo Ocidente, do que sua atitude em relação ao islã. Cada nobre princípio que a esquerda afirma defender, dos direitos das mulheres à libertação gay, até mesmo a diversidade em si, morre no altar de sua defesa servil do islã.

Karl Marx chamou a religião de "ópio do povo". Se você analisar a atitude da esquerda em relação ao cristianismo, pode até pensar que ela acredita nessa mensagem. Os comediantes e os colunistas da esquerda progressista nunca perdem a oportunidade de menosprezar e denegrir os cristãos conservadores, mas defendem o islã à custa de todas as outras minorias. Bill Maher, Sam Harris, Richard Dawkins e Christopher Hitchens ficaram todos frustrados em relação a essa questão: por que a esquerda se recusa a mover uma palha contra a religião mais radical, perigosa, socialmente conservadora e opressiva do planeta?

O escritor Sam Harris resume a atitude retrógrada desse grupo com sua característica clareza:

Essas pessoas fazem parte do que Maajid Nawaz chamou de "esquerda regressiva": pseudo-liberais tão cegados pela política de identidade que tomam o partido de um grupo retrógrado em detrimento de uma de suas vítimas. Em vez de proteger mulheres, apóstatas, intelectuais, cartunistas, romancistas e liberais verdadeiros da intolerância de imbecis religiosos, protegem os teocratas das críticas.[8]

Exemplos desse comportamento não são difíceis de encontrar.

O *Charlie Hebdo* é um raro exemplo de jornal de esquerda que entendeu que o islamismo radical é semelhante à direita religiosa radical. Na realidade, isso é muito brando; de fato, é mais próximo da direita religiosa *medieval* radical. Conheço membros da direita cristã radical dos Estados Unidos e eles são assustadores. Mas nem de perto tão assustadores quanto os terroristas islâmicos. Eles são a Igreja Batista de Westboro com facões.

O *Charlie Hebdo* teve a audácia de se opor aos assediadores religiosos. Publicava cartuns humorísticos do profeta Maomé, o que tornou o jornal alvo principal da Al-Qaeda. Os editores do *Charlie Hebdo* entenderam corretamente que permitir que pessoas intimidassem artistas e escritores com ameaças de violência era o primeiro passo no caminho para uma sociedade apavorada e censurada.

Em 7 de janeiro de 2015, doze funcionários do jornal pagaram por isso com suas vidas, quando dois irmãos muçulmanos armados invadiram os escritórios do *Charlie Hebdo* em Paris e abriram fogo.

O *Charlie Hebdo* é uma publicação de esquerda. Marxista, de fato. Sua oposição ao islã deriva de sua oposição à direita. É tão estridente em sua crítica à Frente Nacional, partido de extrema-direita francês, quanto são ao islã. Posso por acaso achar que a Frente Nacional merece uma abordagem mais nuançada, mas ninguém jamais pode acusar o *Charlie Hebdo* de falta de coerência. O jornal afirma que se opõe ao fanatismo e à intolerância, e se opõe mesmo, quer perceba isso na direita europeia ou no islã.

Então, o que os outros esquerdistas fizeram quando doze de seus camaradas foram mortos por marginais religiosos? O antigo ideal de solidariedade socialista finalmente se manifestou?

É claro que não.

Enquanto a maioria do mundo civilizado adotava o slogan "Je Suis Charlie", a revista *The New Yorker* publicou um ensaio intitulado "Unmournable Bodies" (Corpos que não podem ser lamentados), atacando o *Charlie Hebdo* por "provocações racistas e islamofóbicas".[9]

Antes do mês acabar, uma série de grêmios estudantis britânicos, incluindo a Universidade de Manchester, baniu o *Charlie Hebdo* de acordo com suas diretrizes de "espaço seguro", sustentando que o jornal deixava os estudantes muçulmanos incomodados.[10]

Deixava os estudantes muçulmanos incomodados? Bem, não tenho certeza se isso está no mesmo nível de deixar cartunistas não muçulmanos *mortos*. Em suma, isso é a esquerda moderna.

Também não houve nenhuma manifestação coletiva de solidariedade da classe literária de esquerda. Para um observador comum, o fato de o prestigioso prêmio Freedom of Expression Courage do PEN Club* ter sido concedido ao *Charlie Hebdo* em 2015 não seria uma notícia particularmente surpreendente, muito menos um insulto moral. No entanto, 204 membros da organização, incluindo autores consagrados como Joyce Carol Oates, Lorrie Moore e Junot Díaz acharam que sim. Boicotaram a premiação, assinando uma carta aberta que condenava o *Charlie Hebdo* por fazer uma "comunidade marginalizada" se sentir desconfortável:

---

* Importante clube internacional de escritores, fundado em 5 de outubro de 1921. (N. T.)

Para a parte da população francesa que já é marginalizada, sitiada e vitimizada, uma população que é formada pelo legado das diversas iniciativas coloniais francesas e que contém uma grande porcentagem de muçulmanos devotos, os cartuns do profeta publicados pelo *Charlie Hebdo* devem ser vistos como sendo destinados a provocar humilhação e sofrimento adicionais.[11]

Quanto sofrimento! Que horror! Cartuns, publicados em um jornal com uma circulação modesta, que os muçulmanos não têm de comprar se não quiserem. Tenho certeza que os amigos e as famílias dos cartunistas mortos do *Charlie Hebdo* sentem-se completamente envergonhados das ações de seus entes queridos.

O escritor Salman Rushdie, que enfrentou uma fatwa, pronunciamento legal no Islã emitido por um especialista em lei religiosa, apoiada pelo Irã pelo crime de escrever a respeito de uma área proibida da teologia islâmica, resumiu a posição que os defensores do boicote à premiação assumiram.

O massacre dos cartunistas, Rushdie escreveu, foi um...

... crime de ódio, assim como são crimes de ódio os ataques antissemitas que assolam a Europa e que quase inteiramente são realizados por muçulmanos. Essa questão não tem nada a ver com minorias oprimidas e desfavorecidas. Tem tudo a ver com a batalha contra o islamismo fanático, que é altamente organizado, bem financiado e que procura aterrorizar a todos nós, muçulmanos e não muçulmanos, em um silêncio intimidante.

Esses... escritores se tornaram companheiros de viagem desse projeto. Agora eles terão a dúbia satisfação de ver o PEN se despedaçar em público.[12]

O boicote fracassou e o *Charlie Hebdo* ganhou seu prêmio, oferecido ao representante do jornal por Neil Gaiman, que interveio depois que outros escritores caíram fora.[13] Imagino como ele deve ter se

POR QUE OS MUÇULMANOS ME ODEIAM

sentido ao ver tantos de seus colegas do *establishment* literário de esquerda optarem por atacar cartunistas assassinados em vez de se oporem à ideologia que criou seus assassinados. Envergonhado pela esquerda, espero.

A reação ao atentado contra o *Charlie Hebdo* é apenas um exemplo entre tantos da atitude suicida da esquerda em relação ao islã.

Em novembro de 2015, quando Paris voltou a ser vítima do terrorismo islâmico, com mais de 100 mortos em uma série de ataques organizados pelo Estado Islâmico, o *Salon* publicou uma manchete extraordinária: "Atraímos isso para nós: Depois de Paris, chegou a hora de ajustar os nossos 'valores' com a nossa história".[14]

O artigo culpava o "comportamento horrível do Ocidente no Oriente Médio durante décadas" pelas mortes em Paris. Em março de 2016, depois que terroristas muçulmanos mataram 35 pessoas em Bruxelas, o *Salon* permitiu que o mesmo jornalista publicasse praticamente o mesmo artigo sob a manchete "Atraímos isso para nós, e também somos os terroristas".[15] Liberais culpando o Ocidente pelos ataques terroristas se tornaram previsíveis de modo deprimente após cada nova atrocidade.

O que realmente cimenta a traição da esquerda aos próprios valores no que diz respeito do islã, não é tanto sua oposição às guerras do Oriente Médio, mas sua oposição aos reformistas muçulmanos liberais. Talvez o melhor exemplo disso seja o Maajid Nawas, um dos poucos muçulmanos moderados que se esforça para arrastar sua religião aos trancos e barrancos para a era moderna. Por seu trabalho de combate ao extremismo, apoio à tolerância inter-religiosa e desafio ao fanatismo da comunidade muçulmana, ele é recompensado com o silêncio polido da esquerda, na melhor das hipóteses, e o desprezo desdenhoso, na pior.

Em 2016, novos níveis de absurdo foram alcançados quando o SPLC — Southern Poverty Law Center adicionou o nome de Nawas a uma lista de 15 "extremistas antimuçulmanos". A lista completa era ridícula, incluindo Ayaan Hirsi Ali, ativista pelos direitos das mulheres, Daniel Pipes, Pamela Geller e David Horowitz, críticos do islamismo. Contudo, a adição de Nawaz, justamente o tipo de muçulmano moderado que grupos antifanatismo e anti-intolerância como o SPLC deveria estar estimulando, resumiu o quão falida moralmente se tornou a atitude da esquerda em relação ao islã.[16]

Existe, e talvez seja apenas o meu humor negro, algo mais divertido do que uma religião tão cheia de suscetibilidades que cartuns criados para provocá-la dão origem a atentados mortais, como se justamente provasse o argumento daqueles cartunistas franceses?

Existe algo mais *absurdo* que a frase "A religião da paz"?

Que acusação contra os comediantes supostamente "corajosos" dos Estados Unidos que nem um só se atreve a contar uma piada decente a respeito do islã no horário nobre da tevê.

COMO COMBATER REALMENTE A INTOLERÂNCIA

A esquerda sustenta que se opõe à intolerância. Contudo, o islã, a ideologia mais intolerante que existe hoje, recebe um salvo-conduto.

Eis algumas coisas que os muçulmanos na Grã-Bretanha — que são muitas vezes retratados como uma das mais integradas comunidades muçulmanas ocidentais — acreditam.

No Reino Unido, uma pesquisa do *Gallup* descobriu que *nem um único muçulmano* entre os 1001 entrevistados achava que a homossexualidade era moralmente aceitável.

A mesma pesquisa descobriu que 35% dos muçulmanos franceses e 19% dos muçulmanos alemães achavam que os homossexuais eram moralmente aceitáveis. Essas pesquisas foram realizadas *antes* da importação pela Europa de hordas de jovens de refugiados estupradores muçulmanos.

Como você soube no capítulo anterior, tenho alguma simpatia por esse ponto de vista, mesmo que os esquerdistas reclamem por eu dizer isso enquanto continuam hipocritamente a agradar aos muçulmanos. E, no entanto, aqui estão mais números inquietantes de uma pesquisa, específicos aos muçulmanos britânicos, realizada pelo Channel 4, emissora de tevê de esquerda:

52% acreditam que a homossexualidade deveria ser ilegal.

23% gostariam de ver a sharia — código de leis baseado no Alcorão — aplicada na Inglaterra.

39% acreditam que a mulher deve sempre obedecer ao marido.

31% consideram aceitável que os homens tenham diversas mulheres.

Em relação à imigração islâmica, a assimilação não parece ser uma opção. "Dance conforme a música: estupre, mate e, depois, reivindique assistência social."

Andrew Bolt, da *Sky News Australia*, cujo programa faço com regularidade, porque consegue a iluminação correta, sintetizou perfeitamente o problema da integração islâmica no Ocidente.

Ele lembrou o caso do doutor Ibrahim Abu Mohammed, grão-mufti da Austrália, que fez um discurso explicando aos australianos que eles estavam errados de achar que os muçulmanos não podiam se integrar na cultura australiana. Houve apenas um problema. O grão-mufti, um dos principais eruditos islâmicos da Austrália, fez o discurso em árabe. Ele vivia na Austrália há 19 anos e seu discurso de integração foi em árabe.

Isso é o que eu chamo de cara de pau.

Em 2010, havia 1,6 bilhões de muçulmanos no mundo — aproximadamente 23% da população mundial —, de acordo com uma estimativa do Pew Research Center. Mas embora o islã seja atualmente a segunda maior religião do mundo depois do cristianismo, ela é a de crescimento mais rápido.

O crescimento do islã devia ser motivo de preocupação para os liberais. É uma religião que admite a submissão das mulheres, uma religião que admite a execução de homossexuais, uma religião que admite o assassinato de infiéis. E está se espalhando.

O islã se aproveita dos mais vulneráveis da sociedade, oferecendo-lhes um senso de propósito superior. Não surpreende que ruivas (ahã, Lindsay Lohan) se convertam ao islã em quantidades tão grandes. Também possui taxas de conversão especialmente altas em prisões, fazendo do islã e do pênis as duas coisas mais prováveis de introduzir em novos presidiários.

Durante anos, a esquerda atormentou a direita com histórias de intolerância. Devemos considerar os universitários que cantam músicas obscenas a respeito de mulheres como um exemplo da "cultura do estupro".

Devemos considerar as críticas ao Black Lives Matter como racistas.

E devemos considerar as confeitarias cristãs incomodadas com casamentos gays como o exemplo principal de homofobia na sociedade atual.

Bem, existe uma cultura do estupro real no Ocidente. Existe homofobia real no Ocidente. E existe pessoas de um grupo realmente intolerante no Ocidente. Todas provêm do islã.

Nunca mais deixe os esquerdistas dizerem que são eles que combatem a intolerância. De fato, eles são os maiores defensores. Eles são os que barram o caminho de Pamela Geller, Geert Wilders, Donald Trump, Nigel Farage, Douglas Murray, Maajid Nawaz, Sam Harris, Ayaan Hirsi Ali e eu. Todas as pessoas que estão realmente fazendo algo para combater a ideologia mais intolerante e preconceituosa do mundo atual enfrentam uma constante oposição das mesmas pessoas que, se fossem fiéis aos seus princípios, estariam do nosso lado.

Mas não importa. Com Papai eleito nos Estados Unidos e o Brexit a caminho do Reino Unido, confio que podemos vencer sem a esquerda regressiva.

COMO DERROTAR O ISLÃ

Hoje, o islã é como o comunismo nas primeiras fases da Guerra Fria. Os dois apresentam aos jovens insatisfeitos uma visão idealista, tribal e utópica que está atraindo milhões. E como o comunismo, o islã está inspirando violência em todo o mundo.

Se há uma coisa que aprendemos na batalha contra o comunismo é que o Ocidente não pode abrir mão de seus princípios. Não pode pedir desculpas como a esquerda constantemente quer que peçamos.

Não foi por acaso que o Muro de Berlim caiu no fim da década de 1980. Foi o fim de uma década em que os Estados Unidos, em menor grau, e a Grã-Bretanha livraram-se do mal-estar da década de 1970 e recuperaram o senso de autoconfiança nacional. Orgulhosamente, Margaret Thatcher e Ronald Reagan caminharam pelo palco do mundo, expressando ousadamente a grandeza e a superioridade de seus respectivos países. *America First não foi algo inventado por Trump, apenas aperfeiçoado.* No Pacto de Varsóvia, cada vez mais retrógrado, cada vez mais pobre, a escolha entre Ocidente e comunismo rapidamente se tornou óbvia.

Ao mesmo tempo, os governos ocidentais despejaram dinheiro em programas criados para minar o comunismo. Com financiamento estatal, a *Radio Free Europe* e a *Voice of America* transmitiam de forma incessante notícias de atividades anticomunistas — também jazz e rock — através da Cortina de Ferro. A campanha de propaganda foi tão bem-sucedida que os memorandos da KGB revelavam que até 80% da juventude soviética estava ouvindo transmissões radiofônicas ocidentais.

Essas atitudes são muito diferentes das dos líderes ocidentais em relação ao islã, não é mesmo? Longe de reafirmar a superioridade do Ocidente liberal sobre o Oriente teocrático, usam lenços de cabeça, curvam-se para os monarcas sauditas e sorriem estupidamente em mesquitas. Com certeza, na Guerra Fria, alguns líderes ocidentais defenderam a coexistência pacífica com o bloco soviético, mas acho que nenhum deles usou túnicas Mao ou cantou *A Internacional*.

Em vez de chamar atenção para os problemas com o estilo de vida islâmico, nossos líderes procuram apresentar a crescente violência dos seguidores da religião como ações de uma pequena minoria que será derrotada em pouco tempo.

Mas não serão derrotados. O Estado Islâmico pode estar em desintegração na Síria, mas representa uma visão de mundo que está atraindo multidões de jovens. Como o Ocidente não fez nada para defender seu estilo de vida superior, toda uma geração de jovens muçulmanos passou a ver os muftis como estrelas do rock e as mesquitas como salas de shows. Os líderes ocidentais falam a respeito de desafiar a radicalização dos jovens e, em seguida, mudam de opinião e falam de como o islã é maravilhoso.

Os resultados são inevitáveis e devastadores.

Teoricamente, é possível coexistir pacificamente com os muçulmanos, mas só se conseguirem encontrar uma maneira de remover o elemento radical do islã contemporâneo. Muitos da geração atual são atraídos por uma ideologia que insiste em impor seu estilo de vida a todo o mundo, ou que nos matará, se recusarmos.

E os muçulmanos que não se identificam ativamente com o fim mais venenoso de sua ideologia estão perfeitamente felizes de fazer vistas grossas para seus horrores, como pesquisa após pesquisa demonstrou.

Como o comunismo, estamos lidando com um meme viral que precisa ser combatido.

POR QUE OS MUÇULMANOS ME ODEIAM

Os antigos temas de discussão a respeito de "extremistas violentos" não estão mais funcionando. Na realidade, para começo de conversa, nunca funcionaram.

Estamos combatendo uma ideia, e a única maneira de derrotá-la é mostrar que o Ocidente é o melhor. Os líderes ocidentais precisam falar do que torna a nossa sociedade grande: liberdade, tolerância, igualdade de oportunidades. Como Reagan e Thatcher, e Trump e Farage, eles precisam reafirmar a grandeza de seus países de forma incansável.

O islã tem de se tornar algo que não é descolado. É tanto uma guerra de cultura, quanto uma de política ou fé, e temos de começar a lutar agora, na música, nos livros, no jornalismo, na arte e em todos os outros meios de criatividade à nossa disposição, demonstrando enquanto fazemos o que é possível com a liberdade de expressão que tanto valorizamos no Ocidente.

Mas mais do que isso — o que eles realmente não querem fazer — nossos líderes precisam falar do que torna as sociedades islâmicas ruins.

ENTÃO, POR QUE OS MUÇULMANOS ME ODEIAM?

No verão passado, tive de me resignar ao fato de que não poderia liderar uma parada do orgulho gay pelo bairro gay de Estocolmo, como vinha planejando há alguns meses. Minha equipe de segurança me informou que os riscos na Suécia eram muito grandes. Naquela época, já havia recebido diversas ameaças arábes de morte e uma de bomba no Twitter, que rapidamente *me* suspendeu por um dia.

Tenho pouco apreço pelas feministas e pelos esquerdistas ocidentais, especialmente pelo fato de eles negarem a realidade cotidiana implacavelmente. Contudo, essa cegueira deliberada raramente vem acompanhada por contagem de corpos, pelo menos não diretamente.

Indiretamente, na forma de suas políticas de imigração, com certeza vem. Apenas os muçulmanos são tão fanaticamente devotados aos seus delírios do século vi; ou seja, eles matarão qualquer um que se atreva a desafiá-los.

Bem, há uma pequena frase que gosto de dizer que os muçulmanos deviam estar preparados para ouvir com mais frequência: *Desculpe, sem querer ofender, mas é verdade*. Com grande parte da mídia ocidental determinada a bancar a avestruz em relação ao islã, não se surpreenda quando o público se voltar para as bichas más para receber a história verdadeira.

A diferença entre o que os muçulmanos acreditam que o islã é, e como é realmente praticado em diversos países islâmicos é tão grande que é difícil imaginar qualquer reforma islâmica ocorrendo em um futuro próximo.

CAPÍTULO 10

Por que os gamers não me odeiam

EM 2013, O *GUARDIAN*, JORNAL DE TENDÊNCIA ESQUER-
dista, proclamou orgulhosamente que a "quarta onda do feminismo"
havia chegado e que era "definida pela tecnologia: ferramentas estão
permitindo que as mulheres construam um movimento on-line forte,
popular e reativo".[1] Em outras palavras, agora as mulheres podem se
lamentar a respeito de sua existência para milhões de estranhos on-line,
em vez de apenas chorar enquanto passam roupa, como deveriam.

Um bom exemplo é o escândalo conhecido como "Donglegate",
em que Adria Richards, evangelista tecnológica e fervorosa feminista,
ouviu por acaso dois homens fazendo piadas obscenas sobre "don-
gles" em uma conferência de tecnologia, tuítou a foto dos dois e fez
um deles ser demitido. Quando a Internet reagiu com indignação contra Richards, a revista *Wired* citou o escândalo como evidência de
"misoginia na cultura de tecnologia",[2] e não como o que realmente era:
uma reação insana e exagerada, criada por uma descontente profissional rabugenta.

A existência da quarta onda do feminismo e sua suposta razão de
existir criou um enigma do tipo "Quem nasceu primeiro? O ovo ou a
galinha?". Com muito de seu ativismo ligado à internet, esse feminismo

se deparou inevitavelmente com *discordância*. Às vezes, bastante discordância, considerando o fato de como as feministas são impopulares. #YesAllWomen, destinado a protestar contra a "misoginia", foi recebido com a paródia #YesAllCats. A seção de comentários da coluna de Jessica Valenti, notória provocadora feminista, atrai regularmente milhares de comentários críticos. No YouTube, críticos do feminismo começaram a atrair tantas visualizações quanto as próprias feministas, enquanto comunidades dissidentes como o *hub* Men's Rights do Reddit incharam de tamanho.

Ao ver quantas pessoas não gostavam delas, as ativistas feministas começaram a reclamar que o assédio on-line estava lhes causando transtorno de estresse pós-traumático.[3] Usaram políticos, grupos de ativistas e veículos de mídia simpatizantes para pressionar implacavelmente empresas de redes sociais, exigindo que impusessem restrições ao "assédio"; ou seja, pessoas com pontos de vista opostos. Qualquer crítica à quarta onda do feminismo ficou conhecida na mídia como "trolagem", "assédio", "misoginia" e "abuso".

Anita Sarkeesian, antes uma vlogger desconhecida que choramingava a respeito do suposto sexismo em videogames usando dados escolhidos a dedo, ganhou destaque após entrar em pânico por trolagem. Em 2012, depois que *trolls* zombaram dela, postando comentários grosseiros em seus vídeos no YouTube e editando fotos normais suas e as convertendo em fotos pornográficas, Sarkeesian atraiu a atenção da mídia.

Um projeto de arrecadação de fundos on-line para sua série a respeito de mulheres e videogames superou a meta de 6 mil dólares, recebendo quase 160 mil dólares em doações. Sarkeesian foi convidada para falar no Bungie, estúdio de videogames, e no TEDxWomen 2012.

Em 2013, a criadora de videogames Zoe Quinn estava enfrentando problemas nos negócios. Seu novo jogo, uma aventura rudimentar do tipo apontar e clicar denominada *Depression Quest*, precisava de milhares de votos de *gamers* para receber "luz verde" para distribuição pelo Steam, maior distribuidor digital de videogames. Adivinhe como ela conseguiu essa publicidade?

Quinn disse que estava sendo atormentada por *trolls* de uma comunidade on-line pouco conhecida e povoada em grande parte por homens com ansiedade social. Ela alegou que eles a assediaram por meio de ligações telefônicas, mas nenhuma evidência real foi fornecida a respeito dos assédios. No entanto, apareceram artigos na imprensa especializada em videogames afirmando que Quinn estava enfrentando "assédio grave por ser mulher".[4]

Menos de um ano depois, Brianna Wu, desenvolvedora de videogames transgênero, antagonizou *deliberadamente* o GamerGate com uma campanha de trolagem e usou a reação adversa resultante para sustentar que ela também era vítima de assédio on-line. Dizendo que "fugiu de sua casa" por causa de ameaças de morte anônimas. Ela então fez o que qualquer vítima traumatizada faria: partiu para uma turnê midiática, falando com a MSNBC, o *The Guardian*, o *The Boston Globe* e qualquer outro veículo de mídia que a ouvisse. Antes uma desconhecida, agora está concorrendo ao Congresso.[5]

Não é estranho como todas essas mulheres acabam numa situação muito melhor *depois* de seus suplícios de trolagem?

As feministas da indústria de videogames se beneficiaram dos jargões e das campanhas que surgiram na "quarta onda" do feminismo. Ameaças falsas, trolagens e comentários obscenos na internet não eram piadas irreverentes de adolescentes, mas sim contribuições para a "cultura do estupro". Criticar feministas por serem muito rudes ou antipáticas era "patrulhamento de tom". Em 2014, as feministas dispunham de todo um arsenal de jargões para ajudá-las a excluir discordâncias e taxar toda e qualquer crítica como intolerante.

Por mais legítima que a crítica fosse, os jornalistas especializados em videogames estavam comprometidos com a narrativa delas: eram heroínas feministas versus *trolls* misóginos do mal que queriam aterrorizá-las. Se um único *troll* enviasse uma única ameaça de morte — e, vamos ser claros, *todas* essas "ameaças" eram trotes — a uma feminista, então essa era a história, e não as preocupações legítimas dos *gamers*.

A única conclusão lógica da campanha dirigida pelas feministas contra o "assédio on-line" era a censura. A menos que um novo herói surgisse com o poder de interromper essa repressão draconiana à liberdade de expressão.

O NASCIMENTO DE UM MOVIMENTO

O Coringa caiu dentro de um tanque de produtos químicos, que o deixou louco. O Magneto foi aprisionado em Auschwitz, onde viu o pior da natureza humana. O Doutor Destino decidiu assumir o controle do mundo após uma visão do futuro revelar a humanidade se autodestruindo.

Minha origem como supervilão foi o GamerGate, uma guerra amarga entre *gamers*, *trolls* anônimos da internet, megeras feministas amarguradas e jornalistas de esquerda. Se você só segue a grande mídia, provavelmente só conhece o GamerGate como homens crescidos jogando videogames durante todo o dia e assediando mulheres na internet. Na realidade, foi a primeira batalha de um movimento antiesquerdista, culturalmente libertário e de liberdade de expressão que levou diretamente à eleição de Trump. Deixe-me contar a história verdadeira.

O GamerGate, muitas vezes considerado um tópico confuso, é, de fato, relativamente simples. No início de 2014, Nathan Grayson, do blog de videogames *Kotaku* e que faz parte da rede de sites *Gawker*, escreveu favoravelmente a respeito do *Depression Quest*, um jogo interativo para o qual ele atuou como consultor, sem revelar seu envolvimento no projeto. A ligação de Grayson com o jogo e seu relacionamento romântico com sua criadora, Zoe Quinn, foi descoberto após uma denúncia de Eron Gjoni, um dos ex-namorados de Quinn.[6] Após lerem a história de Gjoni, os *gamers* começaram a suspeitar que desenvolvedores de videogames e jornalistas dormiam na mesma cama.

Nutro alguma compaixão por Quinn e Grayson. Com certeza, o que Grayson fez não foi ético, mas, em circunstâncias normais, não levaria a um cataclismo de guerra cultural. A imprensa especializada em videogames não era diferente de qualquer outro tipo de imprensa especializada. Caracterizava-se por padrões jornalísticos pateticamente baixos, uma atmosfera ideologicamente homogênea, política de panelinha e inúmeros conflitos de interesse sobrepostos. No entanto, pouca gente, além dos professores de jornalismo, *realmente* se importa se o repórter é amigo de um dos personagens retratados em sua reportagem ou até mesmo se está transando com ele. Mas, graças ao histórico profissional terrível da imprensa especializada em videogames e sua resposta pavorosa às preocupações dos *gamers*, isso por acaso acabou virando uma *coisa*.

Após a descoberta da ligação entre Grayson e Quinn, os *gamers* da rede embarcaram em uma das maiores ações de investigação coletiva da internet na história. Praticamente de um dia para o outro, as discussões do "GamerGate" apareceram em algumas das maiores comunidades da rede, como os fóruns de discussão anônimos 4chan e Reddit, e #GamerGate começou a se tornar popular no Twitter.

Rapidamente, os *gamers* descobriram uma teia de ligações entre jornalistas especializados em videogames e personagens de suas reportagens. Os jornalistas tinham divulgado notícias de seus amigos sem a revelação a respeito da amizade e, em alguns casos, tinham até doado dinheiro para os personagens de suas reportagens.

O *Critical Distance*, *hub* de críticos de games orientado por justiça social, repetidamente deu cobertura favorável aos diversos criadores de games que lhes deram doações mensais através do site de financiamento coletivo Patreon.[7]

Leigh Alexander, editora geral do site *Gamasutra*, publicou dezenas de artigos elogiando seus amigos mais próximos.[8] Diversos outros jornalistas foram descobertos como detentores de históricos igualmente terríveis, que estão agora catalogados no site *DeepFreeze.it*, criado pelo GamerGate.

Tudo isso foi embaraçoso para a mídia especializada em videogames, visto que os *gamers* profissionais possuem um respeito inato pela lisura. Mas esteve longe de ser um escândalo internacional. O motivo *real* pelo qual o GamerGate se tornou uma história enorme, foi devido às reações dos veículos de mídia ao serem expostos como eticamente comprometidos.

Para Leigh Alexander, não se podia ter piedade dos *gamers*. "Esses jogadores de merda no ventilador, esses hiperconsumidores chorões, esses brigões infantis da internet: eles não são o meu público", ela escreveu.[9]

Em um período de 48 horas, dezenas de artigos foram publicados com um humor semelhante. Todos artigos opinativos, todos repetindo a mesma opinião: os *gamers* são homens brancos preconceituosos, tentando tornar o mundo dos videogames menos inclusivo. No *Daily Beast*, Arthur Chu chamou os *gamers* de "perdedores misóginos", que estavam "fazendo com que todos nós parecêssemos maus".[10] Luke Plunkett, do *Kotaku*, descreveu-os como "baluartes reacionários, que pareceram muito ameaçados pelos horizontes amplos dos videogames".[11] O VICE lamentou que o "embaraçoso drama do relacionamento" de Eron Gjoni estava "liquidando a identidade dos *gamers*".[12] O *Daily Dot* descreveu o GamerGate simplesmente como uma "cruzada sexista para destruir Zoe Quinn".[13]

Ao mesmo tempo, uma discussão a respeito de ética do jornalismo especializado em videogames no subfórum de games do Reddit, um dos maiores lugares de reunião para *gamers* na rede, foi completamente apagada. Mais de 20 mil comentários foram eliminados, convertendo-se em uma das maiores — talvez *a* maior — supressões de discussão na história do Reddit.[14] O NeoGAF, já conhecido por seus moderadores que banem pessoas por razões infundadas, começou a chutar os defensores do GamerGate para todos os lados. O conhecido youtuber Boogie2988 foi banido por assumir uma posição neutra em relação ao assunto.[15]

Mesmo o 4chan, conhecido por abrigar discussões a respeito de qualquer coisa, por mais vil que seja, lançou uma proibição geral a respeito do GamerGate em meados de setembro. A decisão chocou sua base de usuários pró-liberdade de expressão, que migraram em massa para o site alternativo 8chan.[16] O resultado da decisão acabaria por convencer Christopher "Moot" Poole, o fundador do site, a deixar o 4chan depois de dez anos no comando.[17]

O GamerGate não decolaria sem uma grande ajuda dos aspirantes a censores. O primeiro vídeo no YouTube a respeito do drama envolvendo Eron Gjoni e Zoe Quinn, atraiu escassas 4.599 visualizações em sua etapa inicial.[18] Depois, Quinn apresentou uma reivindicação falsa de direitos autorais em relação ao vídeo, colocando-o off-line, e a internet explodiu. É estranho que alguém como Quinn, que estava profundamente integrada na cultura da rede, cometesse esse erro. Afinal, foram reivindicações falsas de direitos autorais que instigaram a ascensão do Anonymous.[19]

Pouco depois que a mídia especializada em videogames lançou sua saraivada de artigos difamando os *gamers* como fanáticos sexistas e misóginos, a atividade do #GamerGate cresceu. Mantendo uma posição elevada nos *trending topics* em 2014 e 2015.[20]

No fim de 2014, estava evidente que o GamerGate não descrevia mais um escândalo, mas um movimento de consumidores obstinados, com dezenas de milhares de *gamers*, totalmente preparados para entrar em guerra contra a mídia especializada em videogames que os tinha atacado.

O GamerGate não seria uma controvérsia do tipo fogo de palha, estava ali para ficar.

UMA BICHA LEGAL COMO FREDDIE MERCURY

Entrei na história nos primeiros dias do GamerGate, quando uma conta anônima do Twitter com uma imagem de anime para perfil e nome de usuário @LibertarianBlue me enviou alguns tuítes explicando a controvérsia. A conta pertencia a Allum Bokhari, agora um dos mais talentosos jornalistas do *Breitbart*. Ele falava de jornalistas envolvidos em nepotismo e censura e de críticos sendo difamados como misóginos. Pedi mais informações.

Como resultado de nossa colaboração, surgiu minha primeira matéria a respeito da controvérsia, sendo o primeiro artigo publicado que, sem nenhum constrangimento, apoiava os *gamers*. Enquanto o resto da mídia lamentava a suposta "campanha de ódio" contra as mulheres na indústria de videogames, levei a sério as preocupações éticas dos *gamers* e ouvi com a mente aberta suas queixas a respeito da imprensa política militante e das narrativas feministas fora de controle que estavam interditando a discussão livre no mundo dos videogames. "Assediadoras feministas devastam a indústria de videogames" foi a manchete que escolhi; contida, como sempre.

O artigo chamou atenção e definiu o tom para a cobertura posterior. Tendo visto o pânico do "assédio on-line" atingir níveis absurdos, estava determinado a mostrar que criticar as feministas e até zombar delas não fazia de você um misógino. Quanto a expor os vieses e as falhas éticas da imprensa, bem, isso era muito mais importante. Também era trivialmente fácil de executar, graças a uma fonte anônima que é agora um dos meus contatos mais confiáveis na indústria.

Um mês depois que os *gamers* e os jornalistas especializados em videogames entraram em guerra, recebi a história mais explosiva de toda a controvérsia: uma série de vazamentos do "GameJournoPros", uma lista de e-mails secretos usados por jornalistas de publicações especializadas em videogames e tecnologia, incluindo *Kotaku, Polygon, Ars Technica, Rock Paper Shotgun,* WIRED, *PC Gamer* e *The Verge*. Não

POR QUE OS GAMERS NÃO ME ODEIAM

sabia por que tinha sido escolhido para divulgar aqueles registros ao público, mas sabia exatamente o que fazer com eles: publicá-los todos no *Breitbart* e observar como as labaredas do maior fogo gargalhante da internet saltavam ainda mais alto rumo ao céu.

Os registros confirmaram as piores suspeitas dos *gamers* a respeito dos conluios nos bastidores da mídia especializada em videogames. Os jornalistas de veículos concorrentes pareceram estar tomando decisões conjuntas a respeito do que cobrir e como cobrir.

A imprensa especializada em videogames se mostrou tendenciosa além da imaginação. Kyle Orland, editor de videogames do site *Ars Technica* e criador da lista de e-mails foi visto chamando as preocupações dos *gamers* de "besteiras" e encorajando outros editores a não cobrir a controvérsia do GamerGate e, em vez disso, usar as redes sociais para repreender os *gamers*.

Um editor de uma publicação, a *Polygon*, foi visto recomendando ao editor de outra publicação, a *The Escapist*, a censurar a discussão a respeito do GamerGate no quadro de mensagens do *The Escapist*. Orlando também foi visto estimulando outros jornalistas a contribuir para uma arrecadação de recursos para Zoe Quinn. Nesse momento, Jason Schreier, jornalista do *Kotaku*, observou sensatamente que uma campanha de arrecadação de recursos para uma desenvolvedora de videogames talvez não fosse a melhor ideia em uma ocasião em que os jornalistas especializados em videogames estavam enfrentando acusações em massa de conluio e parcialidade política.

Para os *gamers*, o fato de tal coisa ter sido sugerida por um editor de uma importante publicação especializada em tecnologia dizia tudo.

Não há melhor sensação para um jornalista do que trazer uma grande história que outras publicações têm medo de divulgar, eu já estava me divertindo muito. Mas estava me divertindo mais ainda porque, finalmente, havia descoberto um canto da internet para chamar de meu. Havia descoberto a *cultura da rede*.

207

Instantaneamente, o anonimato ou o pseudoanonimato me informou por que os *gamers* estavam demonstrando ser adversários tão duros para a mídia progressista tendenciosa e para as arquitetas feministas do novo pânico moral. A irreverência do 4chan era o produto de um ambiente on-line anônimo, que minimizava as consequências sociais habituais associadas ao discurso que desafiava tabus. Os progressistas e as feministas, os guardiões atuais dos hábitos sociais, naturalmente acharam isso terrível. O ator esquerdista Wil Wheaton sugeriu até proibir o anonimato em videogames on-line.[21]

Pouco depois de começar minha reportagem a respeito do GamerGate, acessei o catálogo de videogames do 4chan, conhecido como /v/, e depois um dos *hubs* do movimento. Dei de cara com coisas que, posteriormente, descobri se chamar memes e shitpostings. Praticamente todos os membros contavam ao menos uma piada a respeito de gays.

Meu rosto foi editado e convertido em uma foto do filme pornô gay inter-racial *Poor Little White Guy*. Outro membro do 4chan postou uma imagem proclamando que eu não era só um viado, "mas uma bicha legal como Freddie Mercury". Tendo passado minha carreira profissional no mundo politicamente correto e entorpecedor do jornalismo especializado em tecnologia, fiquei impressionado — e eufórico — de descobrir que ainda havia um lugar de alegria pura e sem filtros no mundo.

Tinha encontrado meu povo.

Se eu fosse um blogueiro de esquerda insincero, poderia ter retratado meus anfitriões anônimos do 4chan como os mais desprezíveis dos homofóbicos e intolerantes. Mas isso não seria verdade, seria? Era óbvio que as pessoas que se comunicavam comigo não eram intolerantes de nenhum tipo. Eram apenas adolescentes irreverentes com um desprezo saudável pelos códigos de linguagem. Era a maneira deles de demonstrar afeto, e não desprezo.

Além disso, os defensores do GamerGate que vinham do /v/ e do /pol/, seu irmão mais politicamente incorreto, nem mesmo satisfaziam a definição padrão progressista de intolerantes. Das páginas do *The Guardian*,

Jessica Valenti — sem nenhuma evidência — denunciou o GamerGate como uma "última tentativa de domínio cultural por homens brancos raivosos". Foi um momento glorioso observar esquerdistas nas redes sociais acusarem os usuários do Twitter de serem caras brancos, só para vê-los atônitos depois que os usuários responderam com fotos do rosto claramente os identificando como mulheres e/ou minorias.[22]

Quando o GamerGate ganhou fôlego, milhares de *gamers* mulheres, gays e de minorias étnicas tuitaram #NotYourShield para protestar por terem suas identidades usadas como escudos para rechaçar as mentiras racialmente obcecadas de ignorantes como Valenti.

A primeira reação da mídia especializada em videogames foi de descrença. Os raivosos GJSS consideraram #NotYourShield cheio de "mulheres mal informadas" sem outro propósito além de "bloquear a discussão a respeito do racismo".[23] Um artigo do *Ars Technica*, talvez a reportagem mais insolente de toda a controvérsia, afirmou que as contas postando #NotYourShield no Twitter eram apenas fakes e não minorias genuínas.[24] Outras jornalistas de esquerda fizeram comentários depreciativos semelhantes ou, de modo mais frequente, ignoraram a *tag* completamente, fingindo que o GamerGate era um levante exclusivamente de homens brancos.

Se isso parece familiar, considere a resposta irada de feministas e jornalistas da grande mídia ao sucesso de Trump com as eleitoras. Lena Dunham apareceu no programa *TV View*, em modo diretora de escola, para lembrar a irmandade feminista de seu dever de reeducar aquelas mulheres caipiras, semianalfabetas, mal-agradecidas e equivocadas que votaram no candidato republicano. *Essas não foram suas palavras exatas, mas entendemos o que ela quis dizer.*

Há algo mais revelador do que esquerdistas calando as vozes de mulheres e minorias porque estão lhes dizendo coisas que eles não querem ouvir?

Essa é a verdadeira história do GamerGate, e não a narrativa referente a "caras brancos misóginos" que você ouviu da grande mídia.

Tratava de questões que se tornariam linhas divisórias nas emergentes guerras culturais da geração millennial e na eleição geral de 2016: a liberdade de expressão, o futuro da internet aberta e uma imprensa apavorantemente militante, que demonizou os críticos das causas progressistas badaladas, apresentando-os como intolerantes cheios de ódio, enquanto mostrava seus porta-vozes como santos que não faziam nada errado.

O NOVO PÂNICO MORAL

Na década de 2000, Jack Thompson, advogado conservador, moveu uma ação contra Take Two Interactive, então publicadora da série de videogames *Grand Theft Auto*, sob a alegação de que inspirava assassinatos. Sem dó nem piedades, ele foi ridicularizado na imprensa especializada em videogames que, na ocasião, parecia estar desempenhando sua função como defensora da liberdade criativa contra cruzadas políticas absurdas.

Por causa de batalhas assim com a direita conservadora nas décadas de 1990 e no início da década de 2000, os *gamers* desenvolveram uma resistência à politização de qualquer tipo. "Só quero jogar meu videogame", era um dos slogans do GamerGate. Os *gamers* se orgulham de sua resistência em face de um mundo crescentemente politizado. Foi como os videogames conseguiram escapar da primeira onda da tomada de poder cultural da esquerda.

Os pesquisadores não encontraram nenhuma evidência de que os videogames deixam alguém violento ou sexista.[25] Os estudos que os esquerdistas e os cruzados morais frequentemente citam, são aqueles que mostram uma ligação entre videogames violentos e *agressão*, mas ligações semelhantes também são encontradas com jogos de esporte.[26] Você pratica um esporte de alta adrenalina e fica muito agressivo.

POR QUE OS GAMERS NÃO ME ODEIAM

Quem diria!? Mas isso não é nem de perto o mesmo que videogames transformando pessoas em assassinos.

A falta de provas nunca atrapalha uma boa trama. Você pode se lembrar de Elliot Rodgers, o "virgem assassino", autor de um assassinato em massa em maio de 2014.[27] Naturalmente, o fato de ele jogar videogames foi invocado. Nenhuma prova de que os videogames tinham algo a ver com suas ações foi apresentada, mas nenhuma prova era necessária. A narrativa de que os videogames devem estar envolvidos em uma conduta inadequada era simplesmente muito instigante para a mídia deixar passar.[28]

O mesmo aconteceu em relação a Marilyn Manson, que foi culpado pelo massacre na escola de Columbine, embora os assassinos o odiassem e não ouvissem sua música. Uma reportagem simplesmente decidiu que Manson era o culpado, e o resto da mídia seguiu o exemplo.

Quando as feministas começaram a dar passos hesitantes na esfera da crítica aos videogames, a nova alegação foi de que, mesmo que os videogames não tornem alguém *violento*, podem torná-lo *sexista*. Não existiam psicólogos ou pesquisadores que tivessem dados para apoiar tais afirmações. Aquelas feministas eram "ativistas de gênero e *hipsters* com formação em estudos culturais", de acordo com a acadêmica feminista Christina Hoff Sommers.[29] Elas não sabiam muita coisa acerca de videogames, mas percebiam a opressão capitalista cisheteropatriarcal quando a viam.

O que chamo de guerra da esquerda contra a diversão possui uma longa história acadêmica, remontando à ascensão dos "estudos críticos" no final da década de 1960 e ao longo da década de 1970. Os estudos críticos enxergavam as artes plásticas, a literatura e o entretenimento por meio de uma única lente: como criticavam ou, falhavam em criticar, as "estruturas de poder" dominantes: capitalismo, cristianismo, patriarcado e todo o resto.

Essas formas não eram mais para ser criticadas por sua capacidade de inspirar, assombrar, fascinar, ilustrar ou descrever: tudo o que importava era o quão bem, ou quão deficientemente, criticavam os bichos-papões dos departamentos de estudos de gênero.

Como os psicólogos freudianos fanáticos, que conseguem ligar praticamente toda experiência humana ao trauma sexual da infância, os críticos culturais progressistas encontraram uma maneira de interpretar toda experiência artística através de suas próprias e específicas lentes de vitimismo.

Lisa Ruddick, professora de inglês da Universidade de Chicago — uma instituição no páreo para se tornar a universidade mais brilhante e mais avançada dos tempos modernos —, é uma de um número crescente de dissidentes que desafiam essa ortodoxia. Em seu influente ensaio "When Nothing Is Cool", ela descreve como uma acadêmica usou os estudos críticos para converter Buffalo Bill, o antagonista sádico de *O silêncio dos inocentes*, em um herói feminista que desafia o gênero.[30]

Ao remover e usar a pele das mulheres, Bill aparentemente refuta a ideia de que masculinidade e feminilidade são carregadas dentro de nós. Judith Halberstam, a acadêmica mencionada por Rudick, explica que "Gênero é sempre pós-humano, sempre um trabalho de costura que alinhava a identidade em uma bolsa corporal". O cadáver, uma vez esfolado, "foi privado de gênero, é um pós-gênero".

Halberstam combina sua perspectiva de forma não crítica com a sensibilidade pós-humana do herói-vilão, que enxerga como registrando "uma mudança histórica" para uma era marcada pela destruição dos binários de gênero e "da fronteira entre o interior e o exterior".

A loucura nesse caso não é só que um *serial killer* que mirava apenas mulheres poderia ser um herói feminista, mas também que a acadêmica que escreveu isso realmente achou sua interpretação verossímil. Para a maioria das pessoas, *O silêncio dos inocentes* é simplesmente um suspense psicológico magistral, cheio de personagens instigantes, momentos emocionalmente poderosos e nenhum significado mais profundo além da jornada aterrorizante e cativante do protagonista através de um mundo de canibais e *serial killers*.

Para uma crítica cultural de esquerda como Halberstam, é inaceitável que um filme possa simplesmente se destinar a entreter, chocar ou divertir. *Deve* expressar algo mais profundo, mesmo se o seu criador não teve a intenção. E se uma obra de arte ou de entretenimento *realmente* parece criada sem nenhuma mensagem política oculta? Bem, então, isso significa que seu criador e aqueles que a apreciam devem estar bem com o *status quo*; isso os converte em cegos ou inimigos, dependendo de quão forte é a mistura de socialista e retardado.

Para um crítico cultural, tudo é político, mesmo quando não está tentando ser. O *The Los Angeles Times* entrevistou Jordan Peele, diretor e roteirista de *Corra!*, um dos poucos filmes com motivação política que ainda consegue entreter, e lhe perguntou a respeito do significado de uma das atrizes brancas de seu filme beber leite. Segundo o *The Los Angeles Times*: "O leite é o novo símbolo da supremacia branca nos Estados Unidos, devido à sua cor e à noção de que a intolerância à lactose em certas etnicidades significa que a genética caucasiana de absorção do leite é superior".

Corra! é a respeito de uma família branca que sequestra negros, para poder transplantar cérebros de brancos em corpos de negros mais jovens, "mais bacanas" e fisicamente superiores. O tema não poderia ter motivação mais racial, ainda assim, o *The Los Angeles Times* sentiu a necessidade de encontrar racismo em todo o lugar. Peele não considerou o ato de beber leite como tese de racismo, mesmo assim a manchete do *The Los Angeles Times* dizia: "Jordan Peele explica a arrepiante cena do leite em *Get Out* e considera a recente ligação entre laticínios e ódio".[31]

Não surpreende que os guerreiros da cultura odeiem os videogames, muitos dos quais são claramente projetados com nenhum outro propósito além de louca despreocupação. Imagine a fúria de Anita Sarkeesian e seu outrora austero assistente Jonathan McIntosh, enquanto esquadrinhavam videogames como *Team Fortress 2* e *Pong* em busca de mensagens políticas ocultas. Imagine-os começando a entender que milhões de pessoas que efetuam logon em *World of Warcraft* todos os dias estão fazendo isso principalmente para se divertir com seus amigos, não para avaliar o quão bem Illidan Stormrage simboliza forças patriarcais inexoráveis.

Para um esquerdista, em que tudo é político e nada é diversão, os *gamers* são um pesadelo. Os *gamers* acham o mesmo a respeito de seus críticos.

Naturalmente, a cultura dos videogames é resistente ao politicamente correto. Os videogames on-line eram as redes sociais originais: os *gamers* ficavam batendo papo a respeito de games como *Everquest* e *Runescape* anos antes de Facebook e Twitter realizarem seu potencial. E, fundamentalmente, a comunicação nesses games tendia a ser anônima. Como o 4chan e o Reddit, o mais longe que a maioria das pessoas chegava a identificar outro *gamer* era por meio de seu pseudônimo, e não há muito o que fazer para identificar alguém quando a única pista que você tem é um nome de usuário.

O anonimato, misturado com a natureza competitiva de diversos jogos on-line, levou a uma cultura de "trash talk" (falar besteira) entre os *gamers*.

Keemstar, conhecido youtuber, explica como a cultura do *gamer* pode parecer exótica e chocante para algumas pessoas:

> Recebi muitas ameaças de morte. Disseram que eu ia ser estuprado. Que iam fazer coisas sexuais comigo enquanto eu estava jogando, porque isso faz parte da cultura dos videogames. Não estou dizendo que é certo, mas qualquer *gamer* de verdade já passou por isso e sabe que é normal. Isso é o que as pessoas dizem on-line umas para as outras enquanto estão jogando.[32]

Se você não está familiarizado com a cultura dos videogames, a ideia de que esse tipo de conversa é normal, deve parecer muito estranha. No entanto, é meramente o tipo de zoação que acontece entre bons amigos, sobretudo em comunidades de jovens do sexo masculino. Ninguém se sente ameaçado, porque todos conhecem as regras do jogo.

Por exemplo, "Ei, seu punheteiro porco imundo", pode ser usado como uma saudação amigável. Entre alguns dos assuntos mais comuns para piadas casuais, incluem-se estupro, necrofilia e nazismo. Se alguém achar seu comportamento estúpido, ou discordar de você, "vá se matar" será um comentário comum, quase automático, espontâneo. O maior erro que você pode cometer é entender essa linguagem ao pé da letra. Com certeza, pode ser chocante para alguém que não está acostumado com as convenções dessa comunidade, mas isso não é desculpa para condená-la como intolerante ou misógina, quando claramente não é.

E se você não gostar, os videogames on-line oferecem diversas oportunidades para configuração de seus servidores com regras mais rígidas.

A sociedade tradicional acha impossível conciliar essa linguagem com a realidade de que a maioria dos *gamers* são realmente de esquerda, sem mencionar o fato de eles se sentirem completamente à vontade com sociedades diversas e tolerantes. Para os esquerdistas, aqueles que rejeitam seus códigos de linguagem são racistas, sexistas ou homofóbicos. Os *gamers* sabem que não são. E isso os torna os inimigos perfeitos de um movimento progressista cada vez mais determinado a humilhar pessoas por violações de seus códigos de linguagem sombrios e entorpecedores.

HUMILHADORES

Nos anos que antecederam o GamerGate, os GJSS de esquerda converteram as redes sociais em seu pátio de recreio particular. Com a ajuda de veículos como *BuzzFeed*, *Gawker* e *The Guardian*, envolveram-se em implacáveis campanhas de humilhação pública para marginalizar socialmente indivíduos, empresas e organizações que não agiram de acordo com seu conjunto cada vez mais restritivo de normas politicamente corretas. Justine Sacco, executiva de comunicações, cuja vida foi subvertida pelo *Gawker* depois que tuitou uma piada a respeito de pessoas brancas não serem capazes de pegar Aids, é um exemplo conhecido. Ironicamente, o tuíte de Sacco foi uma tentativa de demonstrar as injustiças relativas aos privilégios dos brancos. Por esse crime, ela se tornou a mulher mais odiada dos Estados Unidos e perdeu o emprego. A intenção da humilhação pública não é só ofender ou molestar, mas também provocar total ostracismo social; a punição suprema por violação dos tabus da sociedade.

Os videogames não escaparam da ascensão da humilhação pública. Em maio de 2014, Russ Roegner, humilde desenvolvedor de videogames, descobriu que sua carreira estava ameaçada.

"Tome cuidado comigo", Leigh Alexander, do *Gamasutra*, advertiu. "Sou um megafone. Não me importaria de torná-lo um exemplo."

"Essa foi uma visão incrível por parte de alguém que começou a cortar todas as relações possíveis", Ben Kuchera, jornalista especializado em videogames, comentou.

"Sério. Pare com isso", Miles Cheong, editor-chefe do *Gameranx*, disse. "Você não está se ajudando."

O que Roegner disse para atrair essas advertências?

"Não há problema de igualdade de gênero na indústria de videogames. Gostaria que as pessoas parassem de dizer que existe."

Expressar esse ponto de vista punha a carreira em perigo na indústria de videogames de 2014.

Outro caso infame de humilhação pública liderada pela mídia envolvendo a indústria de videogames foi a campanha contra Brad Wardell, CEO da Stardock, empresa de desenvolvimento de softwares e games. Em 2010, ele foi falsamente acusado de assédio sexual por uma ex-funcionária.

POR QUE OS GAMERS NÃO ME ODEIAM

Inicialmente, Ben Kuchera escreveu um artigo afirmando que o caso contra Wardell tinha "provas contundentes", incluindo algumas das acusações mais repugnantes da denunciante de Wardell, contendo a afirmação de que ele perguntou para a ex-funcionária se ela "gostava de provar sêmen". Wardell não foi contatado para fazer comentários antes da publicação do artigo.[33]

O *Kotaku* publicou a mesma história, incluindo as alegações da denunciante com detalhes igualmente chocantes. O artigo continha as alegações completas da denunciante de Wardell, mas, deploravelmente, não havia contra-argumentos de Wardell ou de sua representação legal. Isso porque o *Kotaku* só dera a Wardell uma hora para revelar o seu lado da história.[34]

Como resultado desse jornalismo relapso, ao nível da *Rolling Stone*, Wardell enfrentou anos de calúnias e ataques. Ele até me disse que seus filhos estavam sendo humilhados na escola porque o primeiro resultado de busca no Google para seu nome era o artigo do *Kotaku*. Vale notar que Wardell é um dos poucos conservadores políticos declarados com uma posição de destaque na indústria de videogames, o que pode explicar por que a campanha contra ele foi tão implacável.

Em 2013, o caso foi arquivado, e a ex-funcionária pediu desculpas por suas afirmações.[35] O blog *GamePolitics*, um dos veículos que divulgou as alegações infundadas contra Wardell, pediu desculpas por sua reportagem relapsa. Outros seguiram o exemplo, mas era muito pouco e muito tarde. Não há como não apunhalar alguém depois que seu forcado perfurou sua carne.

A humilhação pública recorre ao isolamento de suas vítimas, que são levadas a acreditar que estão sozinhas contra uma maré esmagadora da opinião da maioria. É um sentimento que foi compartilhado pelos partidários de Donald Trump; até que eles começaram a ganhar. Na realidade, em geral, os humilhadores fazem parte de uma minoria ruidosa, que pode dominar a conversa aterrorizando os outros e os reduzindo ao silêncio.

DANGEROUS

Contudo, os *gamers são difíceis de assustar. Durante o GamerGate, apareceram em massa para mostrar ao mundo o quão pequenos e histéricos eram os fomentadores do ostracismo social. A* KotakuInAction, principal comunidade do Reddit para os defensores do GamerGate, tem mais de 70 mil assinantes. O GamerGhazi, o *hub* referente a videogames para feministas e guerreiros da justiça social, tem apenas 11 mil.

O *Gawker*, uma das piores organizações de humilhação pública que já existiram, foi até prostrado pelo GamerGate. O editor Sam Biddle, que foi pessoalmente responsável por destruir a vida de Justine Sacco, foi forçado a pedir desculpas pelos tuítes anti-GamerGate que ele disse que eram piadas. Foi um raro pedido de desculpas de um dos sites mais inescrupulosos da internet. Em pouco tempo, a repugnante falta de integridade jornalística do *Gawker* mataria o site. Se não fosse pelo GamerGare, o *Gawker* ainda estaria vivo.

Por meio de números e tenacidade, os *gamers* perderam o medo dos guerreiros da justiça social. Os meses seguintes ao surgimento do GamerGate viram uma reação em grande escala contra os GJSS. Sites como *Kotaku* e *Polygon*, bastiões dos GJSS, criaram novas políticas de transparência em resposta às demandas do GamerGate.[36]

Antes do GamerGate, vítimas de humilhação pública, como Justine Sacco, praticamente não tinham aliados na imprensa. Muitos discordavam, mas não queriam ficar do lado errado das máfias da justiça social. Depois do GamerGate, vítimas como o doutor Matt Taylor, astrofísico britânico que foi levado às lágrimas depois de ser atacado por usar uma camiseta com desenhos supostamente "sexualizados" de mulheres de ficção científica, podia contar com uma comunidade cada vez mais confiante de liberais moderados e conservadores, que condenou ruidosa e severamente seus perseguidores. O silêncio fora quebrado. E tínhamos que agradecer aos *gamers* por isso.

HERÓIS IMPROVÁVEIS

O GamerGate foi muito significativo. Foi a primeira vez que os consumidores de um importante meio de entretenimento organizaram uma resistência em massa à influência da esquerda política. Os *gamers* mostraram aos dissidentes amedrontados e isolados que era possível lutar contra a esquerda cultural e vencer.

Ninguém ficou mais surpreso do que eu. Certa vez descrevi os *gamers* como esquisitões idiotas em cuecas amareladas. E, vamos ser justos, alguns deles são, provavelmente, pessoas muito legais. No entanto, ali estavam esses esquisitões idiotas enfrentando a fúria do complexo esquerdista de ativistas midiáticos sem se acovardar. Não remunerados, indisciplinados e, em alguns casos, carentes de higiene, mas estava conquistando vitórias culturais que desconcertavam até os Comitês de Ação Política conservadores milionários.

Depois do GamerGate, nunca mais os *gamers* podem ser ridicularizados como perdedores estranhos. Podem até ser estranhos, mas de maneira nenhuma são perdedores. Em uma coluna do *Breitbart* a respeito do aniversário de um ano do movimento, eu os comparei a hobbits; heróis improváveis, que só queriam ser deixados em paz, mas acabaram salvando o mundo. Em retrospecto, talvez não seja surpreendente que um grupo de pessoas que passam todo o tempo livre conquistando reinos, matando dragões e acumulando altas pontuações soubesse como vencer.

A esquerda não sabia onde estava se metendo quando foi atrás dos videogames. Era o passatempo da geração millennial, apreciado por milhões de pessoas ao redor do mundo, muitas vezes juntas. Que chance a esquerda tinha, com suas habituais alegações de intolerância, contra um passatempo naturalmente tão diverso? A visão da esquerda atacando *gamers* inocentes como uma força ameaçadora de intolerância era ridícula. Talvez os medos da esquerda não fossem tão histéricos. Os *gamers* foram o primeiro grupo de pessoas a vencê-la nas guerras culturais da geração millennial. Suas táticas ajudaram a inspirar um novo movimento de liberdade cultural, deflagrando uma cadeia de eventos que colocaram Donald Trump na Casa Branca. Quando o *The Washington Post* chamou Donald Trump de "Gamer-Gate da política americana" não estava totalmente errado.[37]

Embora a maior parte do trabalho duro fosse realizado por *gamers* incansáveis, implacáveis e frequentemente anônimos, que não receberam nenhum agradecimento por isso, além de calúnias da grande mídia, fiquei orgulhoso de também fazer parte do movimento.

Os *gamers* me ensinaram que, com humor, memes e um pouco de pertinácia autista, toda batalha pode ser vencida.

CAPÍTULO 11

Por que minhas turnês universitárias são tão incríveis

"O objetivo da educação totalitária nunca foi inculcar convicções, mas sim destruir a capacidade de formar alguma."

— Hannah Arendt

EU ESTAVA NO MEIO DE UMA PALESTRA NA UNIVERSIdade Rutgers, em Nova Jersey, quando três jovens histéricas na plateia ficaram de pé e untaram o que parecia ser sangue em seus rostos, gritando histericamente "Black Lives Matter" repetidas vezes.

Casualmente, nenhuma das estudantes era negra.

Posteriormente, descobri que o sangue era falso, mas isso não facilitou a vida dos serventes, que tiveram de limpar a trilha de tinta vermelha deixada pelas manifestantes após o término de seus dois minutos de fama. O público pacífico que tinha vindo para ouvir uma palestra viu-se respingado com sangue falso, enquanto ao menos um participante foi atacado por uma manifestante, que o sujou de propósito com a porcaria.

Mais surpreendente para mim do que os protestos na Rutgers, algo rotineiro nas universidades, foi o que aconteceu na manhã seguinte. Os estudantes ficaram tão traumatizados com a minha presença que a administração organizou uma sessão de terapia de grupo.

Aqueles que participaram relataram que os alunos descreveram que "se sentiram assustados, feridos e discriminados" por causa de minha inocente palestra a respeito da importância da liberdade de expressão nas universidades.

Se alguns comentários meus a respeito de troca de ideias livre e aberta são suficientes para colocar os estudantes em terapia, o que acontecerá quando eles se depararem com alguém que seja *realmente* intolerante e preconceituoso?

Quando minha turnê começou, eu estava em evidência há cerca de um ano, como uma estrela em ascensão da direita on-line, travando batalhas contra os guerreiros da justiça social lamuriantes e mimados da internet. Tendo lutado contra alguma de suas campanhas mais absurdas, como a luta contra o "assédio on-line" — que, como o "discurso de ódio", significa qualquer coisa que eles discordam — estava agora preparado para deixar o jornalismo especializado em tecnologia e assumir a luta contra eles no mundo real. Com certeza foi divertido provocá-los na internet, mas como descobri durante meu protesto na Marcha das Vadias de Los Angeles, em 2015, era muito *mais* divertido ouvir seus berros de aflição na vida real.

Sabia que meus adversários tendiam à histeria emocional. Chamei minhas excursões pelas universidades de turnê *Dangerous Faggot* (bicha má em tradução livre) por esse mesmo motivo: zombar os estudantes que acreditavam que uma bicha louca do outro lado do Atlântico representava algum tipo de "ameaça" para eles.

Logo depois da Rutgers, cheguei à Universidade Bucknell, pequena instituição de ciências humanas situada na apática cidade rural de Lewisburg, na Pensilvânia. O caos na minha parada anterior chamou a atenção dos administradores de lá, que me tiraram da residência de hóspedes do campus temendo que eu representasse uma ameaça à segurança da comunidade. Como se eu pudesse corromper

POR QUE MINHAS TURNÊS UNIVERSITÁRIAS SÃO TÃO INCRÍVEIS

o time de basquete ou algo assim. Alguns universitários generosos ficaram com pena de mim e me hospedaram na casa deles.

Na noite de quinta-feira, os administradores da Bucknell decidiram que os estudantes não poderiam falar comigo diretamente durante minha palestra, mas que teriam de escrever suas perguntas em fichas, com meu anfitrião Tom Ciccota, agora repórter do *Breitbart*, lendo-as em voz alta para mim. Além disso, o Bucknell University Conservatives Club não poderia registrar o evento em vídeo. Em vez disso, a administração registraria a palestra e depois liberaria o vídeo para Tom se o evento não repercutisse mal na universidade.

Pouco depois que eu parti de Bucknell, Tom foi destituído de seu cargo de líder do corpo discente. Disseram que foi porque ele perdeu algumas reuniões, e talvez ele tenha. Mas todos no campus sabiam o verdadeiro motivo pelo qual as regras foram subitamente aplicadas de modo tão rígido. Os esquerdistas da justiça social estão administrando as universidades americanas modernas, e eles são mesquinhos demais.

Será que os administradores da Bucknell realmente acreditavam que eu era uma influência tão corruptora sobre as mentes jovens que eu não podia falar diretamente com os alunos? Eles acreditavam que eu era *realmente* perigoso? Não. Na melhor das hipóteses, foi outra restrição inútil, criada para fazer os conservadores do campus sofrerem. Na pior, foi censura absoluta.

Rutgers e Bucknell não foram atípicas. Na continuação de minha turnê, ficou claro que a loucura era a regra, e não a exceção, nas universidades americanas. Na Universidade de Pittsburgh, os manifestantes ficaram no meio da multidão, embora fossem menos rudes do que as garotas da Rutgers. Mesmo seus cartazes eram pacatos. Eles usaram pequenos sinais que saíram de impressoras comuns. Tive de pedir para que lessem em voz alta porque eu não conseguia vê-los. Sério, manifestantes de Pittsburgh, vocês foram uma decepção.

Na sequência, a diretoria da associação de estudantes realizou uma reunião para discutir minha apresentação no campus. O presidente da associação disse aos repórteres da faculdade que "ficou com lágrimas nos olhos" quando ouviu as histórias do alunos traumatizados. Outra integrante da diretoria afirmou que minhas palavras constituíram "violência real" e que os esquerdistas presentes no evento sentiram que estavam em "perigo físico literal".

"A liberdade de expressão não deve falar mais alto que a segurança", ela disse. Esses estudantes acreditam realmente que o discurso livre é uma forma de violência.

Em geral, a turnê foi tudo menos uma decepção. Os vídeos de minhas palestras, gravados com pouco dinheiro, atraíram milhões de visualizações no YouTube. Os artigos do *Breitbart* a respeito do caos e da histeria em meus eventos receberam dezenas de milhares de comentários e compartilhamentos. Eu expunha o lado feio e malvestido da política universitária americana, e o mundo ficou extasiado.

Quando cheguei a Pittsburgh, em fevereiro de 2016, minha turnê estava apenas começando, não tinha nem um mês, e havia me apresentado em menos de seis universidades, mas já estava claro que eu tinha mobilizado algo grande. Assim, depois de uma breve série de reuniões no escritório do *Breitbart* em Los Angeles e em Cannes, durante o festival de cinema, disseram-me para redobrar os esforços e ser mais afrontoso do que nunca.

Naquela altura, a notícia se espalhara para outras universidades de que havia uma bicha má à solta. Isso fez os manifestantes aumentarem a aposta. Na Universidade DePaul, em Chicago, fiquei paralisado de espanto quando Edward Ward, ativista do Black Lives Matter, pastor local e ex-aluno, invadiu o palco com um olhar furioso. Logo que apaziguei minha ereção, percebi que ele havia se apossado do microfone de meu estudante anfitrião e tinha basicamente assumido o controle do evento. Enquanto isso, uma cúmplice feminina, aos gritos, também tinha invadido o palco e começou a agitar os punhos cerrados a poucos centímetros do meu rosto.

POR QUE MINHAS TURNÊS UNIVERSITÁRIAS SÃO TÃO INCRÍVEIS

A polícia não fez nada. Mais tarde, descobri que ela se retirou por ordem dos administradores.[1] Acabei cancelando minha palestra e conduzindo meus partidários para uma marcha de protesto em defesa da liberdade de expressão. Apesar de rastejar para os manifestantes de esquerda que causaram confusão no evento, Dennis H. Holtschneider, reitor da universidade, apresentou sua renúncia apenas duas semanas depois por pressão dos estudantes e professores de esquerda que estavam furiosos por ele não ter me banido do campus completamente.[2] Embora a resposta da universidade fosse patética, ninguém ficou seriamente ferido e eu fiquei contente em ver que minhas palavras eram tão irritantes para a esquerda do campus. A fúria estava em construção.

Acho difícil entender como alguém pode me odiar. Mas tal era a raiva que eu encarava a cada evento que criei algumas teorias. E essas se reduzem a um simples fato: sou formidável.

Sozinho desconcertei os censores do campus. Nos anos que antecederam a minha chegada, eles tinham deitado e rolado, impedindo até colunistas conservadores bem-educados como George Will de falar em suas universidades.[3] No entanto, ali estava eu, um canalha loiro maravilhoso que contava piadas irritáveis e — horror dos horrores — dizia ocasionalmente que as celebridades eram repulsivas. Estava botando para quebrar livremente em seus estimados espaços seguros e não havia nada que eles pudessem fazer para me impedir. Eu tinha recursos, tinha o apoio do *Breitbart* — a organização de notícias mais corajosa dos Estados Unidos — e estava tirando proveito de algo que havia ajudado a criar: um novo movimento de agitadores jovens e politicamente dissidentes.

Da mesma forma que atraía ódio fanático, também atraía um fã clube fiel. Os gritos e berros dos manifestantes eram altos, sim, mas não tão altos quanto os cantos de "Milo! Milo!" e "USA! USA!" de plateias entusiásticas. Na Universidade da Califórnia, em Santa Bárbara, meus fãs até começaram a tradição de me carregar para o salão de palestras sobre um trono dourado. Parecia certo.

225

DANGEROUS

À medida que minha turnê universitária progredia, ficava claro que os conservadores, os progressistas, os liberais não totalitários e outros dissidentes políticos nas universidades estavam se tornando mais ousados e mais provocadores. A velha ordem do politicamente correto estava desmoronando ao nosso redor. Todos nós podíamos sentir isso. Era, afinal de contas, o glorioso verão da campanha presidencial de Donald Trump. Na Universidade de Michigan, alguns estudantes chorões chegaram a chamar a polícia após avistarem desenhos de giz a favor de Trump no campus.[4] Outros estudantes foram além com suas brincadeiras provocativas, até construindo "muros do Trump" falsos no campus.[5] Naquele verão, se George Will chegasse a uma universidade, os esquerdistas estariam muito ocupados protestando contra uma dúzia de outras afrontas.

Às vezes, as pessoas não entendem o quão malucas são as cidades universitárias. Então deixe eu contar para você a respeito de uma das coisas que os chorões universitários ficam mais chateados.

"Apropriação cultural" é o jargão que a esquerda emprega atualmente para atormentar as pessoas que acusa de desrespeitar outras culturas. As garotas brancas que usam *dreadlocks* ou brincos de argola, são um alvo particularmente popular, assim como as festas de Halloween, onde ponchos significam perigo e você pode ser escalpelado por usar um cocar. Vestir o traje, dançar as danças ou até escrever a partir da perspectiva de outra cultura é um ato grave de opressão neocolonial, nos dizem.

Porém, compare essa queixa de fantasia com a realidade da arte. A série *Final Fantasy* pega emprestado de George Lucas, que pega emprestado de Akira Kurosawa, que pega emprestado de Dostoiévski e Shakespeare. Sem apropriação, a cultura como conhecemos não existiria. A civilização se assemelharia a um álbum de Nickelback.

A apropriação cultural só se aplica a pessoas brancas vestindo ou curtindo coisas criadas por pessoas não brancas. Os negros podem vestir jeans, beber Guinness, comer espaguete e usar eletricidade sem

226

POR QUE MINHAS TURNÊS UNIVERSITÁRIAS SÃO TÃO INCRÍVEIS

se preocupar com as ramificações culturais de suas ações. Por que, se eu não soubesse, poderia concluir que a apropriação cultural era apenas uma desculpa para retratar os homens brancos como vilões eternos da história.

Um exemplo particularmente cômico de pânico relativo à apropriação cultural ocorreu em julho de 2015, quando o Museu de Belas Artes de Boston anunciou a exposição "Kimono Wednesdays", em que os visitantes eram incentivados a posar de quimonos ao lado da pintura *La Japonaise*, de Claude Monet, que retrata a mulher do artista em um traje semelhante. Os esquerdistas locais acharam afrontosa a perspectiva de pessoas brancas se vestirem com trajes orientais e prontamente ocuparam o prédio do museu como protesto.

Porém, de modo hilariante, os manifestantes, em sua maioria brancos em idade universitária, logo se viram acompanhados de contra-manifestantes que, em contraste, eram realmente japoneses. De acordo com o *The Boston Globe*, os contra-manifestantes portavam cartazes dando boas-vindas aos outros por compartilharem a cultura japonesa. Entre os contra-manifestantes, estava Etsuko Yashiro, uma imigrante japonesa de 53 anos que ajuda a organizar o Festival do Japão em Boston. Yashiro declarou ao *The Globe* que "estava decepcionada com o outro lado" e, segundo informações, atribuiu a culpa pelo incidente à juventude dos manifestantes. Outros residentes japoneses locais ficaram igualmente perplexos. Jiro Usui, vice-cônsul geral do Japão em Boston, disse ao *The Globe*: "Na realidade, não entendemos bem qual é a razão do protesto".[6] Então somos dois, Jiro.

Poucas coisas denunciam tanto a estupidez míope, sombria e anti-humana da esquerda quanto a apropriação cultural. Praticamente todo livro, filme, peça teatral, videogame e obra de arte é o resultado de uma longa história de apropriação cultural.

É como a arte funciona. No entanto, para a esquerda universitária, é apenas outra forma de racismo.

227

Um dos motivos pelos quais os universitários ficam tão contrariados com tudo é a baixa qualidade de ensino que recebem. Em geral, as pessoas instruídas não se chocam. A razão pela qual os estudantes progressistas — e a maior parte da mídia — ficam tão irritados comigo, é que *eles não sabem de nada*. Não têm *hinterland* intelectual e nenhuma curiosidade a respeito do mundo ao seu redor ou a respeito de algo que tenha precedido suas vidas. Séculos de história, cultura e sabedoria são desprezados como produtos de "homens brancos mortos".

Na realidade, as pessoas supostamente mais inteligentes dos Estados Unidos estão entre as mais hilariantemente estúpidas e pobremente educadas.

ASCENSÃO DA BICHA MÁ

Como a maioria dos covardes loucos por poder, os esquerdistas fizeram tentativas desesperadas de reafirmar o controle sobre os grupos que me convidavam para suas universidades. Sua principal esperança era que as administrações universitárias, que muitas vezes estavam cheias de esquerdistas, me impedissem de aparecer.

Na Universidade da Califórnia em Irvine, os administradores permitiram que nosso evento acontecesse. Eu, um gay que adora homens negros, usava traje de fetiche policial enquanto repreendia o Black Lives Matter por não dar a mínima para as vidas dos negros. Na cultura pop, ninguém mais está fazendo declarações subversivas como essa.

Depois que saí da universidade, o grupo College Republicans recebeu um ano de suspensão pela ousadia de me convidar novamente. A justificativa para a suspensão foi que o grupo não apresentou um certificado de seguro referente à segurança contratada para o meu evento inicial. Embora os administradores da universidade tenham divulgado a suspensão apenas uma hora depois de uma reunião com Ariana Rowlands, presidente do College Republican, durante a qual

POR QUE MINHAS TURNÊS UNIVERSITÁRIAS SÃO TÃO INCRÍVEIS

ela revelara sua intenção de me convidar pela segunda vez, a desculpa era suspeita desde o início.

Após uma grande cobertura no *Breitbart* e na mídia conservadora, e uma demonstração de força incrível por Rowlands, que se recusou a ceder à administração, a Universidade da Califórnia, em Irvine, acabou envolvida em uma reviravolta humilhante, cancelando a suspensão do College Republicans e permitindo o meu retorno.

Conforme minha turnê ganhava fôlego, as táticas usadas pelos amedrontados administradores para impedir minha presença tornaram-se mais dissimuladas e escorregadias. Na Universidade do Alabama, os administradores decidiram impor aos meus estudantes anfitriões uma taxa de segurança de 7 mil dólares no último minuto. Novamente, após uma cobertura negativa da mídia conservadora e alguma advocacia dura e severa, a universidade disse que o College Republicans não arcaria com nenhuma despesa de segurança e que tinha "tentado o tempo todo" ajudar a organização estudantil a promover um evento de sucesso.

Outras universidades tentaram métodos similarmente escorregadios. A Universidade de Miami cancelou as "preocupações de segurança", que misteriosamente surgiram poucos dias antes da realização agendada de meu evento. Insensatamente, a Universidade de Maryland decidiu imitar a Universidade do Alabama, impondo aos estudantes organizadores uma taxa de segurança de 6,5 mil dólares alguns dias antes de meu evento. O desafio não durou. Estou chegando e eles sabem disso. Vamos realizar um evento na Universidade de Maryland, faça sol ou faça chuva, porque ela é uma instituição pública e está proibida por lei de negar aos seus alunos o direito de ouvir opiniões divergentes. Os estudantes anfitriões, bastante corajosos para me convidar e ganhar a inimizade de suas administrações, merecem muitos elogios.

Apesar dos solavancos no caminho, no outono de 2016, dei-me conta de que estávamos fazendo a diferença. É um movimento, vai retomar as cidades universitárias americanas e isso já é muito divertido.

O ÔNIBUS DA BICHA VAI CHEGAR

Imagine um ônibus de turnê. Como aqueles das bandas de rock e dos rappers. Uma fera de aço bela e reluzente, revestida de preto. Só que a foto na lateral não é de um cantor ou de um supermodelo. É uma imagem enorme do meu rosto, olhando diretamente para você, ao lado do texto em negrito que diz *Dangerous Faggot*. Acho que a palavra *Faggot* nunca fora impressa tão grande anteriormente.

No momento em que a segunda etapa de minha turnê começou, em setembro de 2016, eu era uma estrela. Então, claro, tinha meu próprio ônibus. Decidi chamá-lo de "Anita", porque sabia que o ônibus acabaria mais famoso do que Anita Sarkeesian, antagonista do Gamer-Gate. *Eu tinha razão.*

Costumava achar que eu era tão gostoso que nada poderia facilitar ainda mais a escolha de meus namorados. Acontece que eu estava enganado. Ter um ônibus de turnê com seu rosto estampado na lateral ajuda tremendamente. Assim, vazei para a imprensa exigências de turnê que incluiam duas dúzias de rosas brancas sem espinhos, cinquenta pombas, quatro modelos *Abercrombie & Fitch* de topless, uma máquina de fazer raspadinha e loção para as mãos com óleo de cavalo.[7]

Anita, o Ônibus da Bicha, era logo reconhecido em dezenas de universidades, até que acabou aposentado depois de ser vandalizado por anarquistas californianos.

Após meus primeiros sucessos em provocar os chorões universitários americanos, os convites jorraram. Assim, realizamos uma turnê com 38 datas em todo o país. Começamos no Texas, passamos pelo litoral da Louisiana, chegamos à Flórida e depois seguimos pela Geórgia, Alabama e as Carolinas, deixando um rastro de esquerdistas e conservadores universitários furiosos e exultantes pelo caminho.

Dessa vez, fizemos tudo de modo correto. Eu tinha uma equipe de filmagem completa, um diretor de criação, um redator de discursos, um *personal trainer e* um mexicano baixinho que carregava minhas malas e cuidava de meu vasto guarda-roupa. Estávamos preparados para qualquer coisa.

Inicialmente, os protestos foram surpreendentemente decepcionantes. Entretanto, estávamos viajando pelo sul dos Estados Unidos, que é a região de Milo. No Texas, muitas vezes, fomos parados por motociclistas corpulentos protegidos por óculos estilo aviador ou motoristas de picapes usando chapéu de caubói em busca de autógrafos, mesmo quando eu saía do ônibus em uma parada de caminhões usando um robe de seda ou um vestido. Exatamente o tipo de gente que os democratas chamam de intolerantes e homofóbicos estava parando o ônibus da bicha para conseguir seu autógrafo.

Ao contrário do estereótipo progressista de caipiras fanáticos e atrasados, meu público tem a cabeça muito mais aberta do que um morador de espaço seguro esquerdista. Quando lotei o auditório da Universidade Estadual da Louisiana e tentei trolar meu público aparecendo como Ivana Wall, meu *alter ego* drag queen, fui aplaudido de pé.

A onda de atenção que o incidente na Rutgers trouxe para minha turnê forçou os organizadores a realizar minhas palestras em lugares maiores. Na Universidade Bucknell, o espaço de 400 lugares lotou em apenas 15 minutos e muitos outros estudantes foram mandados embora na porta. Na Universidade Estadual da Louisiana, vendemos todos os 1,2 mil assentos em apenas 48 horas. Em todos os lugares que vou, há filas dando volta no quarteirão.

Será que esses estudantes se sentem simplesmente seduzidos pela controvérsia e pelo mistério que cercam a mim e às minhas palestra ou eu realmente dei o pontapé inicial em uma revolta em grande escala composta de jovens privados de direitos que estão fartos do politicamente correto, dos alertas de gatilho e da justiça social?

Essa etapa da turnê ofereceu momentos mágicos além da conta. Na primeira nova parada, em Houston, no Texas, um primeiro sargento do exército me presenteou com sua placa de identificação. Foi o mais perto que já cheguei de derramar uma lágrima. O soldado de

DANGEROUS

Fort Sam Houston me disse: "Você dá uma voz para nós que temos de ficar em silêncio, que temos de lidar com a merda do politicamente correto enfiada goela abaixo". *Ele podia estar se referindo ao meu relatório politicamente incorreto a respeito do horror das mulheres em combate.*[8]

No final da turnê, dei o melhor de mim na atitude teatral. Submeti-me a um trote universitário ao vivo no palco da Dartmouth College.

Às vezes, e até devo admitir isso, os membros da plateia roubavam o show. Na Universidade do Sul da Flórida, uma garota chamada Sarah Torrent, que fugiu de um casamento muçulmano em seu país natal, pediu para que esquerdistas e feministas a encontrassem do lado de fora "para um chute no traseiro" se ainda insistissem em trazer os perseguidores dela para o Ocidente.[9]

Na Universidade de Clemson, na Carolina do Sul, onde a instituição baniu referências ao falecido gorila Harambe e ao meme da internet Pepe, o Sapo, por preocupações com racismo (sério), descobrimos um novo James O'Keefe.* Caleb Ecarma, estudante conservador, passou meses se infiltrando em um grupo anti-Milo no campus antes de minha visita, mapeando suas ligações com membros do corpo docente e monitorando suas tentativas de impedir a minha visita. Fiquei impressionado com a paixão e a devoção que minha turnê estava inspirando.

À medida que o Anita, o Ônibus da Bicha, avançava em direção à costa leste, começamos a nos deparar com mais protestos. Na Universidade de Virgínia Ocidental, "antifascistas" — como eles se autodenominam, mas parecem bastante propensos à violência política — usando toucas ninja apareceram carregando cartazes. Um deles dizia "Milo Sucks".** Dado que a afirmação era perfeitamente verdadeira, decidi que devia possuir o cartaz, e um fã prestativo foi capaz

* Aos 33 anos, O'Keefe é um ativista político conservador americano. (N. T.)
** No caso, os manifestantes queriam dizer que Milo não prestava. Mas a palavra "suck" também pode significar chupar. (N. T.)

de consegui-lo para mim durante a briga entre manifestantes, participantes e os seguranças da universidade no corredor.

Durante uma parada de inverno particularmente gélida na Universidade Estadual de Michigan, membros da minha equipe e eu achamos que seria divertido envergar nossas próprias toucas ninja e nos juntarmos aos manifestantes. Foi uma operação ousada, que se tornou mais empolgante pelos erros ortográficos propositais nas palavras que colocamos nos cartazes. Alguém notaria? Nosso disfarce seria descoberto? Felizmente, nossa tática funcionou; os cartazes estavam tão mal escritos que os manifestantes devem ter suposto que estávamos ao nível da inteligência deles.

BERKELEY EM CHAMAS

Os protestos na costa leste foram tumultuados, mas nada comparado ao que estava por vir nas universidades da costa oeste. Depois de suas choramingações nas cidades universitárias, os esquerdistas passaram a ter chiliques. Chiliques extremamente destrutivos.

Em janeiro de 2017, os primeiros sinais de problemas se manifestaram na Universidade da Califórnia em Davis, onde eu deveria participar de um debate com Martin Shkreli, empresário e fã do Wu-Tang Clan, grupo de hip hop. O debate nunca aconteceu. Cerca de 30 minutos antes do início do evento, os manifestantes invadiram o local, derrubando barricadas e as jogando contra os policiais do campus. Rapidamente se espalharam notícias de manifestantes empunhando martelos e quebrando janelas para conseguir acesso ao local. Enquanto isso, do lado de fora do local, um repórter da ABC10 foi atacado com café quente e Matt Perdie, meu operador de câmera, foi empurrado e insultado.[10] Foi o pandemônio.

Alguns minutos depois da derrubada das barricadas, os funcionários do campus ligaram para minha equipe e para o pessoal do College

Republicans, exortando-os a cancelar o evento. Posteriormente, o grupo republicano disse que foi intimidado pela administração da universidade, que disse que os membros seriam "pessoalmente responsabilizados por danos à propriedade, por lesões em pessoas e até por morte".[11]

Estava determinado a não deixar que a reação covarde da Universidade da Califórnia, em Davis, a intimidação aos College Republicans e a selvageria dos manifestantes de esquerda resultassem em uma vitória da censura. Assim, na manhã seguinte, liderei uma marcha de protesto pelo campus em defesa da liberdade de expressão. Os manifestantes retornaram, mas não ousaram atacar ninguém em plena luz do dia. Até tirei alguns selfies com eles. Tudo estava como deveria estar; a violência e a intimidação não triunfaram.

Porém, o tumulto foi apenas um aviso, um sinal da violência e da destruição muito maiores que estavam por vir. A extrema esquerda reagiu a vitória de Donald Trump com pânico e fúria, fazendo analogias perigosas com o fascismo da década de 1930, com a Alemanha nazista e com algo que eles chamavam de "A Resistência".[12] Diversas organizações militantes surgiram, com nomes ameaçadores como "Disrupt J20" (20 de janeiro era a data de posse de Trump) e "By Any Means Necessary" (BAMN).[13] James O'Keefe, lendário jornalista conservador especializado em infiltração e exposição, registrou ativistas em vídeo ameaçando "combater a polícia" e queimar casas alguns dias antes da posse.[14]

O dia da posse teve manifestantes em Washington tacando fogo em latas de lixo, travando batalhas com a política e queimando uma limusine, ironicamente, pertencente a um serviço de motoristas de propriedade de um imigrante muçulmano. Em outra parte da cidade, o líder nacionalista branco Richard Spencer levou um soco na cara enquanto dava uma entrevista, para a alegria dos comentaristas de esquerda, que rapidamente começaram a transformar "dê um soco em um nazista" em um meme. "Esmurre nazistas", escreveu um colunista do *Observer*, que afirmou que a "natureza violenta" da supremacia branca tornava o soco um ato de autodefesa.[15] Na realidade, Spencer

POR QUE MINHAS TURNÊS UNIVERSITÁRIAS SÃO TÃO INCRÍVEIS

rejeitava a violência política na própria entrevista em que foi esmurrado, prova que os jornalistas liberais estão um degrau abaixo, mesmo em relação a nacionalistas brancos como Spencer.

A *Newsweek* relatou que diversos liberais, depois de assistirem ao vídeo do soco, redescobriram "a alegria de viver".[16] O *The Independent* editou um vídeo de nazistas recebendo socos na cara, com o soco de Spencer apresentado ao lado de clipes de *Indiana Jones* e *Bastardos Inglórios*.

Esmurrar nazistas parece quase razoável — apenas quase — até que você se lembre de que a esquerda considera qualquer um à direita de Jane Fonda como racista, neonazista ou alguma combinação dos três. Se isso parece um exagero, lembre-se do que induziu a violência esquerdista: a eleição e a posse de Donald Trump. Mas este Trump foi o social-liberal de Nova York, que criticou o senador Ted Cruz que era contrário a ele por se opor que transexuais como Caitlyn Jenner usassem banheiros femininos. Eu também enfrento a mesma alegação ridícula de que sou um supremacista branco. Se isso é o que se considera como nazista em 2017, *todos* nós vamos ser esmurrados; aparentemente, o ato de ler esse livro é o suficiente para estigmatizá-lo como nazista.

A extrema violência política da esquerda ficava cada vez mais evidente à medida que eu percorria para cima e para baixo na costa oeste, onde os acessos de fúria e os ataques físicos se agravavam. Quando cheguei à Universidade de Washington, em Seattle, no dia da posse de Trump, fui saudado com uma faixa que exortava os espectadores a "esfaquear Milo". Alguns funcionários da universidade a recolheram, mas era um presságio da violência que ocorreria mais tarde naquela noite. Afinal de contas, eu estava na cidade que sediou a "Batalha de Seattle", um surto de violência esquerdista em 1999, em que 40 mil manifestantes e mais de 200 *black blocs* — anarquistas de esquerda com máscaras negras, conhecidos por seu amor pela violência política — provocaram grande danos. *Ironicamente, os desordeiros de 1999 estavam ali para protestar contra a globalização, a mesma ideologia que Donald Trump está combatendo ativamente em Washington.*

O ensaio para minha apresentação em Seattle mal tinha começado quando uma enorme massa de manifestantes chegou ao campus, jogando baldes de tinta e queimando coisas na frente das fileiras da tropa de choque policial. Os helicópteros da polícia pairando no céu — pela primeira vez para mim — atestavam a seriedade da situação. Do lado de fora do local da apresentação, meu operador de câmera foi agredido outra vez, levando um soco no rosto e tendo seu equipamento quebrado.[17]

Algum tempo depois, ouvimos um relato ainda mais sinistro vindo do lado de fora do local da apresentação. Alguém tinha sido baleado. Eu estava no meio de minha palestra e decidi continuar, recusando-me a cancelá-la por causa da violência. Depois da apresentação, a polícia evacuou a plateia através de um estacionamento subterrâneo, pedindo para as pessoas tirarem seus bonés *Make America Great Again*. Naquela altura, os manifestantes anti-Milo tinham se juntado aos manifestantes contrários à posse e a multidão cresceu para mais de mil pessoas. Enquanto o homem gravemente ferido era levado às pressas para o hospital, surgiram relatos que a política havia confiscado bastões de madeira, canos pesados e outras armas dos black blocs.[18]

As circunstâncias exatas dos tiros eram, e continuam, obscuras, mas ficou claro que as coisas estavam ficando fora de controle. Continuei a pregar a necessidade de mais discursos como a única resposta apropriada ao desacordo ideológico.

A última parada da turnê foi na Universidade da Califórnia em Berkeley, talvez a instituição de ensino superior de esquerda mais famosa dos Estados Unidos. Na década de 1960, Berkeley foi sede do Free Speech Movement (Movimento pela Liberdade de Expressão), de Mario Savio, que lutou contra as restrições da administração às atividades políticas no campus. Savio era um fervoroso esquerdista, mas atuou em uma época em que a esquerda lutava contra a censura e não a favor dela.

Tímido gago crônico, Savio entendeu a importância dos discursos. Não foi por acaso que ele criou um movimento que enfatizou o valor da liberdade de expressão como inerente à dignidade humana.

POR QUE MINHAS TURNÊS UNIVERSITÁRIAS SÃO TÃO INCRÍVEIS

Escrevi anteriormente neste livro que o conservadorismo é a nova contracultura. A inversão de crenças que ocorreu nas universidades americanas prova meu ponto de vista. Mais uma vez, Berkeley seria o local dos protestos pela liberdade de expressão, só que, dessa vez, eram os *manifestantes* que pediam a censura.

Como na Universidade da Califórnia em Davis, os manifestantes apareceram cerca de 30 minutos antes de minha palestra. Como na Universidade de Washington, estavam bem organizados, obviamente financiados pelo setor privado, armados, cobertos com toucas ninjas e decididos a provocar o caos. Derrubaram as barricadas e as usaram como aríetes para quebrar janelas do Grêmio Estudantil Martin Luther King, revelando desprezo e desrespeito irônicos pelos ensinamentos reverenciados por King a respeito de desobediência civil.

Não foram surtos esporádicos e desorganizados de violência. Os manifestantes mascarados chegaram em um único grupo e atacaram, invadindo o prédio antes de voltarem e se misturarem na multidão de manifestantes "pacíficos", que os esconderam com muita alegria. Os participantes do evento pegos do lado de fora foram tratados sem dó nem piedade: um homem apareceu para a câmera com o rosto ensanguentado. Uma garota usando um boné com a inscrição "Make Bitcoin Great Again" foi vítima de um spray de pimenta no meio de sua entrevista para um canal de notícias local. Mais tarde, à noite, imagens de vídeo surgiram mostrando um homem caído inconsciente no chão, cercado por manifestantes.

Os desordeiros — vamos dispensar o uso da palavra manifestantes — não ficaram satisfeitos com o cancelamento de meu evento. Depois que a notícia se espalhou de que minha apresentação não iria acontecer, os marginais se dirigiram para a cidade de Berkeley, onde começaram a vandalizar empresas, incluindo quatro bancos locais e uma loja Starbucks (ironia nível mil). Segundo as estimativas, o tamanho final da multidão foi de 1,5 mil pessoas e os danos totais foram de 100 mil dólares no campus e 500 mil dólares na cidade.[19]

A resposta dos policiais da cidade e do campus foi previsível de maneira deprimente. A polícia não moveu uma palha para interromper o tumulto. Nem mesmo formaram uma barreira com escudos como fizeram na Universidade de Washington. John Bakhit, advogado do sindicato que representa a força policial do sistema da Universidade da Califórnia, queixou-se posteriormente que as policiais "não tiveram permissão para fazer seu trabalho".[20]

"A atitude da Universidade da Califórnia em Berkeley se resume a isso", o *The San Francisco Chronicle* escreveu. "Preferimos lidar com janelas quebradas do que com cabeças quebradas".[21] O artigo lembrou a ação judicial que resultou do protesto do movimento Occupy na Universidade da Califórnia, em Davis, em 2011, em que a universidade teve de pagar 1 milhão de dólares em indenização legal após um policial da universidade lançar jatos de spray de pimenta em um manifestante pacífico. Os incêndios e as janelas quebradas, em contraste, custaram cerca de 100 mil dólares para a Universidade da Califórnia em Berkeley. Não é difícil fazer as contas, embora ainda não esteja claro quem emitiu a ordem para a polícia não agir.

Jesse Arreguin, prefeito da cidade de Berkeley, também não foi convincente em sua resposta. Arreguin começou a noite me condenando, tuitando a seguinte mensagem: "Fazer uso das palavras para silenciar comunidades marginalizadas e fomentar a intolerância é inaceitável", e que "o discurso do ódio não é bem-vindo em nossa comunidade". A ideia de que discursos podem "silenciar" os outros é uma ideia progressista insidiosa usada para justificar a censura.

Quando a violência irrompeu, Arreguin voltou ao Twitter para proclamar sem entusiasmo: "A violência e a destruição não são a resposta".[22] Na manhã seguinte, ele publicou uma declaração condenando a violência, mas também me condenando como nacionalista branco. Meus advogados o forçaram a se retratar e pedir desculpas.[23] Acontece que Arreguin é amigo de Facebook de Yvette Felarca, a professora asiática baixinha e maravilhosa que é o rosto do movimento de resistência BAMN — By Any Means Necessary.

POR QUE MINHAS TURNÊS UNIVERSITÁRIAS SÃO TÃO INCRÍVEIS

As tentativas esquerdistas de me calar deram errado. O próprio presidente Trump interveio, tuitando que, se a Universidade da Califórnia em Berkeley não era capaz de defender a liberdade de expressão, ele podia considerar a retirada do financiamento federal. Fui convidado para participar dos programas *The Today Show* e *Tucker Carlson Tonight* — claro que escolhi Tucker —, e meu perfil nas redes sociais decolou. De novo, a esquerda tentou me derrubar e, de novo, me tornaram mais poderoso — e mais fabuloso — do que poderiam imaginar.

Mas isso não significa que devemos celebrar a reviravolta sombria sofrida pela esquerda. Sob a bandeira do "antifascismo", a esquerda está trazendo a tática real dos fascistas — a violência política armada — para as ruas dos Estados Unidos. Alguns simpatizantes da esquerda perceberam como isso prejudica sua causa, que é o motivo pelo qual Robert Reich, ex-secretário do Trabalho do governo Clinton e atual professor de Berkeley, promoveu a ridícula teoria de que os tumultos eram parte de uma trama de Steve Bannon, do *Breitbart* e minha para desacreditar a esquerda. Com Yvette Felarca, do BAMN, gabando-se para a mídia a respeito do "sucesso estonteante" do tumulto em me calar,[24] esse foi um argumento difícil se ser mantido, e mesmo o *The Washington Post*, desprezou a teoria.[25]

Já era ruim demais quando a esquerda radical fazia palhaçadas correndo para espaços seguros e sessões de terapia sempre que um palestrante conservador chegava ao campus. Agora chocava os Estados Unidos de outra maneira, levando a brutalidade política armada para as ruas do país em resposta à respeitável opinião conservadora e liberal tradicional.

Minha visita a Berkeley enviou um sinal claro para os conservadores, liberais e outros defensores da liberdade de expressão: foi nessa cidade universitária da Califórnia que o desprezo raivoso e violento pela liberdade de pensamento e expressão foi exposto. No momento de escrita deste livro, estou planejando um encontro com duração de uma semana em Berkeley. Eu, Ann Coulter e outros heróis da direita estarão presentes, defendendo a liberdade de expressão. Também vou entregar o primeiro prêmio Mario Savio, em homenagem ao famoso defensor da liberdade de expressão de Berkeley.

Para a liberdade de expressão ter algum significado verdadeiro, ela deve ser praticada onde é mais desprezada. Algum dia, talvez, a esquerda se dará conta de que a única maneira de recuperar a credibilidade é propor um debate sereno e equilibrado com seus adversários. Porém, se Berkeley, Seattle e a Universidade da Califórnia, em Davis, são algum guia, esse dia ainda está a algumas gerações de distância.

GUERREIROS FELIZES

Apesar dos problemas, minha turnê universitária foi mais do que apenas balbúrdia. Havia método em minha loucura. Por muito tempo, as universidades americanas foram a reserva de esquerdistas, que direcionam financiamentos para cursos de estudos de gênero excêntricos e radicalizam os estudantes contra a tolerância política, abertura a ideias antagônicas e, em última análise, contra a própria razão. Por muito tempo, eles não foram desafiados.

Então, como lutamos contra o sistema educacional americano que fornece livros para colorir, biscoitos quentes e cachorros de apoio emocional para estudantes que não conseguem lidar com o tipo de feminismo elegante e amigável de Christina Hoff Sommers?

Três coisas separam meu tipo de conservadorismo dos desgastados "conservadores de terno e gravata" que os universitários americanos estão tão familiarizados: humor, malícia e *sex appeal*. Em geral, os conservadores não se divertem. Quando penso em um conservador americano, penso em chatos enfadonhos como Ted Cruz, que, embora brilhante, me dá sono. Injetei essas três coisas na política de direita e, assim, durante minha turnê, desenvolvi uma coalizão nova e crescente de jovens conservadores e liberais.

POR QUE MINHAS TURNÊS UNIVERSITÁRIAS SÃO TÃO INCRÍVEIS

A turnê *Dangerous Faggot* deu grandes passos na batalha que está sendo travada nas universidades americanas. Apesar dos reveses e das punições impostas por administradores regressivos, tivemos diversas vitórias importantes. Após minha visita à Rutgers, Robert Bachi, reitor da universidade, divulgou uma declaração em que reafirmava o compromisso da instituição com a liberdade de expressão e acadêmica:

> Tanto a liberdade acadêmica como os direitos da Primeira Emenda estão no cerne do que fazemos. Nossa política universitária sobre fazer uso das palavras é clara. Todos os membros de nossa comunidade desfrutam dos direitos da liberdade de expressão garantidos pela Primeira Emenda. Os membros do corpo docente, enquanto cidadãos privados, desfrutam das mesmas liberdades de fala e expressão que qualquer cidadão privado e estão isentos da disciplina institucional no exercício desses direitos. Além disso, também desfrutam da liberdade acadêmica de expressão quando atuam em seus papéis como membros do corpo docente... Embora eu não defenda o conteúdo de todas as opiniões expressas por todos os membros de nossa comunidade acadêmica ou dos palestrantes que convidamos para o nosso campus, defenderei seu direito de falar livremente. Essa liberdade é fundamental para a nossa universidade, a nossa sociedade e o nosso país.[26]

Na Universidade Emory, em Atlanta, na Geórgia, os estudantes protestaram e se reuniram do lado de fora do gabinete do reitor depois que as calçadas foram pichadas com giz com opiniões a favor de Trump. Os *snowflakes* especiais da Emory disseram aos repórteres que se sentiam ameaçados pelos estudantes pró-Trump e que o campus não era mais um espaço seguro para eles.

Soube imediatamente que tinha de viajar para lá. Quando finalmente cheguei a Emory, os estudantes preocupados com meu aparecimento iminente estavam ansiosos. Embora dedicassem algum tempo

DANGEROUS

na preparação de cartazes e cantos, seus esforços de protesto foram amplamente ignorados. O comparecimento ao evento foi tão grande que os estudantes lotaram até o saguão do auditório, escutando a apresentação e esperando ter a chance de dar uma espiada. No final de minha palestra, levei os estudantes para um pátio central e os encorajei a se expressarem.

Cercado por eles, peguei um pedaço de giz e escrevi "Bicha Má no meio do pátio. Depois que terminei, peguei o balde de giz e passei para os estudantes presentes. Eles escreveram de tudo, desde "Foda--se, Milo" até "Construa o Muro". Foi um exemplo glorioso do que uma universidade americana deveria ser.

Pouco depois de minha visita, James W. Wagner, reitor da Emory, pegou um pedaço de giz, dirigiu-se para o lugar ao lado de onde eu tinha escrito minha mensagem e escreveu em letras garrafais: "Emory apoia a liberdade de expressão".

Acontece que Wagner cursou a Emory na graduação. "Sempre houve discussões ótimas, amigáveis e desafiadoras, que realmente ensinavam a pensar criticamente", Wagner afirmou, notando que essas discussões ajudavam a aprimorar suas opiniões políticas e a prepará-lo para sua carreira como advogado. "Levei isso comigo para a faculdade de direito, onde fui ainda mais desafiado em meus pontos de vista. É muito importante entender o lado contrário e seus argumentos, de onde estão vindo, e formar suas próprias opiniões. É formativo. Além disso, em minha opinião, é absolutamente necessário ao nível universitário."

Então, aí está. Com alguns pedaços de giz, o que começou como uma brincadeira despreocupada para provocar os esquerdistas no campus, se transformou gradualmente em um símbolo de liberdade de expressão política. Começamos nos divertindo e acabamos conquistando uma importante vitória ideológica. Essa é a beleza de ser um guerreiro feliz: você alcança vitórias sem sequer perceber que estava lutando.

POR QUE MINHAS TURNÊS UNIVERSITÁRIAS SÃO TÃO INCRÍVEIS

TODOS OS CAMINHOS LEVAM A CHICAGO

Em setembro de 2015, em uma escola do ensino médio em Des Moines, em Iowa, um homem prestes a ficar desempregado discursou para uma sala repleta de estudantes.

"Não concordo que você, ao se tornar estudante do curso superior, tenha de ser protegido de pontos de vista diferentes", ele disse. "Qualquer pessoa que venha lhe falar algo que você discorde, discuta com ela. Mas não a silencie dizendo: 'Você não pode vir porque sou muito sensível para ouvir o que tem a dizer'. Não é assim que aprendemos."

O homem em questão era Barack Obama, então ainda presidente dos Estados Unidos.

Significa muito que mesmo Obama, bem à esquerda e muito mais favorável à política de identidade do que muitos democratas moderados, achar que há um problema nas universidades americanas. Mas ele não está sozinho. Diversas vozes que agora se juntam aos conservadores em sua crítica aos estudantes mimados são liberais moderados: Jonathan Chait, Judith Shulevitz e Jonathan Haidt, para mencionar alguns.[27]

Em maio de 2016, Nicholas Kristof, colunista do *New York Times*, que certa vez publicou um artigo intitulado "Quando os brancos simplesmente não entendem" e, mais recentemente, "Trump embaraça a si mesmo e ao nosso país", admitiu que a intolerância progressista tinha ido longe demais nas universidades.

> Nós, progressistas, acreditamos na diversidade e queremos mulheres, negros, latinos, gays e muçulmanos à mesa, desde que não sejam conservadores.
>
> As universidades são a base dos valores progressistas, mas o tipo de diversidade que as universidades desconsideram é ideológica e religiosa. Nós nos damos bem com pessoas que não se parecem conosco, desde que pensem como nós.[28]

243

Embora moderasse sua abertura dizendo que poderia ser um "pouco duro", Kristof prosseguiu e concluiu que:

> As universidades deveriam ser um burburinho de toda gama de perspectivas políticas de A a Z, e não apenas de V a Z. Então, talvez nós, progressistas, pudéssemos parar um pouco de atacar o outro lado e incorporar mais amplamente valores que supostamente prezamos — como a diversidade — em nossos próprios domínios.

Se Nicholas Kristof e Donald Trump, que chamou os estudantes manifestantes da Universidade do Missouri de "bebês" e criticou a "liderança fraca e ineficaz" da instituição por ceder às suas demandas, concordam que há um problema com os esquerdistas fora de controle das universidades, então realmente temos um amplo consenso. A pergunta é: e agora?

Pressionar as universidades para seguir o exemplo da Universidade de Chicago, seria um bom começo. Chicago informou diretamente aos estudantes que ingressaram em 2016 para não esperarem nenhum alerta de gatilho nem espaço seguro em sua instituição educacional.

"Promover a livre troca de ideias reforça uma prioridade referente à universidade: construir um campus que acolhe pessoas de todas as origens", escreveu Jay Ellison, reitor de estudantes, em uma carta aos calouros. "A diversidade de opiniões e o *background* são a força fundamental de nossa comunidade, e os membros devem ter a liberdade de adotar e investigar uma grande variedade de ideias." A Universidade de Chicago está se distinguindo como lar da liberdade de expressão, com professores como a medievalista Rachel Fulton Brown, que escreve o popular blog *Fencing Bear*.

Quando as universidades começam a levar a diversidade intelectual e política tão a sério quanto levam as formas superficiais de diversidade, então não haverá mais a necessidade de Milo. Até lá, procure pela Bicha Má em um campus perto de você. Nos Estados Unidos e em outros países, continuarei a lutar por minha visão a respeito da vida nas universidades: uma constante simulação intelectual e política, onde ideias perigosas são bem-vindas e não evitadas. Onde violar algum grande tabu levará a um debate vigoroso, e não a uma ida ao escritório de uma orwelliana "Força-tarefa de investigação de vieses". Lutarei pelo som das risadas em corredores e quadras.

As universidades devem ter consciência de que há um preço a pagar por reprimir a liberdade de expressão e ceder aos ativistas radicais e abomináveis da esquerda regressiva. Se você deixar as coisas ficarem tão ruins quanto em Berkeley, poderá ver seu campus incendiado, ser denunciado pelo presidente e ter de cooperar com uma investigação do FBI. Você talvez veja um projeto de lei MILO dar as caras em seu legislativo estadual.

Em alguns casos, o governo sequer precisa se envolver. Basta considerar a Universidade do Missouri, que se tornou o exemplo típico do radicalismo de esquerda em 2015, depois que os ativistas forçaram a renúncia do reitor e exigiram que a administração submetesse todos os alunos, de todos os departamentos, a um "programa de conscientização e inclusão racial", criado e supervisionado por um conselho composto de "alunos, funcionários e corpo docente de cor".[29] Na esteira dos protestos e da decisão de ceder a eles, a Missouri sofreu um grande déficit de matrículas e doações de ex-alunos. A falta de matrículas obrigou a universidade a fechar dois conjuntos residenciais estudantis, ironicamente chamados de "Respeito" e "Excelência".[30] A lição? Enfrente os assediadores políticos ou perca o Respeito e a Excelência.

Já existem sinais de que a Universidade da Califórnia em Berkeley pode ser afetada pela doença da Universidade do Missouri. Logo após os tumultos no campus e a resposta lastimável da polícia universitária, Scott Adams, criador da história em quadrinhos *Dilbert*, ele mesmo, ex-aluno de Berkeley, comunicou que não faria mais doações para a universidade.[31] Aqui está outra lição que as universidades precisam aprender: se você perder a cabeça, também perderá seu dinheiro.

Durante minha turnê universitária, aprendi que nem todos os alunos da geração millennial são *snowflakes* mimados e protegidos. Há milhares e milhares de estudantes em todo o país prontos para lutar contra o ambiente intelectualmente sufocante que os rodeia. Estudantes que não estão mais dispostos a ficar sentados e ser intimidados por administradores, membros do corpo docente e ativistas de esquerda que querem calar suas opiniões.

Não podemos assumir que toda a geração millennial seja composta de mimados. Lembre-se de que alguns dos maiores inimigos da esquerda da justiça social são millennials. Basta considerar Lauren Southern: ela ainda era uma universitária quando, quase sozinha, destruiu o movimento feminista "marcha das vadias" com uma série de contra-protestos virais. Não satisfeita, ela provocou o afastamento de diversos guerreiros da justiça social do Partido Liberal do Canadá, impedindo sua descida rumo ao esquerdismo de lamúrias. Agora ela é uma estrela em ascensão da direita, produzindo um jornalismo eficiente a respeito da tomada de controle islâmica da Europa. Se a geração millennial consegue produzir mulheres como Southern, não é justo chamá-las todas de *snowflakes*.

Talvez os millennials sejam melindrosos porque a cultura na qual cresceram era muito inofensiva. Eu pertencia aos últimos anos dos adolescentes que cresceram com Marilyn Manson, Guns 'n' Roses, Nine Inch Nails, Madonna, *O Cristal Encantado*, *Os Bandidos do Tempo* e *A História Sem Fim*. Se você está lendo isso e tem 22 ou 23 anos, em comparação, sua cultura tem sido bastante fofa e isenta de riscos. Enquanto eu crescia, nem toda história tinha um final feliz e nem sempre era óbvio quem eram os vilões. Eu idolatrava Mariah Carey, Paris Hilton, Skeletor, Darth Vader e Margaret Thatcher.

Minha geração e todas as gerações antes de mim foram expostas em tenra idade à realidade de que a vida pode ser cruel e ser "uma boa

POR QUE MINHAS TURNÊS UNIVERSITÁRIAS SÃO TÃO INCRÍVEIS

pessoa" não vai mudar isso. Sua geração, não muito. Em parte, porque você cresceu ouvindo Justin Bieber e não Rage Against The Machine, mas também porque seus professores o isolaram de toda e qualquer forma de trauma.

Os professores que querem seguir o exemplo da Universidade de Chicago não devem mais sofrer em silêncio; agora é o momento perfeito para iniciar um movimento de resistência. Com certeza, haverá oposição e represálias no início, mas a longo prazo compensará. Os defensores do *status quo* são muito poucos e impopulares para se agarrarem ao poder por muito tempo.

Membros dissidentes do corpo docente, eu lhes dei um exército: usem-no!

Não há melhor momento para realizar uma revolução nas universidades. Os aliados potenciais estão começando a se multiplicar. Onde quer que você olhe, há liberais moderados reconhecendo a derrota para os conservadores e admitindo que o politicamente correto foi longe demais. Uma nova coalizão está à espera de ser construída.

Sou paciente.

Combater a boa luta não é de todo ruim. Tornei-me cada vez mais conhecido: o palestrante universitário mais desconvidado de 2016.[32] Mas isso é apenas um bônus! Há uma revolução fermentando nas universidades. Minha turnê é um componente importante. Dois milhões de dólares depois, forçamos uma mudança colossal no ensino superior americano, realizando mais do que duas gerações de conservadores e liberais antes de nós. E só estamos começando. Minha próxima turnê, que deve estar em andamento no momento em que você ler isto, será chamada de *Troll Academy*.

Toda vez que tentam me banir, fico mais forte, porque eu não recuo. Pode-se dizer que sou teatral porque me forçam a ser. Haveria mercado para Milo se as opiniões conservadoras e liberais fossem tratadas de modo tão justo quanto todas as outras? Se Batman é o yin e o Coringa é o yang, talvez Milo tenha de existir para contrabalançar Lena Dunham.

Você saberá que eu ganhei quando ninguém mais aparecer para assistir aos meus shows. Enquanto isso, como todo mundo sabe, há filas nas portas de todos os lugares em que me apresento. Isso diz tudo o que você precisa saber a respeito da situação do livre pensamento nas universidades.

Os administradores deveriam ter aprendido a lição a esta altura. Se você acha que sou grosseiro, rude e um câncer na vida intelectual de sua universidade, que tal começar a contratar mais acadêmicos conservadores? Porque se você deixar isso apenas para os estudantes, vai acabar com muito mais pessoas como eu.

RANKING DAS UNIVERSIDADES DE MILO: HEROÍNAS E VILÃS

Quer saber para qual universidade você deve enviar seus filhos, fazer doações ou se candidatar? Não procure mais. Essas são as universidades que se distinguiram, para o bem ou para o mal.

VILÃS

Universidade do Missouri: em 2015, exemplo típico de frouxidão, viu seu reitor renunciar em consequência de reclamações de racismo em grande parte inventadas por ativistas estudantis privilegiados. Não se candidate. Não faça doações.

Universidade da Califórnia, em Berkeley: em 2017, exemplo típico de frouxidão. A polícia universitária se afastou e observou os desordeiros atearem fogo, saquear prédios e espancar qualquer um que parecesse vagamente a favor de Trump.

POR QUE MINHAS TURNÊS UNIVERSITÁRIAS SÃO TÃO INCRÍVEIS

Universidade da Califórnia, em Davis: intimidou o College Republicans, cancelando meu evento minutos antes do horário programado após manifestantes violentos invadirem o local da apresentação.

Universidade DePaul: os administradores instruíram a polícia do campus a não intervir quando ativistas beligerantes invadiram o palco e mostraram os punhos cerrados para mim.

Universidade de Maryland: forçaram os estudantes organizadores a cancelar meu evento aumentando a taxa de segurança no último minuto.

Universidade de Miami: cancelou meu evento por "preocupações com a segurança" vagas e indefinidas.

Universidade de Nova York: ordenou que o professor Michael Rectenwald saísse de licença depois de ele criticar publicamente o politicamente correto e se declarar "deplorável" nas redes sociais.

Universidade de Villanova: cedeu aos ativistas que exigiram o cancelamento de meu evento.

Universidade Estadual de Iowa: forçou o cancelamento de meu evento — você adivinhou — impondo um aumento da taxa de segurança de última hora aos estudantes organizadores.

HEROÍNAS

Universidade de Chicago: Os Chicago Principles on Free Expression, que descrevem o compromisso absoluto da universidade com a liberdade de inquirição e a liberdade de expressão, são amplamente considerados o padrão-ouro na luta contra a censura no campus. Em 2016, a universidade recepcionou os calouros alertando-os para que não esperassem "espaços seguros" durante seu período de estudos.

Universidade Estadual Politécnica da Califórnia: seu reitor, Jeffrey Armstrong, recusou-se a ceder às tentativas dos ativistas de cancelar o meu evento, apesar dos pedidos por sua renúncia.

Universidade de Minnesota: a faculdade de direito de Minnesota rapidamente se mobilizou para reforçar as proteções pela liberdade de expressão no campus após manifestantes tentarem interromper minha palestra.

Universidade Wesleyana de Oklahoma: em 2015, seu reitor, o doutor Everett Piper, enviou uma carta aos defensores de espaços seguros informando-lhes que sua universidade não era uma "casa de repouso".

Universidade Emory: quando ativistas exigiram alguma medida contra estudantes que escreviam com giz slogans pró-Trump nas dependências do campus, James W. Wagner, reitor da Emory, respondeu escrevendo com giz sua própria mensagens: "Emory apoia a liberdade de expressão".

Universidade Estadual de Ohio: em 2016, os administradores encerraram um protesto ao estilo da Universidade do Missouri, com serena eficiência, ameaçando os manifestantes com expulsão e prisão se não se dispersassem.

Universidade Estadual de Michigan: em contraste com a resposta frouxa da segurança do campus da Universidade da Califórnia, em Berkeley, a polícia da Estadual de Michigan prendeu seis manifestantes descontrolados e pôs em fuga os restantes.

EPÍLOGO

Como ser uma bicha má (mesmo se você não for gay)

NA PRÓXIMA DÉCADA, OS GUERREIROS DA JUSTIÇA SOCIAL e os intrometidos serão derrotados pelas forças da liberdade e da diversão. Vamos vencer, e não é graças a uma imprensa conservadora feroz, ou a candidatos políticos formidáveis, ou a grandes autores e pensadores republicanos. É graças a você, comprando este livro, rindo dos chorões no Twitter e no Facebook, finalmente jogando suas mãos para o alto e dizendo: "Basta".

Desde universitários nauseados de participar de *workshops* obrigatórios e aprender 42 novos pronomes de gênero, até fãs de videogame, que só querem ser deixados em paz, os últimos dois anos mostraram o poder de gente comum para desafiar as elites e alterar radicalmente o consenso cultural. Ainda não estamos nem perto de ganhar, e estou cheio de entusiasmo quando imagino quais conquistas brilhantes nossa gangue de deploráveis alcançará a seguir.

O pouso na lua? Besteira. Não há tempo mais estimulante para estar vivo do que agora. Estamos vivendo em uma época de heróis, vilões e revoluções, e ninguém sabe de onde virá a próxima revolta.

A tentativa de reprimir a expressão cultural ficou tão nociva que até os esquerdistas estão ficando fartos. Lionel Shriver, autora de

Precisamos falar sobre Kevin, é uma das autoras esquerdistas mais talentosas do mundo. Em 2010, ela escreveu *So Much For That* (*Tempo é dinheiro*), um livro a respeito de um homem que tem de vender a própria empresa e abrir mão de seus sonhos para pagar o custo do tratamento da doença da esposa. Basicamente, é uma crítica ao modelo americano de assistência médica privada pré-Obamacare.

No entanto, até Shriver entendeu que algo deu muito errado com a política de identidade. Em setembro de 2016, seu discurso de abertura no Brisbane Writers Festival, que ela proferiu usando um sombreiro, foi uma estripação das novas obsessões da esquerda: identidade, apropriação cultural e sentimentos. Ela chegou ao ponto de chamar a esquerda identitária de "polícia cultural" e manifestou o desejo sincero de que sumissem em breve.

> Tenho esperança que o conceito de "apropriação cultural" seja uma moda passageira: evidentemente, pessoas com diferentes origens se esfregando umas nas outras e trocando ideias e práticas é um dos aspectos mais produtivos e fascinantes da vida urbana moderna.

Shriver também cometeu o que, para alguém de esquerda, é um pecado imperdoável: ela explicou o motivo real da ascensão de Donald Trump.

> A adoção pela esquerda da hipersensibilidade do tipo "te peguei" convida inevitavelmente à reação adversa. Donald Trump agrada as pessoas que estão cansadas de que lhes digam o que podem ou não dizer. Ao rechaçar a cultura dominante da supressão do "não fale mal", as pessoas partem para o ataque em desafio e então o que elas dizem é bastante aterrador.[1]

O discurso de Shriver foi um momento importante, devido a sua estatura no mundo da literatura de esquerda. Mas ela foi apenas uma entre muito criadores de tendência socialista que começaram a falar contra a esquerda regressiva. Outros autores de renome, como Bret Easton Ellis, meu herói literário, também ergueram a voz.

A imaginação não pode deixar de se rebelar contra os grilhões que a esquerda regressiva procura lhe pôr. A revolução cultural está só começando.

Como você, estou cheio dos odiosos cabelos azuis nas universidades. Eu preferiria ficar em casa assistindo Netflix, chupando meu namorado ou gastando milhares de dólares em artigos Louis Vuitton. Faço o que faço porque devo, porque ninguém mais pode ou quer agora. Até que, talvez, este livro inspire a próxima geração de guerreiros culturais.

Tenho de fazer o meu trabalho, dia após dia, absorvendo o veneno da mídia e dos manifestantes idiotas, porque todas as outras figuras de proa conservadoras e liberais fracassaram completamente. Sou como Cincinato, general romano que abandonou seu arado para liderar um exército até a vitória e garantir a segurança de sua terra natal. Em meu caso, seria um harém de catamitas núbios, mas, de resto, a imagem é a mesma. No fundo do meu coração, quero declarar a vitória, ou pelo menos passar o bastão, para poder voltar à *chaise longue* e me entregar à seda e ao champanhe.

No entanto, sei que isso nunca acontecerá em minha vida, por isso estou resignado a lutar. Farei a guerra enquanto houver sapatonas nos departamentos de estudo de gênero contando mentiras a respeito de garotos inocentes, enquanto os ativistas do Black Lives Matter estiverem atacando pessoas por sua cor de pele e enquanto Britney tiver de reter clipes porque seus empresários estão preocupados que não são bastante feministas. Lutarei enquanto a liberdade de expressão e a criatividade estiverem em perigo por causa de blogueiros de Nova York e ativistas da justiça social obtusos.

DANGEROUS

Sempre tive um aguçado senso de ordenação pessoal, como se minha vida estivesse destinada a algo maior. É por isso que sempre me amarrei em *Buffy, a Caça-Vampiros*. Sou o escolhido. Fui escolhido para combater as forças das trevas que permeiam o nosso mundo.

Pelo menos por enquanto, estou me regozijando. Porque juntos, desferimos um golpe violento no que será uma luta de décadas para recuperar a liberdade criativa e de expressão usurpadas pela esquerda política. Estou falando, é claro, do Papai.

À uma e quarenta da manhã, em 9 de novembro de 2016, eu estava em Nova York, rindo incontrolavelmente. Estava rindo porque a agência de notícias Associated Press tinha acabado de ligar para a Pensilvânia para falar com Donald Trump. Podia imaginar as expressões de perplexidade, desespero e indignação dos repórteres da grande mídia que cobriam os resultados, e isso me fez rir incontrolavelmente. O Ocidente não estava condenado a morrer de forma humilhante nas mãos de globalistas obcecados por fronteiras abertas. Estava rindo porque tínhamos ganho.

O terremoto representado pela eleição de Trump já se prenunciava há muito tempo. Foi a culminação de quase 30 anos de intimidação tanto da esquerda tradicional como da direita tradicional; a respeito de como devemos nos calar se sabíamos o que era bom para nós, a respeito de como compensar uma história de racismo, sexismo e toda e qualquer "fobia" sob o sol, a respeito de como cogitar esse pensamento perigoso ou fazer aquela piada perigosa seria o fim de nossas carreiras.

Bem, acontece que o verdadeiro perigo está em *não* se atrever a ser perigoso, e eu me atrevo todos os dias e não consigo *parar* de vencer.

Minha ascendência marcou a reviravolta de uma velha ordem. O GamerGate manchou de sangue os esquadrões de justiceiros esquerdistas das redes sociais e seus amigos na imprensa. O Brexit fincou uma estaca no coração da burocrática e globalista União Europeia. E

254

então Donald Trump chegou para aniquilar 30 anos do consenso politicamente correto nos Estados Unidos.

Os esquerdistas acham que 2016 foi o pior ano da história, e não só porque muitas de suas celebridades favoritas morreram. Dada a escala de suas derrotas políticas, eles têm alguma justificativa, mas também são pessimistas por natureza. São aqueles que acreditam que o racismo está pior do que nunca, que as taxas de agressão sexual nas universidades se aproximam das do Congo, que o Brexit é o precursor da Terceira Guerra Mundial.

Steve Pinker, pensador sensato, lembra que isso não é verdade. O mundo está melhorando, e já há algum tempo. Como ele recorda de forma incessante para um público pessimista: "A pobreza extrema, a mortalidade infantil, o analfabetismo e a desigualdade global estão em níveis mínimos históricos; as vacinações, a educação básica, incluindo meninas, e a democracia estão em níveis máximos históricos". As taxas de homicídio, violência, agressão sexual e outros crimes no Ocidente também continuam caindo de modo geral.[2] Socialmente, a geração millennial é a mais tolerante de todos os tempos e o novo presidente também tende a ser o homem mais amigável aos gays jamais eleito para a presidência.

Agora que os esquerdistas estão fora do poder, os Estados Unidos estão no rumo certo para serem menos divididos, mais seguros e mais estáveis do que nunca. Quando a próxima eleição chegar, prevejo que os democratas lutarão para minimizar o sucesso do país.

NUNCA PEÇA DESCULPAS

A esquerda se deleita em extrair pedidos de desculpas das vítimas de humilhação pública. De Jack "O Vingador do Sul" Hunter a Justine Sacco, um dos primeiros sinais da vitória esquerdista é a visão de alguém se flagelando em público. Como os prisioneiros que saem da câmera de tortura do quarto 101 do livro *1984*, de George Orwell, você pode esperar ouvir frases que marcam um espírito arruinado: "Sinto muito". "Vou tentar fazer melhor." "Estou aprendendo a ser uma pessoa melhor todos os dias." "Obrigado, multidões de vigilantes anônimos da internet por me educarem."

Se você quer vencer, o primeiro passo é não admitir a derrota. A única exceção a essa regra é se você disser algo que não pretendia e as pessoas ficarem pensando que você quis dizer algo que não quis.

No entanto, em geral, nunca peça desculpas.

TRABALHE MAIS DO QUE TODO MUNDO

Não sou o melhor porque sou a pessoa mais engraçada, mais inteligente ou mais atraente entre as celebridades conservadoras e liberais. Sou o melhor porque trabalho mais do que todo mundo e me cerco de pessoas que são mais inteligentes do que eu.

Adoro matraquear a respeito de Mariah Carey, mas meu verdadeiro ídolo é Madonna. Ela não é a melhor cantora ou bailarina do mundo, mas é quem mais trabalha no ramo e tem sido assim há décadas. Como eu, ela está acima da média em tudo. Como eu, ela é uma grande caçadora de talentos e tem instintos incríveis para o que está por vir.

O mesmo vale para Paris Hilton e Kim Kardashian. Sou obcecado por ambas.

Você não precisa nascer com os talentos sobrenaturais de Billie Holiday ou Dusty Springfield. Você só tem de dar as caras para trabalhar e se distinguir todos os dias para esmagar a concorrência.

Você pode ser o número um por mera força de vontade. Sou a prova viva.

MANTENHA A HUMILDADE

Sou o melhor em ser humilde. Ninguém consegue superar minha modéstia. Seja como eu, mantenha os pés no chão!

SEJA DUAS VEZES TÃO ENGRAÇADO QUANTO VOCÊ É AFRONTOSO

Alguém se lembra como a direita alternativa morreu? Um idiota chamado Richard Spencer se apoderou do movimento. Spencer é ofensivo e odioso sem ser engraçado. Ele dá o melhor de si para imitar os elementos mais brilhantes do movimento, referindo-se de modo bajulador a Pepe e ao "meme magic" em seus discursos, mas sem convencer ninguém. Nos primeiros dias da direita alternativa, os tuiteiros se divertiam com as ideias proibidas e ruins de Spencer a respeito das coisas e tentando transplantar a diversão mais tarde.

Quero que as pessoas possam fazer piadas e discutir *o que quiserem*. Não acho que as pessoas devam ser banidas por isso. Não temo as ideias de pessoas como Spencer, nem sinto necessidade de ocultá-las. Tenho bastante confiança de que pessoas comuns examinem e rejeitem más ideias por conta própria. Bill Maher tem razão: "A luz do sol é o melhor desinfetante".

Sempre defenderei o direito das pessoas de fazer piadas a respeito de seja o que for e de atacar sem dó nem piedade pessoas que querem destruir a vida de garotos e garotas de 20 e poucos anos por causa de memes da direita alternativa e campanhas de trolagem.

Seja duas vezes tão engraçado quanto você é afrontoso, porque ninguém consegue resistir à verdade embalada em uma boa piada.

"NÃO É UM ARGUMENTO"

Essa afirmação não provem de mim, mas do filósofo canadense Stefan Molyneux. Ele, que frequentemente se envolve com assuntos perigosos como raça, inteligência, anarquismo e religião, afirmou isso tantas vezes em seu canal no YouTube que virou um meme.

Em suma, quando alguém o xinga, como a esquerda gosta tanto de fazer, não há necessidade de ficar aborrecido, perturbado ou apologético. Essas reações são apenas acessos de raiva moral, cheios de som e fúria, que não significam nada. Se você apresentar uma ideia, ou revelar um fato, e alguém responder com gritos de "Racista!", "Sexista!", "Homofóbico!" ou qualquer outro jeito que a esquerda agora soletra "herético", responda friamente com a agora imortal frase:

"Não é um argumento!"

FATOS EM VEZ DE SENTIMENTOS

Neste livro, você encontrou diversos exemplos excelentes do que a internet chama de "fatos de ódio". Agora você sabe, por exemplo, que a violência das gangues de negros supera a violência policial como ameaça à vida dos negros. Sabe também que a lendária "cultura do estupro" nas universidades não existe e que a "diferença salarial entre gêneros" é um mito. Sabe que ser gordo não é saudável, embora, francamente, ache que a maioria seja bastante inteligente para ter descoberto isso por conta própria.

Nunca perca uma oportunidade de divulgar esses fatos, sobretudo se você estiver na universidade. Seus colegas estão vivendo atualmente em uma das épocas de maior lavagem cerebral da história. A mídia, a academia e a cultura pop estão fazendo horas extras para convencê-los de coisas que simplesmente não são verdadeiras. Ficam ofendidos quando essa frágil visão de mundo é confrontada com a realidade, que é um dos motivos pelos quais muitas das gerações mais jovens hoje se refugiam em espaços seguros. No entanto, você não pode ter misericórdia de seus sentimentos.

A única maneira de vencer a propaganda é espalhar a verdade mais rápido do que a máquina espalha mentiras.

Fatos em vez de sentimentos.

E isso me leva à minha regra favorita...

CHAME ATENÇÃO

As pessoas costumam me acusar de ser alguém que quer chamar a atenção. Elas têm razão, claro.

Ou, ao menos, na maioria das vezes.

Posso ser um viado exibicionista e narcisista, mas toda a minha ânsia de patricinha rebolante por atenção também serve a um nobre propósito: chamar a atenção para os meus argumentos, meus princípios e as causas que defendo, mas também ao meu impecável senso de estilo e de boa aparência semelhante a Adônis.

Um dos erros que os liberais cometem continuamente é que eles supõem que as pessoas realmente *leem* seus brilhantes ensaios a respeito de por que as rodovias devem ser privatizadas. Quero dizer, provavelmente, eles são perfeitos, mas isso não significa nada se *ninguém estiver prestando atenção*.

Incitei um movimento porque sei como produzir um bom espetáculo. Não subo no palco e começo a recitar uma lista de temas de discussão sérios. Subo no palco vestido como Marilyn Monroe, peço para o meu assistente sujar meu rosto com *chantilly*, apresento slides dos memes mais quentes e mais picantes do momento... E, *então*, recito rapidamente uma lista de temas de discussão, depois que me assegurei que ninguém nos fundos do auditório caiu no sono.

Vivemos em uma época em que a competição por atenção está ficando cada vez mais difícil. Há meio século, todos assistiam aos mesmos canais na tevê porque não havia muitos. Agora, existem centenas, vídeos no YouTube, livros, videogames e sites competindo pela atenção do público. Se o que você tem a dizer é importante, tem de saber como conseguir que as pessoas escutem.

SEJA INCRÍVEL

Isso parece difícil, mas é muito importante. Você tem de ser mais incrível do que seus adversários. Vivemos em uma época de "aceitação de obesos" e da celebração do medíocre. Um dia de competições esportivas na escola do ensino médio onde todos ganham um prêmio.

Não se conforme com o segundo lugar. Frequente a academia, faça dieta, vá a um estúdio de bronzeamento artificial. Não desperdice dinheiro no McDonald's, gaste-o na Louis Vuitton.

Defenda isenções tributárias para qualquer pessoa com menos de 12% de gordura corporal.

Lembre-se de que não é difícil ser mais incrível do que muitos de seus adversários. Assim, você nem tem uma boa desculpa. Seja Tomi Lahren, e não Lena Dunham.

Sempre mantenha as mulheres preocupadas de que você pode roubar seus namorados quando elas não estiverem olhando. Sempre mantenha os homens preocupados de que suas habilidades de foder são melhores do que as deles.

Seja incrível.

DIVIRTA-SE

Esse é um dos requisitos mais importantes para ser uma Bicha Má, e provavelmente o motivo mais importante pelo qual eu venci.

O que os esquerdistas fazem quando se reúnem? Sentam-se em círculo e compartilham seus sentimentos uns com os outros. Falam de como se sentem inseguros e dão um tapinha solidário nos ombros uns dos outros. Em público, todos ficam bravos, gritam palavras de ordem e choramingam a respeito de como ficaram ofendidos com as palavras dos direitistas.

Eles não parecem estar se divertindo muito, não é?

Os conservadores do *establishment* se saem um pouco melhor na escala de "senso de humor", mas você nunca consegue escapar da sensação de que eles preferem estar em uma palestra da Heritage Foundation.* Como os esquerdistas, eles podem ser extremamente sérios de vez em quando.

Meus seguidores vencem porque sabem que política não é tudo. É por isso que eles desconfiam dos conservadores sérios demais do *establishment*, e é por isso que eles estão tão em desacordo com a esquerda que deseja politizar tudo, de videogames a músicas pop.

Até agora, toda a minha carreira foi uma experiência de política de identidade projetada para reduzir a esquerda às lágrimas e à incoerência. Quem sabe talvez algum dia me assuma como hétero e todos nós vamos poder rir de como embromei os esquerdistas?

Ninguém quer sair com caretas. Eles querem ir à festas descoladas, e não a uma com jogos de tabuleiro e Coca-cola zero. E, nesse momento, estou dando a melhor festa da cidade.

Divirta-se.

* Centro de estudos conservador americano (N. T.)

BICHA MÁ

Vivemos em uma época em que um lado do espectro político gostaria que todo o debate, todo desafio aos seus pontos de vista, toda a diversidade de pensamento fosse extinta. Por quê? Porque esse lado está assustado. Assustado que seu consenso político, social e cultural, cuidadosamente construído e cultivado ao longo dos últimos anos, que suas religiões seculares do feminismo, diversidade imposta, multiculturalismo e ódio casual por homens brancos heterossexuais, estejam construídos sobre pés de barro.

A esquerda observou como se multiplicam as ameaças à sua ordem e à visão de mundo representada por ela. Observou o sonho do multiculturalismo morrer nas mãos do Islã, apesar de todas as suas tentativas de minimizar e encobrir as atrocidades.

Observou como a ideia de gêneros e raças "socialmente construídos", outrora dogma na academia, lentamente se desvanece na irrelevância, varrida por uma nova onda de investigações a respeito das raízes inatas de nossas identidades, apesar de todas as tentativas de suprimi-las.

Viu seu total controle sobre a cultura, outrora tão forte, escapulir. Os comediantes se cansaram dos novos códigos de linguagem. Os diretores de cinema e os designers de videogames estão fartos das demandas por cotas de diversidade. Lentamente, os artistas, sempre desejosos de provocar e desafiar, estão despertando e percebendo que ser de esquerda hoje é ser do *establishment*.

É um momento assustador para alguém ser esquerdista. Portanto, não surpreende que eu seja considerado perigoso, com minhas exigências por liberdade de expressão nas universidades, minhas objeções baseadas em fatos ao feminismo e ao Black Lives Matter e minha cautela a respeito do sexismo e da homofobia que se movem lentamente na direção do Ocidente a partir do pântano do Islã moderno.

COMO SER UMA BICHA MÁ (MESMO SE VOCÊ NÃO FOR GAY)

Aqueles que sentem medo da liberdade de expressão, sejam ideias e fatos que desafiem o seu lado ou piadas que alfinetem seus tabus sociais cuidadosamente construídos, quase sempre sentem medo de outra coisa. Não é o discurso, nem os supostos "sentimentos feridos" que os incomodam. É a preocupação torturante que assola todos os defensores do dogma isento de fatos: eles podem estar errados ou podem não ser convincentes. E eles simplesmente não são capazes de lidar com isso.

Bem, não importa. Você não precisa convencê-los. Você é responsável por sua própria mente, e não pela deles.

Então, use sua mente. Seja perigoso. Leia todos os livros que sua faculdade tem medo de armazenar na biblioteca. Encontre os pensadores, escritores e artistas que foram humilhados pelas correntes predominantes e descubra o motivo. Você não terá de procurar muito longe. Vou trazê-los para você por intermédio de minha nova editora, a Dangerous Books. Reúna-se com seus amigos e prometa ser o mais perigoso possível.

Você talvez nunca seja uma Rosa Parks gay ou um Martin Luther King Jr. judeu, como eu. Mas você pode progredir.

Você já está lendo um livro que não deveria. Vá assistir a um filme que não deveria.

Ou melhor ainda, *faça* um filme que você não deveria.

Componha uma música que você não deveria.

Desenvolva um videogame que você não deveria.

Crie um blog que você não deveria.

Discuta ideias que você não deveria.

Acesse a rede social e conte uma piada que você não deveria.

Compartilhe memes que você não deveria.

Apresente alguns fatos que você não deveria.

Seja perigoso.

Como esse cara gostoso da capa.

AGRADECIMENTOS

Se você estiver procurando alguém para culpar pelo fenômeno Milo, aqui estão algumas pessoas que devem ficar em sua mira. Trole-as! Elas vão adorar. Alex Marlow, meu ex-editor no *Breitbart*, é o jornalista que tem a melhor capacidade de julgamento hoje em dia e me salvou de muitos erros nos primeiros rascunhos desse original. Não estaria onde estou sem ele.

Meu adjunto, Allum Bokhari, sem o qual este livro nunca teria decolado, é um grande talento jornalístico e me ofuscará quando eu finalmente desmoronar inconsciente sobre uma pilha de garotos de programa nigerianos. Colin Madine realizou impecavelmente o trabalho mais difícil da mídia ao longo de 2016: manteve Milo Yiannopoulos na linha.

Agradeço ao meu anjo negro Lexica por me ajudar a produzir o melhor álbum pop de 2017. Você moldou meu pensamento e sou eternamente grato. Um dia gozaremos de toda a liberdade de um *swing* na Snctm, em Beverly Hills.

James Cook: sábio conselho. Scott Walter e Rachel Fulton Brown forneceram alimento intelectual constante. Christina Hoff Sommers me manteve amável. Drake Bell manteve um sorriso em meu rosto.

Azealia Banks, por ser a grande irmã que nunca tive. Ann Coulter tem sido uma amiga e uma inspiração profissional. Lee Habib me ensinou a ser uma estrela. David Horowitz viu meu gênio antes de qualquer outra pessoa e me deu o prêmio Annie Taylor por coragem jornalística, que conservo sobre minha mesa como um lembrete de seu bom gosto e julgamento.

Meus assistentes Marc e Marc garantem que eu apareça uma ou duas horas antes do horário programado. O pessoal da minha equipe jurídica faz muita musculação e nunca se espanta com minhas exigências absurdas. Meu agradecimento ao esquadrão por manter o circo itinerante *Dangerous Faggot* alimentado, abastecido de água e com um visual fabuloso: Mike, Hayden, Hunter, Seabass, Blake e, claro, Will Magner Fitness e Andrew Greider, meu empresário da turnê. Matt Perdie é o colega mais incrível que já tive. Obrigado, Gabe, por manter as luzes acesas no ano passado. Alexander Macris, grato por comandar a expedição com sua mão firme. Will Ross: sentimos sua falta.

Agradeço ao meu comparsa Pizza Party Ben por manter o tanque de meme cheio. Eu poderia ter sido um amigo melhor durante a turnê e enquanto escrevia este livro para Alicia, Colette e Sascha nos últimos três anos. Mas sei que, com o tempo, elas vão me perdoar. Meu novo amigo David Suárez me deu uma força sem a qual este livro não poderia ter sido publicado.

E, claro, não poderia ter feito isso sem Thomas Flannery.

OBRIGADO A TODOS AQUELES QUE ME ODEIAM. SEM VOCÊS EU NÃO ESTARIA EM NENHUM LUGAR. PARA TODOS OS OPORTUNISTAS QUE TENTARAM: FIQUEM COM RAIVA! A TODOS QUE DISSERAM QUE EU NÃO CONSEGUIRIA, OLHEM PARA MIM AGORA! EM PARTICULAR: Anita Sarkeesian! Não poderia ter feito isso sem você, querida. Leslie Jones, por me tornar ainda mais famoso. E Jack Dorsey, que fez muito para que Papai fosse eleito.

Finalmente: agradeço a Steve Bannon e a Deus, em conjunto, por todo o resto.

NOTAS

PREFÁCIO: A RESPEITO DE TODO AQUELE DRAMA...

1. Milo Yiannopoulos, "GamerGate Critic Sarah Nyberg Claimed To Be A Pedophile", *Breitbart*, 11 de setembro de 2015 (https://www.breitbart.com/big-journalism/2015/09/11/leading-gamergate-critic-sarah-nyberg-claimed-to-be-a-pedophile-apologised-for-white-nationalism/).
2. James Meikle e Josh Halliday, "Louise Mensch's former business partner Luke Bozier accepts caution", *The Guardian*, 20 de maio de 2013 (https://www.theguardian.com/uk/2013/may/20/louise-mensch-luke-bozier-caution).
3. Milo Yiannopoulos, "Tech City Darling Chris Leydon Guilty of Making Indecent Images of Children", *Breitbart*, 27 de abril de 2015 (https://www.breitbart.com/london/2015/04/27/tech-city-darling-chris-leydon-guilty-of-making-indecent-images-of-children/).
4. De acordo com o editor de tecnologia do site *Business Insider*, o julgamento está marcado para 2018.
5. Milo Yiannopoulos, "Meet the Progressives Defending Gamergate Critic Sarah Nyberg", *Breitbart*, 12 de setembro de 2015 (https://www.breitbart.com/big-journalism/2015/09/12/meet-the-progressives-defending-gamergate-critic-sarah-nyberg/).
6. Janet Upadhye, "'I'm not a monster': A pedophile on attraction, love and a life of loneliness", *Salon*, 17 de maio de 2016 (https://archive.is/0XGRX).
7. Manisha Krishnan, "A Paedophile Opens Up About Being Targeted by Vigilantes", VICE, 6 de janeiro de 2017 (https://www.vice.com/en_uk/article/a-pedophile-opens-up-about-being-targeted-by-vigilantes).

267

DANGEROUS

8. Milo Yiannopoulos, "Here's Why The Progressive Left Keeps Sticking Up For Pedophiles", *Breitbart*, 21 de setembro de 2015 (http://www.breitbart.com/big-government/2015/09/21/heres-why-the-progressive-left-keeps-sticking-up-for-pedophiles/).
9. Charles C. W. Cooke, "On Salon's Much-Maligned Pedophile Piece", *National Review*, 21 de setembro de 2015 (http://www.nationalreview.com/corner/424373/salons-much-maligned-pedophilia-piece-charles-c-w-cooke).

PREÂMBULO: A LIBERDADE DE EXPRESSÃO E O POLITICAMENTE CORRETO

1. Comece com Taylor Swift, Justin Bieber e Nicki Minaj.
2. Milo Yiannopoulos, "How to Stop Mass Shootings"," *Breitbart*, 2 de outubro de 2015 (http://www.breitbart.com/big-government/2015/10/02/how-to-stop-mass-shootings/).
3. Milo Yiannopoulos, "The Milo Show Teaser: Lesbian Shooters", *The Milo Yiannopoulos Show*, 23 de junho de 2016 (https://www.youtube.com/watch?v=C6zo1CqDIrM).

PRÓLOGO: A ARTE DO *TROLL*

1. Andrew Anglin, "Stormer Book Club Crusader: The Final Solution to the Milo Problem", *Daily Stormer*, 27 de setembro de 2016 (http://www.dailystormer.com/stormer-book-club-crusade-the-final-solution-to-the-milo-problem/).

1. POR QUE A ESQUERDA PROGRESSISTA ME ODEIA

1. Tom Whitehead, "Labour wanted mass immigration to make UK more multicultural, says former adviser", *The Telegraph*, 23 de outubro de 2009 (http://www.telegraph.co.uk/news/uknews/law-and-order/6418456/Labour-wanted-mass-immigration-to-make-UK-more-multicultural-says-former-adviser.html).
2. Mayhill Fowler, "Obama: No Surprise That Hard-Pressed Pennsylvanians Turn Bitter", *The Huffington Post*, 17 de novembro de 2008 (http://www.huffingtonpost.com/mayhill-fowler/obama-no-surprise-that-ha_b_96188.html).
3. Publius Decius Mus, "The Flight 93 Election", *The Claremont Institute*, 5 de setembro de 2016 (http://www.claremont.org/crb/basicpage/the-flight-93-election/).
4. Tucker Carlson, "Donald Trump Is Shocking, Vulgar and Right", *Politico*, 28 de janeiro de 2016 (http://www.politico.com/magazine/story/2016/01/donald-trump-is-shocking-vulgar-and-right-213572?o=0).
5. Intersecting Axes of Privilege, Domination, and Opression, 22 de abril de 2017 (https://archive.is/VWMLg).

268

NOTAS

2. POR QUE A DIREITA ALTERNATIVA ME ODEIA

1. Andrew Anglin, "Disease-Ridden Jew Acronym MILO Threatens to Buy 4chan", *Daily Stormer*, 9 de outubro de 2016 (http://www.dailystormer.com/disease-ridden-jew-acronym-milo-threatens-to-buy-4chan/).
2. Tom Ciccotta, "FAKE NEWS: NBC News Issues Correction After Falsely Branding MILO as 'White Nationialist'", *Breitbart*, 7 de janeiro de 2017 (http://www.breitbart.com/milo/2017/01/07/fake-news-nbc-news-issues-correction-falsely-branding-milo-white-nationalist/).
3. Charlie Nash, "FAKE NEWS: USA Today Issues Correction After Falsely Branding MILO as 'White Nationalist' 'Alt-Right'", *Breitbart*, 4 de janeiro de 2017 (http://www.breitbart.com/milo/2017/01/04/fake-news-usa-today-issues-correction-after-falsely-branding-milo-as-white-nationalist-alt-right/).
4. Joshua Seidel, "I'm a Jew, and I'm a Member of the Alt-Right", *Forward*, 25 de agosto de 2016 (http://forward.com/scribe/348466/im-a-jew-and-im-a-member-of-the-alt-right/).
5. Rosie Gray, "How 2015 Fueled The Rise Of The Freewheeling, White Nationalist Alt Right Movement", *BuzzFeed*, 27 de dezembro de 2015 (https://www.buzzfeed.com/rosiegray/how-2015-fueled-the-rise-of-the-freewheeling-white-nationali?utm_term=.rejRmEWWD#.na5RYMDD0).
6. John Sexton, "Ayers and Obama: What the Media Hid", *Breitbart*, 4 de junho de 2012 (http://www.breitbart.com/big-journalism/2012/06/04/obama-ayers/).
7. Andrew Anglin, "Stormer Book Club Crusade: The Final Solution to the Milo Problem", *Daily Stormer*, 27 de setembro de 2016 (http://www.dailystormer.com/stormer-book-club-crusade-the-final-solution-to-the-milo-problem/).
8. Kimberly A. Strassel, "Steve Bannon on Politic as War"," *The Wall Street Journal*, 18 de novembro de 2016 (https://www.wsj.com/articles/steve-bannon-on-politics-as-war-1479513161).
9. "Alt Right — RIP", 23 de novembro de 2016 (https://www.youtube.com/watch?v=n8HBLX_khwQ).

3. POR QUE O TWITTER ME ODEIA

1. Michael Nunez, "Former Facebook Workers: We Routinely Suppressed Conservative News", *Gizmodo*, 9 de maio de 2016 (http://gizmodo.com/former-facebook-workers-we-routinely-suppressed-conser-1775461006).
2. Michael Nunez, "Want to Know What Facebook Really Thinks of Journalists? Here's What Happened When It Hired Some", *Gizmodo*, 3 de maio de 2016 (http://gizmodo.com/want-to-know-what-facebook-really-thinks-of-journalists-1773916117?rev=1462295407082).
3. Sam Thielman, "Facebook news selection is in hands of editors not algorithms,

documents show", *The Guardian*, 12 de maio de 2016 (https://www.theguardian.com/technology/2016/may/12/facebook-trending-news-leaked-documents-editor-guidelines).

4. Deepa Seetharaman, "Facebook Employees Pushed to Remove Trump's Posts as Hate Speech", *The Wall Street Journal*, 21 de outubro de 2016 (https://www.wsj.com/articles/facebook-employees-pushed-to-remove-trump-posts-as-hate-speech-1477075392).

5. Pamela Geller, "Pamela Geller: Why I Am Suing Facebook", *Breitbart*, 13 de julho de 2016 (http://www.breitbart.com/tech/2016/07/13/pamela-geller-suing-facebook/).

6. Ben Kew, "Report: Facebook Employees Wanted to Censor 'Hate Speech' from Trump, 'Threatened to Quit'", *Breitbart*, 21 de outubro de 2016 (http://www.breitbart.com/tech/2016/10/21/report-facebook-employees-wanted-to-censor-hate-speech-from-trump-threatened-to-quit/).

7. Joel B. Pollak, "Facebook's Zuckerberg Defends Trump Supporter Peter Thiel", *Breitbart*, 20 de outubro de 2016 (http://www.breitbart.com/california/2016/10/20/facebook-zuckerberg-defends-trump-supporter-peter-thiel/).

8. Jefferson Graham, "Twitter's Dorsey describes time in Ferguson, Mo., as wake-up call", *USA Today*, 1 de junho de 2016 (http://www.usatoday.com/story/tech/news/2016/06/01/twitters-dorsey-describes-time-ferguson-mo-wake-up-call/85270192/).

9. Milo Yiannopoulos, "MILO At University Of Colorado Boulder: Why Ugly People Hate Me", 25 de janeiro de 2017 (https://www.youtube.com/watch?v=UTBafIj-ay0).

10. Jessie Thompson, "Thank You Twitter — By Unverifying Milo Yiannopoulos, You Are Standing Up for Women Online", *The Huffington Post*, 9 de janeiro de 2017 (http://www.huffingtonpost.co.uk/jessie-thompson/milo-yiannopoulos-unverified-twitter-blue-tick_b_8944126.html).

11. Patrick Frater, "Sony's movie division is taking $1 billion loss after recent boxoffice failures", *Business Insider UK*, 30 de janeiro de 2017 (http://uk.businessinsider.com/sonys-movie-division-1-billion-loss-2017-1?r=US&IR=T).

12. Ezra Dulis, "Leslie Jones Was Punching Down on Twitter for Hours Before Milo Ever Mentioned Her", *Breitbart*, 20 de julho de 2016 (http://www.breitbart.com/big-hollywood/2016/07/20/leslie-jones-twitter-trolls-milo-yiannopoulos/).

13. Milo Yiannopoulos, *Twitter*, 18 de julho de 2016 (http://media.breitbart.com/media/2016/07/CntB-7vUEAA-Nn1.jpg).

14. Milo Yiannopoulos, *Twitter*, 18 de julho de 2016 (http://media.breitbart.com/media/2016/07/CntCAM3VIAAR7T-.jpg).

15. Ben Kew, "#SCREWNERO Written On Boardroom Wall At Twitter HQ", *Breitbart*, 29 de setembro de 2016 (http://www.breitbart.com/milo/2016/09/29/screwnero-written-blackboard-twitter-hq/).

16. Leslie Jones, *Twitter*, 18 de julho de 2016 (https://archive.is/hHzf6).

17. Leslie Jones, *Twitter*, 18 de julho de 2016 (https://archive.is/9Qsz8).

NOTAS

18. O Twitter não revelou quantos.

19. Breitbart News, "No Action Taken by Twitter After Rapper Calls Black Breitbart Reporter 'Coon'", *Breitbart*, 20 de julho de 2016 (http://www.breitbart.com/big-hollywood/2016/07/20/rapper-talib-kweli-attacks-breitbarts-jerome-hudson-calls-coon-twitter-not-banned-platform/).

20. Dailymail.com Reporter, "More than 12,000 tweets have called for Trump's assassination since the inauguration", *Daily Mail*, 3 de fevereiro de 2017 (http://www.dailymail.co.uk/news/article-4189124/More-12-000-tweets-call-Trump-s-assassination.html).

21. Ed Ho, "An Update on Safety", *Twitter*, 7 de fevereiro de 2017 (https://blog.twitter.com/2017/an-update-on-safety).

22. Therese Poletti, "Twitter tanks and becomes fodder for M&A chatter again", *Market Watch*, 12 de fevereiro de 2017 (http://www.marketwatch.com/story/twitter-tanks-and-becomes-fodder-for-ma-chatter-again-2017-02-09).

23. Robert Epstein, "SPUTNIK EXCLUSIVE: Research Proves Google Manipulates Millions to Favor Hillary Clinton", *Sputnik News*, 12 de setembro de 2016 (https://sputniknews.com/us/201609121045214398-google-clinton-manipulation-election/).

24. Wikileaks, Status Memo.pdf, (https://wikileaks.org/podesta-emails/emailid/12403)

25. Wikileaks, Fwd: 2016 thoughts, (https://wikileaks.org/podesta-emails/emailid/37262)

26. David Dayen, "Google's Remarkably Close Relationship With the Obama White House, in Two Charts", *The Intercept*, 22 de abril de 2016 (https://theintercept.com/2016/04/22/googles-remarkably-close-relationship-with-the-obama-white-house-in-two-charts/).

27. Robert Epstein and Ronald E. Robertson, "The search engine manipulation effect (SEME) and its possible impact on the outcomes of elections", Proceedings of the National Academy of Sciences of the United States of America, 8 de julho de 2015 (http://www.pnas.org/content/112/33/E4512.full.pdf?with-ds=yes).

4. POR QUE AS FEMINISTAS ME ODEIAM

1. Joel Snape, "Manspreading arrests: the long arm of the law just invaded our personal space", *The Telegraph*, 1 de junho de 2015 (http://www.telegraph.co.uk/men/thinking-man/11643052/Manspreading-arrests-the-long-arm-of-the-law-just-invaded-our-personal-space.html).

2. Annemarie Dooling com Leigh Cuen, "The Eggplant Emoji Is The Next Frontline Of Online Harassment", *Vocativ*, 10 de junho de 2015 (http://www.vocativ.com/culture/society/the-eggplant-emoji-is-the-next-frontline-of-online-harassment/).

3. Radhika Sanghani, "Air conditioning in your office is sexist. True story", *The Telegraph*, 24 de julho de 2015 (http://www.telegraph.co.uk/women/womens-life/11760417/Air-conditioning-in-your-office-is-sexist.-True-story.html).

4. Radhika Sanghani, "Only 7 per cent of Britons consider themselves feminists", *The Telegraph*, 15 de janeiro de 2016 (http://www.telegraph.co.uk/women/life/only-7-per-cent-of-britons-consider-themselves-feminists/).

5. Sarah Kliff, "Only 18 percent of Americans consider themselves feminists", *Vox*, 8 de abril de 2015 (http://www.vox.com/2015/4/8/8372417/feminist-gender-equality-poll).

6. Emily Swanson, "Poll: Few Identify As Feminists, But Most Believe In Equality of the Sexes", *The Huffington Post*, 16 de abril de 2013 (http://www.huffingtonpost.com/2013/04/16/feminism-poll_n_3094917.html).

7. Anna Maria Barry-Jester, "Attitudes Toward Racism And Inequality Are Shifting", *FiveThirtyEight*, 23 de junho de 2015 (http://fivethirtyeight.com/datalab/attitudes-toward-racism-and-inequality-are-shifting/).

8. Christian Jarrett, "Activists have an image problem, say social psychologists", *BPS Research Digest*, 2 de janeiro de 2014 (https://digest.bps.org.uk/2014/01/02/activists-have-an-image-problem-say-social-psychologists/).

9. Public Policy Polling, "Democrats and Republicans differ on conspiracy theory beliefs", 2 de abril de 2013 (http://www.publicpolicypolling.com/pdf/2011/PPP_Release_National_ConspiracyTheories_040213.pdf).

10. American Society of Clinical Oncology, Breast Cancer: Statistics, 22 de abril de 2017 (http://www.cancer.net/cancer-types/breast-cancer/statistics). American Society of Clinical Oncology, Prostate Cancer: Statistics, 22 de abril de 2017 (http://www.cancer.net/cancer-types/prostate-cancer/statistics).

11. National Cancer Institute, Funding for Research Areas, 22 de abril de 2017 (https://www.cancer.gov/about-nci/budget/fact-book/data/research-funding).

12. Larry Copeland, "Life expectancy in the USA hits a record high", *USA Today*, 8 de outubro de 2014 (http://www.usatoday.com/story/news/nation/2014/10/08/us-life-expectancy-hits-record-high/16874039/).

13. Jack Hadfield, "Male Suicide Rates Massively Increase", *Breitbart*, 28 de abril de 2016 (http://www.breitbart.com/tech/2016/04/28/male-suicide-rates-massively-increase/).

14. Denis Campbell, "More than 40% of domestic violence victims are male, report reveals", *The Guardian*, 4 de setembro de 2010 (https://www.theguardian.com/society/2010/sep/05/men-victims-domestic-violence).

15. "Men Sentenced To Longer Prison Terms Than Women For Same Crimes, Study Says", *The Huffington Post*, 11 de setembro de 2012 (http://www.huffingtonpost.com/2012/09/11/men-women-prison-sentence-length-gendergap_n_1874742.html).

16. Ellie Flynn, "Female office manager who went on £38k luxury shopping spree with company card is spared jail by judge because he 'hates sending women to prison'", *The Sun*, 10 de janeiro de 2017 (https://www.thesun.co.uk/news/2579876/female-office-manager-who-went-on-38k-luxury-shopping-spree-with-company-card-is-spared-jail-by-judge-because-he-hates-sending-women-to-prison/).

17. Caroline Cordell, "Shocking Statistics Show the Bleak Reality of Joint Custody in

NOTAS

Nebraska", *Men's Rights*, s.d. (http://mensrights.com/shocking-statistics-show-the-bleak-reality-of-joint-custody-in-nebraska/).

18. National Organization for Women — New York State, "NOW-New York State Oppose Legislation", março de 2005 (http://www.nownys.org/archives/leg_memos/oppose_a00330.html).

19. Milo Yiannopoulos, "'The Red Pill' Filmmaker Started to Doubt Her Feminist Beliefs...Now Her Movie Is At Risk", *Breitbart*, 26 de outubro de 2015 (http://www.breitbart.com/big-hollywood/2015/10/26/the-red-pill-filmmaker-started-to-doubt-her-feminist-beliefs-now-her-movie-is-at-risk/).

20. David Futrelle, "'Red Pill' director Cassie Jaye hits a new low with her appearance on a white supremacist *podcast*", *We Hunted the Mammoth*, 24 de outubro de 2016 (http://www.wehuntedthemammoth.com/2016/10/24/red-pill-director-cassie-jaye-hits-a-new-low-with-her-appearance-on-a-white-supremacist-*podcast*/).

21. Elle Hunt, "The Red Pill: Melbourne cinema drops men's rights film after feminist backlash", *The Guardian*, 26 de outubro de 2016 (https://www.theguardian.com/film/2016/oct/26/the-red-pill-melbourne-cinema-drops-mens-rights-film-after-feminist-backlash).

22. Riaz Sayani-Mulji, "Open Letter: Why I don't participate in Movember", *Rabble*, 27 de novembro de 2013 (http://rabble.ca/news/2013/11/open-letter-why-i-dont-participate-movember).

23. Amelia Abraham, "Why the 'Cock in a Sock' Thing Is Vain Bullshit", VICE, 27 de março de 2014 (https://www.vice.com/en_au/article/the-cockinasock-thing-cancer-charity-vanity).

24. Nora Crotty, "On #CockInaSock and Pubic Hair Double Standards", *Fashionista*, 26 de março de 2014 (http://fashionista.com/2014/03/cockinasock).

25. Milo Yiannopoulos, "Male University of York Student Commits Suicide on Day His University Ditches International Men's Day After Pressure from Feminists", *Breitbart*, 18 de novembro de 2015 (http://www.breitbart.com/big-journalism/2015/11/18/male-university-of-york-student-commits-suicide-on-day-his-university-ditches-international-mens-day-after-pressure-from-feminists/).

26. "Cisgênero" é a expressão que gente de esquerda usa para designar pessoas "normais".

27. Sheila Coronel, Steve Coll e Derek Kravitz, "'A Rape on Campus' What Went Wrong", *Rolling Stone*, 5 de abril de 2015 (http://www.rollingstone.com/culture/features/a-rape-on-campus-what-went-wrong-20150405).

28. Lizzie Crockner, "Why the New 'One in Four' Campus Rape Statistic is Misleading", *The Daily Beast*, 21 de setemrbo de 2015 (http://www.thedailybeast.com/articles/2015/09/21/how-misleading-is-the-new-one-in-four-campus-rape-statistic.html).

29. Sofi Sinozich, Lynn Langton, "Rape and Sexual Assault Among College-Age Females, 1995-2013", Bureau of Justice Statistics, 11 de dezembro de 2014 (https://www.bjs.gov/index.cfm?ty=pbdetail&iid=5176).

DANGEROUS

30. Patrick deHahn, "Study: 89% of colleges reported zero campus rapes in 2015", *USA Today*, 11 de maio de 2017 (http://college.usatoday.com/2017/05/11/study-89-of-colleges-reported-zero-campus-rapes-in-2015/)

31. Steven Pinker e Andrew Mack, "The World Is Not Falling Apart", *Slate*, 22 de dezembro de 2014 (http://www.slate.com/articles/news_and_politics/foreign-ers/2014/12/the_world_is_not_falling_apart_the_trend_lines_reveal_an_in-creasingly_peaceful.html).

32. NP Mota, M. Burnett e J. Sareen, "Associations between abortions, mental disorders, and suicidal behavior in a nationally representative sample," National Center for Biotechnology Information, abril de 2010 (https://www.ncbi.nlm.nih.gov/pubmed/20416147).

33. University of Texas Medical Branch at Galveston, "Study finds injectable birth control causes significant weight gain and changes in body mass", *EurekAlert!*, 4 de março de 2009 (https://www.eurekalert.org/pub_releases/2009-03/uotm-sfi030409.php).

34. Ailesbury Media, "Dr. Patrick Treacy discusses 'The History of Cellulite'", *PRLog*, 29 de outubro de 2009 (https://www.prlog.org/10392821-dr-patrick-treacy-dis-cusses-the-history-of-cellulite.html).

35. Stephanie Pappas, "Fertile Gals Have All the Right Dance Moves", *Live Science*, 15 de agosto de 2012 (http://www.livescience.com/22402-women-dances-ovula-tion-fertility.html).

36. Daniel DeNoon, "Pill Users Choose 'Wrong' Sex Partners", *CBS News*, 13 de agosto de 2008 (http://www.cbsnews.com/news/pill-users-choose-wrong-sex-partners/).

37. Marianne Bertrand, Claudia Goldin e Lawrence F. Katz, "Dynamics of the Gender Gap for Young Professionals in the Financial and Corporate Sectors", *American Economic Journal: Applied Economics* 2, julho de 2010 (http://scholar.harvard.edu/files/goldin/files/dynamics_of_the_gender_gap_for_young_professionals_in_the_financial_and_corporate_sectors.pdf). US Department of Labor, "An Analysis of Reasons for the Disparity in Wages Between Men and Women: A Forward", CONSAD Research Corp, s.d. (http://www.hawaii.edu/religion/courses/Gen-der_Wage_Gap_Report.pdf).

38. Bureau of Labor Statistics, "National Census of Fatal Occupational Injuries in 2016", U.S. Department of Labor, 19 de dezembro de 2017 (https://www.bls.gov/news.release/pdf/cfoi.pdf).

39. John Tierney, "The Real War on Science", *City Journal*, outono de 2016 (http://www.city-journal.org/html/real-war-science-14782.html).

40. Synapse, "Why Do More Boys Have Autism", s.d. (http://www.autism-help.org/points-gender-imbalance.htm).

41. R.A. Lippa, "Abstracts for BBC Internet Survey Papers", Archives of Sexual Behavior, s.d. (http://psych.fullerton.edu/rlippa/abstracts_2009.htm).

42. Christopher Drew, "Where the Women Are: Biology", *The New York Times*, 4 de novembro de 2011 (http://www.nytimes.com/2011/11/06/education/edlife/where-the-women-are-biology.html).

NOTAS

43. WebMD, "Why Men and Women Handle Stress Differently", *WebMD*, 6 de junho de 2005 (http://www.webmd.com/women/features/stress-women-men-cope).

44. Health Editor, "How Jealousy is Different for Men and Women", *Health*, 14 de janeiro de 2015 (http://news.health.com/2015/01/14/straight-men-more-prone-to-jealousy-over-sexual-infidelity-study/).

45. Tony Grew, "Celebs Split over trans protest at Stonewall Awards", *Pink News*, 7 de novembro de 2008 (http://www.pinknews.co.uk/2008/11/07/celebs-split-over-trans-protests-at-stonewall-awards/).

46. LU Staff, "Liberal parents on Twitter distraught that their children are normal and healthy", *Liberty Unyielding*, 2 de setembro de 2016 (http://libertyunyielding.com/2016/09/02/liberal-parents-twitter-distraught-children-normal-healthy/).

47. Douglas Main, "Seven in 10 American Adults are Overweight or Obese", *Newsweek*, 22 de junho de 2015 (http://europe.newsweek.com/7-10-american-adults-are-overweight-or-obese-329130?rm=eu).

48. Trust for America's Health and Robert Wood Johnson Foundation, "The Healthcare Costs of Obesity", The State of Obesity, s.d. (http://stateofobesity.org/health-care-costs-obesity/).

49. Lindsay Abrams, "A Case for Shaming Obese People, Tastefully", *The Atlantic*, 23 de janeiro de 2013 (http://www.theatlantic.com/health/archive/2013/01/a-case-for-shaming-obese-people-tastefully/267446/).

50. The Affirmative Consent Project, "Affirmative Laws (Yes Means Yes) State by State", Affirmative Consent, 23 de abril de 2017 (http://affirmativeconsent.com/affirmative-consent-laws-state-by-state/).

5. POR QUE O BLACK LIVES MATTER ME ODEIA

1. Milo Yiannopoulos, "Did Black Lives Matter Organizer Shaun King Mislead Oprah Winfrey by Pretending to be Biracial?" *Breitbart*, 19 de agosto de 2015 (http://www.breitbart.com/big-government/2015/08/19/did-black-lives-matter-organiser-shaun-king-mislead-oprah-winfrey-by-pretending-to-be-biracial/).

2. Shaun King, "Race, love, hate, and me: A distinctly American story", *Daily Kos*, 20 de agosto de 2015 (http://www.dailykos.com/story/2015/8/20/1413881/-Race-love-hate-and-me-A-distinctly-American-story).

3. Chuck Ross, "Leading Ferguson Activist's Hate Crime Claim Disputed By Police Report, Detective", *The Daily Caller*, 21 de julho de 2015 (http://dailycaller.com/2015/07/21/leading-ferguson-activists-hate-crime-claim-disputed-by-police-report-detective/).

4. Chuck Ross, "Shaun King's Charity Fundraising Comes Under More Scrutiny", *The Daily Caller*, 16 de dezembro de 2015 (http://dailycaller.com/2015/12/16/shaun-kings-charity-fundraising-comes-under-more-scrutiny/).

5. Heather Mac Donald, "Black and Unarmed: Behind the Numbers", *The Marshall*

Project, 8 de fevereiro de 2016 (https://www.themarshallproject.org/2016/02/08/black-and-unarmed-behind-the-numbers#.t7yfHNI5z).

6. Heather Mac Donald, "The Nationwide Crime Wave Is Building", *The Wall Street Journal*, 23 de maio de 2016 (http://www.wsj.com/articles/the-nation-wide-crime-wave-is-building-1464045462).

7. Dara Lind, "The 'Ferguson effect,' a theory that's warping the American crime debate, explained", *Vox*, 18 de maio de 2016 (http://www.vox.com/2016/5/18/11683594/ferguson-effect-crime-police).

8. Heather Mac Donald, "The Myths of Black Lives Matter", *The Wall Street Journal*, 9 de julho de 2016 (http://www.wsj.com/articles/the-myths-of-black-lives-matter-1468087453).

9. Troy Hayden, "Activist critical of police undergoes use of force scenarios", *FOX 10 Phoenix*, 8 de janeiro de 2015 (http://www.fox10phoenix.com/news/1382363-story).

10. Janie Boschma e Ronald Brownstein, "The Concentration of Poverty in American Schools", *The Atlantic*, 29 de fevereiro de 2016 (http://www.theatlantic.com/education/archive/2016/02/concentration-poverty-american-schools/471414/).

11. Brad E. Hamilton, Ph.D., Joyce A. Martin, M.P.H., Michelle J. K. Osterman, M.H.S., Sally C. Curtin, M.A. e T. J. Mathews, M.S., "Births: Final Data for 2014", Centers for Disease Control and Prevention, 23 de dezembro de 2015 (https://www.cdc.gov/nchs/data/nvsr/nvsr64/nvsr64_12.pdf).

12. Matt Naham, "Rand Paul is getting more black support than almost any other Republican", *Rare*, 19 de maio de 2014 (http://rare.us/story/rand-paul-is-getting-more-black-support-than-almost-any-other-republican/).

13. Paul Cassell, "Why Michael Brown's best friend's story isn't credible", *The Washington Post*, 2 de dezembro de 2014 (https://www.washingtonpost.com/news/volokh-conspiracy/wp/2014/12/02/why-michael-browns-best-friends-story-is-incredible/?utm_term=.85d6c391b992).

14. Anthony Furey, "Black Lives Matter co-founder appears to label white people 'defects'", *Toronto Sun*, 11 de fevereiro de 2017 (http://www.torontosun.com/2017/02/11/black-lives-matter-co-founder-appears-to-label-white-people-defects).

15. CBC News, "Black Lives Matter Toronto co-founder under fire for controversial tweet", *CBC News*, 15 de junho de 2016 (http://www.cbc.ca/news/canada/toronto/black-lives-matter-controversial-tweet-1.3523055).

16. Jasper Hamill, "Google promotes controversial claim it's NOT possible for ethnic minorities to be racist against white people", *The Sun*, 3 de outubro de 2016 (https://www.thesun.co.uk/news/1901544/google-promotes-controversial-claim-its-not-possible-for-ethnic-minorities-to-be-racist-against-white-people/).

17. Gene Demby, "A Discomforting Question: Was The Chicago Torture Case Racism?", National Public Radio, 9 de janeiro de 2017 (http://www.npr.org/sections/codeswitch/2017/01/09/508607762/a-dscomfitting-question-was-the-chicago-torture-case-racism).

276

NOTAS

6. POR QUE A MÍDIA ME ODEIA

1. Governo japonês, "National Diet Live Broadcast, 4th Meeting of the House of Counselors Committee on Financial Affairs: On the Subject of Postponing an Increase of the Consumption Tax", 17 de novembro de 2016 (http://www.webtv.sangiin.go.jp/webtv/detail.php?ssp=27153&type=recorded).

2. Michael Tracey, "The Mainstream Media Has a Donald J. Trump-Sized Blind Spot", *The Daily Beast*, 6 de setembro de 2016 (http://www.thedailybeast.com/articles/2016/09/06/the-mainstream-media-has-a-donald-j-trump-sized-blind-spot.html).

3. Kyle Foley, "Vice Reporter Fired: Story On Lena Dunham's Primary Vote Included Home Address", *Heat Street*, 11 de novembro de 2016 (http://heatst.com/world/vice-reporter-fired-after-story-questioning-whether-lena-dunham-voted-in-primary/).

4. Jim Hoft, "BREAKING: Liberals Create List of 'Fake' News Websites Including: Breitbart, Infowars, Zerohedge, Twitchy, The Blaze", *Gateway Pundit*, 16 de novembro de 2016 (http://www.thegatewaypundit.com/2016/11/breaking-media-list-fake-news-websites-includes-breitbart-infowars-zerohedge-twitchy-blaze/).

5. Doug Elfman, "Joe Rogan's three-hour *podcast* show tops 11 million monthly downloads", *Las Vegas Review Journal*, 31 de dezembro de 2014 (https://www.review-journal.com/entertainment/joe-rogans-three-hour-*podcast*-show-tops-11-million-monthly-downloads/).

6. Larry O'Connor, "Newsweek Calls Drudge's Lewinsky Bombshell 'Epic Newsweek Scoop'", *Breitbart*, 26 de dezembro de 2012 (http://www.breitbart.com/big-journalism/2012/12/26/newsweek-claims-credit-for-drudge-scoop-lewinsky/).

7. David Remnick, "Obama Reckons with a Trump Presidency", *The New Yorker*, 28 de novembro de 2016 (http://www.newyorker.com/magazine/2016/11/28/obama-reckons-with-a-trump-presidency?mbid=social_twitter).

8. The New Yorker, 28 de novembro de 2016.

9. Tom Ciccotta, "FAKE NEWS: NBC News Issues Correction After Falsely Branding MILO as 'White Nationalist'", *Breitbart*, 7 de janeiro de 2017 (http://www.breitbart.com/milo/2017/01/07/fake-news-nbc-news-issues-correction-falsely-branding-milo-white-nationalist/).

10. John Carroll, "Why would Martin Shkreli hike an old drug price by 5000%? Only a 'moron' would ask", 20 de setembro de 2015 (http://www.fiercebiotech.com/biotech/why-would-martin-shkreli-hike-an-old-drug-price-by-5000-only-a-moron-would-ask).

11. Zoe Thomas e Tim Swift, "Who is Martin Shkreli — 'the most hated man in America'?" BBC *News*, 23 de setembro de 2015 (http://www.bbc.co.uk/news/world-us-canada-34331761).

12. Margaret Sullivan, "It's time to retire the tainted term 'fake news'", *The Washington Post*, 8 de janeiro de 2017 (https://www.washingtonpost.com/lifestyle/style/its-time-to-retire-the-tainted-term-fake-news/2017/01/06/a5a7516c-d375-11e6-945a-76f69a399dd5_story.html?utm_term=.308ff1d9821b).

13. Emily Smith e Daniel Halper, "Donald Trump's media summit was a 'f---ing firing squad'", *New York Post*, 21 de novembro de 2016 (http://nypost.com/2016/11/21/donald-trumps-media-summit-was-a-f-ing-firing-squad/).

7. POR QUE OS GAYS DO *ESTABLISHMENT* ME ODEIAM

1. Zack Ford, "LGBT media condemns Out Magazine for Milo Yiannopoulos puff piece", *Think Progress*, 22 de setembro de 2016 (https://thinkprogress.org/out-magazine-milo-open-letter-e0d3db3fe7ac#.byw95ncrs).
2. Chadwick Moore, "I'm a gay New Yorker — and I'm coming out as a conservative", *New York Post*, 11 de fevereiro de 2017 (http://nypost.com/2017/02/11/im-a-gay-new-yorker-and-im-coming-out-as-a-conservative/).
3. Dave Rubin, "Why I Left the Left", PragerU, 6 de fevereiro de 2017 (https://www.prageru.com/courses/political-science/why-i-left-left).
4. Ben Kew, "'Twinks for Trump' Photographer Fired After Being Praised by Milo", *Breitbart*, 29 de agosto de 2016 (http://www.breitbart.com/tech/2016/08/29/twinks-for-trump-photographer-fired-after-being-praised-by-milo/).
5. Charlie Nash, "Pierogi Art Gallery Realtor Threatens To Sue Lucian Wintrich Over Pro-Trump Art Exhibit", *Breitbart*, 7 de outubro de 2016 (http://www.breitbart.com/milo/2016/10/07/pierogi-art-gallery-lucian-wintrich-sue-trump/).
6. Jim Downs, "Peter Thiel Shows Us There's a Difference Between Gay Sex and Gay", *Advocate*, 14 de outubro de 2016 (http://www.advocate.com/commentary/2016/10/14/peter-thiel-shows-us-theres-difference-between-gay-sex-and-gay).
7. T.W.H., "Unmanly Manhood", *Classroom Electric*, 23 de abril de 2017 (http://www.classroomelectric.org/volume2/price/remembered/womans_journal.htm).
8. Peter Tatchell, "Peter Tatchell: Quentin Crisp was no gay hero", *Independent*, 29 de dezembro de 2009 (http://www.independent.co.uk/voices/commentators/peter-tatchell-quentin-crisp-was-no-gay-hero-1852122.html).
9. Florence King, "The Battle of Little Big Clit", in *Lump It or Leave It* (New York: St. Martin's, 1990), 164, 166.
10. Camille Paglia, *Vamps and Tramps* (Vintage Books, New York, 1994), 70, 86.
11. ABC News, "Why RuPaul Doesn't Think He or 'RuPaul's Drag Race' Can Go Mainstream", 13 de maio de 2016 (https://www.youtube.com/watch?v=hnHEWU-WhGE).
12. Chadwick Moore, "I'm a gay New Yorker — and I'm coming out as a conservative", *New York Post*, 11 de fevereiro de 2017 (http://nypost.com/2017/02/11/im-a-gay-new-yorker-and-im-coming-out-as-a-conservative/).
13. Richard Lawson, "Gay Men Are Skinnier Than Straight Men, Duh", *Gawker*, 8 de junho de 2010 (http://gawker.com/5558318/gay-men-are-skinnier-than-straight-men-duh).
14. King, "The Battle of Little Big Clit", 168-9.

NOTAS

8. POR QUE OS REPUBLICANOS DO *ESTABLISHMENT* ME ODEIAM

1. Ana Marie Cox, "Glenn Beck Is Sorry About All That", *The New York Times Magazine*, 21 de novembro de 2016 (http://www.nytimes.com/2016/11/27/magazine/glenn-beck-is-sorry-about-all-that.html?_r=0).
2. Naomi Lim, "Glenn Beck: Opposing Trump is 'moral' choice — even if Clinton is elected", CNN, 11 de outubro de 2016 (http://edition.cnn.com/2016/10/11/politics/glenn-beck-hillary-clinton-moral-ethical-choice/).
3. Perez Hilton, "Kanye West's 'Psychotic Break' Reportedly Fueled By Rifts With Kim Kardashian, Sleep Deprivation, & MORE", Perez Hilton, 22 de novembro de 2016 (http://perezhilton.com/2016-11-22-kanye-west-psychiatric-evaluation-breakdown-report#.WKMfnVWLTIU).
4. Joseph Curl, "Joy Villa's Album Sales Rise 54,300,100%!" *The Daily Wire*, 13 de fevereiro de 2017 (http://www.dailywire.com/news/13420/joy-villas-album-sales-rise-54350100-joseph-curl#).
5. PragerU, "Why I Left the Left", 6 de fevereiro de 2017 (https://www.youtube.com/watch?v=hiVQ8vrGA_8).
6. Milo Yiannopoulos, "Star Wars 'Reeks of Misogyny': SJW Satirist Punks BBC World Service", *Breitbart*, 17 de abril de 2015 (http://www.breitbart.com/london/2015/04/17/star-wars-reeks-of-misogyny-sjw-satirist-punks-bbc-world-service/).
7. Grantmakers in the Arts, 23 de abril de 2017 (http://www.giarts.org/).
8. Tricia Tongco, "Your Radical Guide To Fighting Discrimination In The Arts", Grantmakers in the Arts, 7 de março de 2016 (http://www.giarts.org/blog/steve/your-radical-guide-fighting-discrimination-arts).
9. Christopher Brennan, "Trump's 'America First' policy echoes group that opposed fighting the Nazis", *Daily News*, 20 de janeiro de 2017 (http://www.nydailynews.com/news/national/america-policy-echoes-group-opposed-fighting-nazis-article-1.2951883).
10. Jim Hoft, "Bill Kristol: White Working Class Should be Replaced by Immigrants (VIDEO)", *Gateway Pundit*, 9 de fevereiro de 2017 (http://www.thegatewaypundit.com/2017/02/bill-kristol-white-working-class-replaced-immigrants-video/).
11. Parker Lee, "Fox News Hoped Tucker Carlson Could Live Up to Megyn Kelly's Popularity. Now the Ratings Are In…", *Independent Journal Review*, janeiro de 2017 (http://ijr.com/2017/01/778808-fox-hoped-tucker-carlson-could-live-up-to-megyn-kellys-popularity-now-the-ratings-are-in/).
12. Dan Duray, "Donald Trump's 'Hit Man' Hones His Dark Arts", *Vanity Fair*, 20 de julho de 2016 (http://www.vanityfair.com/news/2016/07/roger-stone-donald-trumps-hit-man).
13. Daniel Henninger, "McCarthyism at Middlebury", *The Wall Street Journal*, 8 de março de 2017 (https://www.wsj.com/articles/mccarthyism-at-middlebury-1489016328).

9. POR QUE OS MUÇULMANOS ME ODEIAM

1. Ian Drury, "Four out of five migrants are NOT from Syria: EU figures expose the 'lie' that the majority of refugees are fleeing war zone", *Daily Mail*, 18 de setembro de 2015 (http://www.dailymail.co.uk/news/article-3240010/Number-refugees-arriving-Europe-soars-85-year-just-one-five-war-torn-Syria.html).
2. Rick Noack, "Leaked document says 2,000 men allegedly assaulted 1,200 German women on New Year's Eve", *The Washington Post*, 11 de julho de 2016 (https://www.washingtonpost.com/news/worldviews/wp/2016/07/10/leaked-document-says-2000-men-allegedly-assaulted-1200-german-women-on-new-years-eve/?utm_term=.e4a508573a0a).
3. Ingrid Carlqvist, "Sweden: Summer Inferno of Sexual Assaults", Gatestone Institute, 13 de agosto de 2016 (https://www.gatestoneinstitute.org/8579/sweden-sexual-assaults).
4. Frank Furedi, "Why is Europe giving Muslim migrants sex-ed lessons?" *Spiked*, 19 de janeiro de 2016 (http://www.spiked-online.com/newsite/article/why-is-europe-giving-muslim-migrants-sex-ed-lessons/17939#.WDMUy9WLTIU).
5. Reuters, "No evidence Paris attack mastermind was ever in Greece — Greek official", *Daily Mail*, 19 de novembro de 2015 (http://www.dailymail.co.uk/wires/reuters/article-3325789/No-evidence-Paris-attack-mastermind-Greece-Greek-official.html).
6. Milo Yiannopoulos, "Milo at Orlando Shooting Site", 15 de junho de 2016 (https://www.youtube.com/watch?v=xLqkizGtFo0K).
7. Walter Berns, "Flag-Burning & Other Modes of Expression", *Commentary*, 1 de outubro de 1989 (https://www.commentarymagazine.com/articles/flag-burning-other-modes-of-expression/).
8. Sean Illing, "Sam Harris talks Islam, ISIS, atheism, GOP madness: 'We are confronting people, in dozens of countries, who despise more or less everything that we value'," *Salon*, 25 de novembro de 2015 (http://www.salon.com/2015/11/25/harris_and_illing_correspondence/).
9. Teju Cole, "Unmournable Bodies", *The New Yorker*, 9 de janeiro de 2015 (http://www.newyorker.com/culture/cultural-comment/unmournable-bodies).
10. Jenny Sterne, "80 per cent of UK Universities restrict free speech", *Mancunion*, 5 de março de 2015 (http://mancunion.com/2015/03/05/80-per-cent-of-uk-universities-restrict-free-speech/).
11. Glenn Greenwald, "204 PEN Writers (Thus Far) Have Objected to the Charlie Hebdo Award — Not Just 6", *The Intercept*, 30 de abril de 2015 (https://theintercept.com/2015/04/30/145-pen-writers-thus-far-objected-charlie-hedbo-award-6/).
12. Scroll Staff, "Salman Rushdie slams fellow writers for boycotting ceremony to honour 'Charlie Hebdo'", *Scroll*, 27 de abril de 2015 (http://scroll.in/article/723627/salman-rushdie-slams-fellow-writers-for-boycotting-ceremony-to-honour-charlie-hebdo).

NOTAS

13. Alison Flood, "Neil Gaiman leads authors stepping in to back Charlie Hebdo PEN award", *The Guardian*, 5 de maio de 2015 (https://www.theguardian.com/books/2015/may/05/neil-gaiman-pen-award-charlie-hebdo).

14. Patrick L. Smith, "We brought this on ourselves: After Paris, it is time to square our 'values' with our history", *Salon*, 15 de novembro de 2015 (http://www.salon.com/2015/11/15/we_brought_this_on_ourselves_after_paris_it_is_time_to_square_our_values_with_our_history/).

15. Patrick L. Smith, "We brought this on ourselves, and we are the terrorists, too", *Salon*, 27 de março de 2016 (http://www.salon.com/2016/03/27/we_brought_this_on_ourselves_and_we_are_the_terrorists_too/).

16. David A. Graham, "How Did Maajid Nawaz End Up on a List of 'Anti-Muslim Extremists'?" *The Atlantic*, 29 de outubro de 2016 (http://www.theatlantic.com/international/archive/2016/10/maajid-nawaz-splc-anti-muslim-extremist/505685/).

10. POR QUE OS GAMERS NÃO ME ODEIAM

1. Kira Cochrane, "The fourth wave of feminism: meet the rebel women", *The Guardian*, 10 de dezembro de 2013 (https://www.theguardian.com/world/2013/dec/10/fourth-wave-feminism-rebel-women).

2. Alice Marwick, "Donglegate: Why the Tech Community Hates Women", *Wired*, 29 de março de 2013 (https://www.wired.com/2013/03/richards-affair-and-misogyny-in-tech/).

3. Sara Malm, "'Twitter gave me PTSD': Woman claims mean comments and 'cyberstalking' gave her an illness usually suffered by WAR VETERANS", *Daily Mail*, 17 de abril de 2014 (http://www.dailymail.co.uk/news/article-2605888/Woman-claims-PTSD-Twitter-cyberstalking-says-bit-war-veterans.html).

4. Amanda Wallace, "Depression Quest Dev Faces Extreme Harassment Because She's a Woman", *Game Skinny*, 15 de dezembro de 2013 (http://www.gameskinny.com/o3t09/depression-quest-dev-faces-extreme-harassment-because-shes-a-woman).

5. Rebecca Savransky, "'Gamergate' critic Brianna Wu running for Congress in 2018: report", *The Hill*, 21 de dezembro de 2016 (http://thehill.com/homenews/news/311302-game-developer-brianna-wu-eyeing-run-for-congress-in-2018).

6. "The Zoe Post", 24 de abril de 2017 (https://thezoepost.wordpress.com/).

7. "Critical Distance", *Deep Freeze*, 24 de abril de 2017 (http://www.deepfreeze.it/outlet.php?o=critical_distance).

8. "Leigh Alexander, the Guardian", *Deep Freeze*, 24 de abril de 2017 (http://www.deepfreeze.it/journo.php?j=leigh_alexander).

9. Leigh Alexander, "'Gamers' don't have to be your audience. 'Gamers' are over", *Gamasutra*, 28 de agosto de 2014 (http://www.gamasutra.com/view/news/224400/Gamers_dont_have_to_be_your_audience_Gamers_are_over.php).

10. Arthur Chu, "It's Dangerous to Go Alone: Why Are Gamers So Angry?" *The Daily Beast*, 28 de agosto de 2014 (https://archive.is/9NxHy#selection-615.147-615.184).

11. Luke Plunkett, "We Might Be Witnessing The 'Death of An Identity'", *Kotaku*, s.d. (https://archive.is/YlBhH#selection-2977.81-2977.156).

12. Mike Pearl, "This Guy's Embarrassing Relationship Drama Is Killing the 'Gamer' Identity", VICE, 29 de agosto de 2014 (https://archive.is/L4n6p).

13. Aja Romano, "The sexist crusade to destroy game developer Zoe Quinn", *The Daily Dot*, 20 de agosto de 2014 (https://archive.is/ILNXC).

14. "TotalBiscuit discusses the state of games journalism, Steam Greenlight, ethics, DMCA abuse and Depression Quest", *Reddit*, s.d. (https://www.reddit.com/r/gaming/comments/2dz0gs/totalbiscuit_discusses_the_state_of_games/).

15. "Boogie banned from NeoGAF, threats against him were put into effect", *Reddit*, s.d. (https://www.reddit.com/r/KotakuInAction/comments/2j5s1k/boogie_banned_from_neogaf_threats_against_him/).

16. "GamerGate", *Know Your Meme*, 2014 (http://knowyourmeme.com/memes/events/gamergate#CensorOn4chan).

17. Dante D'Orazio, "Gamergate scandal convinced 4chan founder Moot to leave the site", *The Verge*, 14 de março de 2015 (http://www.theverge.com/2015/3/14/8214713/gamergate-scandal-convinced-4chan-founder-moot-to-leave-the-site).

18. "From the time of posting the 'Hell hath no fury' to the dmca the video only had 4599 views ... It really wasn't rising that much." — Matt "MundaneMatt" Jarbo, 12 de agosto de 2015.

19. Nate Anderson, "Scientology fights critics with 4,000 DMCA takedown notices", *Ars Technica*, 8 de setembro de 2008 (https://arstechnica.com/uncategorized/2008/09/scientology-fights-critics-with-4000-dmca-takedown-notices/).

20. "Tweets por dia: @TheQuinnspiracy, @Vahn16, and #GamerGate", (https://unsubject.files.wordpress.com/2014/09/topsy_gamergatehashtag.png).

21. Wil Wheaton. "Anonymous trolls are destroying online games. Here's how to stop them", *The Washington Post*, 11 de novembro de 2014 (https://www.washingtonpost.com/posteverything/wp/2014/11/11/anonymous-trolls-are-destroying-online-games-heres-how-to-stop-them/).

22. "#NotYourShield — BURRRRNED!!" *Know Your Meme*, 24 de abril de 2017 (http://knowyourmeme.com/photos/829804-notyourshield).

23. Arthur Chu, *Twitter*, 18 de outubro de 2014 (https://twitter.com/arthur_affect/status/523554495276806144).

24. Casey Johnston, "Chat logs show how 4chan users created #GamerGate controversy", *Ars Technica*, 9 de setembro de 2014 (https://arstechnica.com/gaming/2014/09/new-chat-logs-show-how-4chan-users-pushed-gamergate-into-the-national-spotlight/).

25. C. J. Ferguson e J. Killburn, "Much ado about nothing: the misestimation and overinterpretation of violent video game effects in eastern and western nations: comment on Anderson et al. (2010)", National Center for Biotechnology Information, março de 2010 (http://www.ncbi.nlm.nih.gov/pubmed/20192554).

NOTAS

26. Jonathan McIntosh, *Twitter*, 1 de março de 2014 (https://webcache.googleuser-content.com/search?q=cache:1o0GlYr4qBEJ:https://twitter.com/radicalbytes/status/439947821999857665%3Flang%3Den+&cd=1&hl=en&ct=clnk&gl=uk).

27. Milo Yiannopoulos, "Killer virgin was a Madman, not a Misogynist", *Breitbart*, 27 de maio de 2014 (http://www.breitbart.com/london/2014/05/27/virgin-kill-er-was-not-a-misogynist-but-a-madman/).

28. AlterNet Staff, "8 Things You May Not Know About Elliot Rodger's Killing Spree", *AlterNet*, 28 de maio de 2014 (http://www.alternet.org/culture/8-things-you-may-not-know-about-elliot-rodgers-killing-spree).

29. Factual Feminist, "Are video games sexist?" American Enterprise Institute, 16 de setembro de 2014 (https://www.youtube.com/watch?v=9MxqSwzFy5w).

30. Lisa Ruddick, "When Nothing Is Cool", *The Point*, 2015 (https://thepointmag.com/2015/criticism/when-nothing-is-cool).

31. Jen Yamato, "Jordan Peele explains 'Get Out's' creepy milk scene, ponders the recent link between dairy and hate." *LA Times*, 1 de março de 2017 (http://www.la-times.com/entertainment/movies/la-et-mn-get-out-milk-horror-jordan-peele-al-lison-williams-20170301-story.html)

32. "Anita Sarkeesian: #GamerGate A call to Boycott Sponsors of News Media", vídeo do Youtube postado por FaZe Keemstar, 20 de janeiro de 2015. (https://www.youtube.com/watch?v=KcMBr8yHeEw). Acessado em 25 de janeiro de 2015.

33. Milo Yiannopoulos, "How Sloppy, Biased Video Games Reporting Almost Destroyed a CEO", *Breitbart*, 23 de setembro de 2014 (http://www.breitbart.com/london/2014/09/23/how-sloppy-biased-video-games-reporting-almost-destroyed-a-ceo/).

34. Jason Schreler, "Stardock Lawsuits Dropped, Ex-Employee Apologizes", Kotaku, 24 de setembro de 2013 (http://kotaku.com/stardock-lawsuits-dropped-ex-employee-apologizes-1377925759).

35. James Fudge, "A Long Overdue Correction and an Apology to Brad Wardell", *Game Politics*, 11 de novembro de 2014 (https://archive.is/yl34h).

36. William Usher, "Polygon, Kotaku Revise Their Policies Amidst Controversy", *Cinema Blend*, s.d. (http://www.cinemablend.com/games/Polygon-Kotaku-Re-vise-Their-Policies-Amidst-Controversy-66962.html).

37. Alyssa Rosenberg, "Donald Trump is the Gamergate of Republican politics", *The Washington Post*, 7 de dezembro de 2015 (https://www.washingtonpost.com/news/act-four/wp/2015/12/07/donald-trump-is-the-gamergate-of-republican-politics/).

11. POR QUE MINHAS TURNÊS UNIVERSITÁRIAS SÃO TÃO INCRÍVEIS

1. Michael Sitver, "University Admins Surrender to Violent Protesters, Shutter Event", *Huffington Post*, 25 de maio de 2016 (http://www.huffingtonpost.com/

entry/university-admins-surrender-to-violent-protesters-shutter_us_57454738e-4b00853ae7b5ae3).

2. Tom Ciccotta, "DePaul President Capitulates to Outraged Anti-Milo Students, Tenders Resignation", *Breitbart*, 13 de junho de 2016 (http://www.breitbart.com/milo/2016/06/13/depaul-president-step-facing-backlash-milo-event/).

3. Brad Richardson, "George Will Uninvited from Scripps College", *The Claremont Independent*, 6 de outubro de 2014 (http://claremontindependent.com/george-will-uninvited-from-scripps-college/).

4. Mark Tapson, "U of Michigan Students Call Police Over 'Trump 2016,' 'Stop Islam,' Chalk Markings", *Truth Revolt*, 1º de abril de 2016 (https://www.truthrevolt.org/news/u-michigan-students-call-police-over-trump-2016-stop-islam-chalkmarkings).

5. Chad Sokol, "WSU students plan to raise a controversial 'Trump wall' on campus", *The Spokesman-Review*, 9 de setembro de 2016 (http://www.spokesman.com/stories/2016/sep/09/wsu-students-plan-to-raise-a-controversial-trump-w/).

6. Stephanie McFeeters, "Counter-protesters join kimono fray at MFA", *The Boston Globe*, 19 de julho de 2015 (https://www.bostonglobe.com/arts/2015/07/18/counter-protesters-join-kimono-fray-mfa/ZgVWiT3yIZSlQgxCghAOFM/story.html).

7. Paul Bond, "Milo Yiannopoulos Documentary in the Works as Outrageous Tour DemandsRevealed(Exclusive)",*TheHollywoodReporter*,30deagostode2016(http://www.hollywoodreporter.com/news/milo-yiannopoulos-outrageous-tour-demands-924248).

8. Milo Yiannopoulos, "The Left's Bloody War on Women: Sending Chicks into Combat Betrays Men, Women and Civilization", *Breitbart*, 7 de julho de 2016 (http://www.breitbart.com/milo/2016/07/07/real-war-on-women-chicks-in-combat/).

9. Ben Kew, "Watch: Arab Girl Destroys Muslim Apologists at Milo's USF Event", *Breitbart*, 26 de setembro de 2016 (http://www.breitbart.com/milo/2016/09/26/watch-arab-girl-destroys-arab-apologists-milos-usf-event/).

10. Ben Kew, "ABC10 Photographer Attacked With Hot Coffee Outside Milo UC Davis Event", *Breitbart*, 13 de janeiro de 2017 (http://www.breitbart.com/milo/2017/01/13/milo-abc-uc-davis-hot-coffee/).

11. Ben Kew, "WATCH: MILO Video Producer Pushed, Spat On By UC Davis Protesters", *Breitbart*, 13 de janeiro de 2017 (http://www.breitbart.com/milo/2017/01/13/watch-uc-davis-protestors-assault-spit-milos-cameraman/).

12. Molly Ball, "Is the Anti-Trump 'Resistance' the New Tea Party", *The Atlantic*, 9 de fevereiro de 2017 (https://www.theatlantic.com/politics/archive/2017/02/resistance-teaparty/516105/).

13. Lee Stranahan, "Radical Berkeley Anti-Milo Protest Leader: 'No Regrets'", *Breitbart*, 6 de fevereiro de 2017 (http://www.breitbart.com/big-government/2017/02/06/radical-berkeley-anti-milo-protest-leader-no-regrets/).

14. Joel B. Pollak, "New O'Keefe Video: Leftists Planning Stink Bombs at 'Deploraball'", *Breitbart*, 16 de janeiro de 2017 (http://www.breitbart.com/big-government/2017/01/16/new-james-okeefe-video-leftists-planning-stink-bombs-deploraball/).

NOTAS

15. Ari Paul, "Do Punch Nazis: Richard Spencer Attack Was Self-Defense", *Observer*, 24 de janeiro de 2017 (http://observer.com/2017/01/do-punch-nazis-anti-semite-white-supremacist-richard-spencer/).

16. Zach Schonfeld, "Is It OK to Punch a Nazi in the Face? Leading Ethicists Weigh In: 'No'", *Newsweek*, 24 de janeiro de 2017 (http://europe.newsweek.com/richard-spencer-punch-nazi-ethicists-547277?rm=eu).

17. Lucas Nolan, "MILO Cameraman Assaulted, Equipment Broken", *Breitbart*, 20 de janeiro de 2017 (http://www.breitbart.com/milo/2017/01/20/milo-cameraman-assaulted-equipment-broken/).

18. Tom Ciccotta, "Seattle Protesters Armed with Wooden Poles, Heavy Pipes, Shields", *Breitbart*, 20 de janeiro de 2017 (http://www.breitbart.com/milo/2017/01/20/seattle-police-recover-wooden-poles-metal-pipes-shields-milo-protesters/).

19. Bea Karnes, "Rioters Damage Property At UC Berkeley, Downtown Berkeley, Paint 'Kill Trump' Graffiti", *Berkeley Patch*, 2 de fevereiro de 2017 (http://patch.com/california/berkeley/violent-demonstration-uc-berkeley).

20. Breitbart Tech, "Questions Arise Over 'Hands-Off' Police Response to Berkeley Riot", *Breitbart*, 7 de fevereiro de 2017 (http://www.breitbart.com/milo/2017/02/07/questions-arise-hands-off-police-response-berkeley-riot/).

21. Matier & Ross, "Why UC police let anarchists run wild in Berkeley", *San Francisco Chronicle*, 5 de fevereiro de 2017 (http://www.sfchronicle.com/bayarea/matier-ross/article/Why-UC-police-let-anarchists-run-wild-in-Berkeley-10908034.php).

22. Sam J., "CLUELESS Mayor of Berkeley Jesse Arreguin tweets BS about hate speech, regret-tweets 3 hours", *Twitchy*, 2 de fevereiro de 2017 (http://twitchy.com/samj-3930/2017/02/02/clueless-mayor-of-berkeley-jesse-arreguin-tweets-bs-about-hate-speech-regret-tweets-3-hours-later/).

23. Tom Ciccotta, "Berkeley Mayor Apologizes, Retracts Claim that MILO is a 'White Nationalist'…And Replaces It With A New Lie", *Breitbart*, 2 de fevereiro de 2017 (http://www.breitbart.com/milo/2017/02/02/mayor-berkeley-apologizes-retracts-claim-milo-white-nationalist/).

24. Charlie Nash, "Organizer Calls Berkeley Riot 'Stunningly Successful,' Warns Repeat if MILO Returns", *Breitbart*, 8 de fevereiro de 2017 (http://www.breitbart.com/milo/2017/02/08/organizer-calls-berkeley-riot-stunningly-successful-warns-repeat-if-milo-returns/).

25. Paul Cassell, "Did Yiannopoulos secretly send more than 100 thugs to Berkeley to break up his own speech?" *The Washington Post*, 6 de fevereiro de 2017 (https://www.washingtonpost.com/news/volokh-conspiracy/wp/2017/02/06/didyiannopoulos-secretly-send-more-than-one-hundred-thugs-to-berkeley-to-break-up-his-own-speech/).

26. Office of the President, "Rutgers President on Free Speech and Academic Freedom", Rutgers, s.d. (http://president.rutgers.edu/public-remarks/speeches-and-writings/rutgers-president-free-speech-and-academic-freedom).

27. Jonathan Chait, "Not a Very P.C. Thing to Say", *New York*, 27 de janeiro de 2015

(http://nymag.com/daily/intelligencer/2015/01/not-a-very-pc-thing-to-say.html). Judith Shulevitz, "In College and Hiding From Scary Ideas", *The New York Times*, 21 de março de 2015 (https://www.nytimes.com/2015/03/22/opinion/sunday/judith-shulevitz-hiding-from-scary-ideas.html). Greg Lukianoff e Jonathan Haidt, "The Coddling of the American Mind", *The Atlantic*, setembro de 2015 (http://www.theatlantic.com/magazine/archive/2015/09/the-coddling-of-the-american-mind/399356/).

28. Nicholas Kristof, "A Confession of Liberal Intolerance", *The New York Times*, 7 de maio de 2016 (https://www.nytimes.com/2016/05/08/opinion/sunday/a-confession-of-liberal-intolerance.html).

29. Andre Vergara, "Missouri protest: List of demands issued to university", *FOX Sports*, 8 de novembro de 2015 (http://www.foxsports.com/college-football/story/missouri-protesters-issue-list-of-demands-to-university-110815).

30. Stephen Ganey, "Mizzou closes two dorms due to lack of students applying for housing", *FOX4, News*, 10 de abril de 2016 (http://fox4kc.com/2016/04/10/mizzou-closes-two-dorms-due-to-lack-of-students-applying-for-housing/).

31. Martha Ross, "'Dilbert' creator Scott Adams ends UC Berkeley support over Milo Yiannopoulos protests", *The Mercury News*, 8 de fevereiro de 2017 (http://www.mercurynews.com/2017/02/08/dilbert-creator-scott-adams-ends-uc-berkeley-support-over-milo-yiannopoulos-protests/).

32. Maureen Sullivan, "Provocateur Milo Yiannopoulos Was The Speaker Most Likely To Be Disinvited To Colleges In 2016", *Forbes*, 30 de dezembro de 2016 (http://www.forbes.com/sites/maureensullivan/2016/12/30/provocateur-milo-yiannopoulos-was-the-speaker-most-likely-to-be-disinvited-to-colleges-in-2016/).

EPÍLOGO: COMO SER UMA BICHA MÁ (MESMO SE VOCÊ NÃO FOR GAY)

1. Lionel Shriver, "Lionel Shriver's full speech: 'I hope the concept of cultural appropriation is a passing fad'", *The Guardian*, 13 de setembro de 2016 (https://www.theguardian.com/commentisfree/2016/sep/13/lionel-shrivers-full-speech-i-hope-the-concept-of-cultural-appropriation-is-a-passing-fad).

2. Julia Belluz, "It may have seemed like the world fell apart in 2016. Steven Pinker is here to tell you it didn't", *Vox*, 22 de dezembro de 2016 (http://www.vox.com/science-and-health/2016/12/22/14042506/steven-pinker-optimistic-future-2016).

ASSINE NOSSA NEWSLETTER E RECEBA INFORMAÇÕES DE TODOS OS LANÇAMENTOS

www.faroeditorial.com.br

ESTA OBRA FOI IMPRESSA PELA GRÁFICA KUNST EM AGOSTO DE 2018